Arkadi und Boris Strugazki

Die Wellen ersticken den Wind

Phantastische
Erzählung

Verlag Das Neue Berlin

Originaltitel: Волны гасят ветер

Aus dem Russischen übersetzt von Erik Simon
Mit einem Nachwort von Wl. Gakow

ISBN 3-360-00176-1

Verstehen bedeutet vereinfachen.

D. Strogow

Einführung

Ich heiße Maxim Kammerer. Ich bin neunundachtzig Jahre alt.

Vor langer Zeit habe ich einmal einen alten Roman gelesen, der auf ebendiese Weise begann. Ich weiß noch, wie ich damals dachte, daß ich, wenn ich dereinst Memoiren zu schreiben hätte, genauso anfangen würde. Übrigens kann der vorliegende Text strenggenommen nicht zu den Memoiren gezählt werden, und an seinem Anfang sollte ein Brief stehen, den ich vor ungefähr einem Jahr erhielt.

Nowgorod, den 13. Juni ”25

Kammerer,

Sie haben natürlich die berüchtigten »Fünf Biographien des Jahrhunderts« gelesen. Bitte helfen Sie mir herauszufinden, wer sich hinter den Pseudonymen P. Soroka und E. Braun verbirgt. Ihnen wird das vermutlich leichter fallen als mir.

M. Glumowa

Ich habe diesen Brief nicht beantwortet, weil es mir nicht gelungen ist, die wirklichen Namen der Autoren jener »Fünf Biographien des Jahrhunderts« zu ermitteln. Ich vermochte nur festzustellen, daß P. Soroka und E. Braun, wie zu erwarten, prominente Mitarbeiter der Gruppe »Menten« am Institut für kosmische Geschichtsforschung (IKGF) sind.

Ich konnte ohne Mühe nachfühlen, was Maja Toivowna Glumowa empfand, als sie die Biographie ihres Sohnes in der

Version von P. Soroka und E. Braun las. Und mir wurde klar, daß ich mich äußern muß.

Also habe ich diese Memoiren geschrieben.

Aus der Sicht eines unbefangenen und insbesondere eines jungen Lesers haben die Ereignisse, von denen darin die Rede sein wird, eine ganze Epoche im kosmischen Selbstverständnis der Menschheit beendet und – wie es anfangs schien – völlig neue Perspektiven eröffnet, über die es vorher nur theoretische Betrachtungen gegeben hatte. Ich war Zeuge, Teilnehmer und in gewissem Sinne sogar Initiator dieser Ereignisse, und so nimmt es nicht wunder, daß mich die Gruppe »Menten« seit ein paar Jahren mit entsprechenden Anfragen bombardiert, mit offiziellen und inoffiziellen Bitten, die Patenschaft über ihre Arbeiten zu übernehmen, und mit Appellen an mein Pflichtbewußtsein. Ich habe den Zielen und Aufgaben der Gruppe »Menten« von Anfang an Verständnis und Mitgefühl entgegengebracht, aber nie ein Hehl aus meiner Skepsis gemacht, was ihre Erfolgschancen angeht. Außerdem war mir völlig klar, daß die Unterlagen und Informationen, über die ich persönlich verfüge, der Gruppe »Menten« nicht im mindesten von Nutzen sein können, und ich bin daher bislang jeder Teilnahme an ihrer Arbeit ausgewichen.

Jetzt aber hatte ich aus Gründen, die eher privater Natur sind, das dringende Bedürfnis, alles, was mir über die ersten Tage der Großen Offenbarung bekannt ist, doch einmal zusammenzutragen und jedem, den es interessiert, zu unterbreiten – im Grunde also mein Wissen über die Ereignisse, die jenen Sturm an Diskussionen, Befürchtungen, Unruhe, Streit, Aufruhr und vor allem gewaltigem Erstaunen ausgelöst haben, den man gemeinhin als die Große Offenbarung bezeichnet.

Ich habe den letzten Absatz durchgelesen und muß mich sogleich korrigieren. Erstens präsentiere ich natürlich nicht alles, was mir bekannt ist. Manche Unterlagen sind von zu speziellem Charakter, als daß sie hier dargelegt werden könnten. Einige Namen verschweige ich aus rein ethischen Gründen. Desgleichen verzichte ich darauf, gewisse spezifische Methoden meiner damaligen Tätigkeit als Leiter einer Abteilung Besondere Vorkommnisse (BV) der Kommission für Kontrolle (KomKon 2) zu erwähnen.

Zweitens waren die Ereignisse des Jahres '99 strenggenommen nicht die ersten Tage der Großen Offenbarung, sondern im Gegenteil ihre letzten. Ebendarum ist sie heute nur noch Gegenstand rein historischer Forschungen. Doch gerade das können die Mitarbeiter der Gruppe »Menten« anscheinend nicht begreifen, oder besser: das wollen sie nicht einsehen, obwohl ich mir die größte Mühe gegeben habe, es ihnen begreiflich zu machen. Aber vielleicht war ich nicht hartnäckig genug. Die Zeit ist für mich vorbei.

Toivo Glumows Persönlichkeit erregt naturgemäß besonderes, ich würde sagen spezielles Interesse bei den Mitarbeitern der Gruppe »Menten«. Ich kann das verstehen und habe ihn daher zur Zentralfigur meiner Memoiren gemacht.

Freilich nicht nur und nicht in erster Linie aus diesem Grunde. Aus welchem Anlaß ich auch an jene Tage denke und was mir dabei auch einfällt, in meiner Erinnerung erscheint sogleich Toivo Glumow – ich sehe sein schmales, immer ernstes, junges Gesicht vor mir, seine immerzu halb über die grauen wasserklaren Augen herabgesenkten langen weißen Wimpern, ich höre seine gleichsam mit Absicht langsam fließenden Worte, spüre abermals den stummen, hilflosen, doch unerbittlichen Druck, der von ihm ausging wie ein tonloser Schrei: »Ja, was machst du denn? Warum unternimmst du nichts? Befiehl!«; und umgekehrt – kaum kommt er mir, in welchem Zusammenhang auch immer, in den Sinn, schon erwachen wie von einem rohen Fußtritt geweckt »die bösen Hunde der Erinnerung«, der ganze Schrekken jener Tage, die ganze Verzweiflung jener Tage, die ganze Ohnmacht jener Tage, Schrecken, Verzweiflung und Ohnmacht, die ich damals allein durchgemacht habe, denn es gab niemanden, mit dem ich sie hätte teilen können.

Die Grundlage der vorliegenden Memoiren bilden Dokumente. In der Regel sind das die Standardberichte meiner Inspektoren sowie einige offizielle Korrespondenz, die ich hier vor allem anführe, um die Atmosphäre jener Zeit halbwegs wiederzugeben. Überhaupt wird ein gründlicher und kompetenter Leser mühelos bemerken, daß eine Reihe zur Sache gehörender Dokumente in den Memoiren fehlt, während man auf manche anderen aufgenommenen Dokumente wohl auch verzichten könnte. Um solch einem Vorwurf zuvorzukommen, möchte ich anmerken, daß ich die Materialien nach gewissen Prinzipien zusammengestellt habe, die näher zu erörtern ich weder wünsche noch für sonderlich notwendig halte.

Des weiteren machen Rekonstruktionskapitel einen erheblichen Teil des Textes aus. Diese Kapitel entstammen meiner Feder und sind in der Tat die Rekonstruktion von Szenen und Ereignissen, bei denen ich nicht zugegen war. Rekonstruiert habe ich sie auf der Grundlage von Erzählungen, Tonaufzeichnungen und späteren Erinnerungen von Leuten, die an diesen Szenen und Ereignissen beteiligt waren, wie Toivo Glumows Frau Assja, seine Kollegen, seine Bekannten usw. Mir ist klar, daß diese Kapitel für die Mitarbeiter der Gruppe »Menten« von geringem Wert sind, doch sei's drum – für mich sind sie wertvoll.

Und schließlich habe ich mir erlaubt, den informationstragenden Text der Memoiren ein wenig mit eigenen Reminiszenzen aufzulockern, die weniger über die Ereignisse von damals als über den damaligen achtundfünfzigjährigen Maxim Kammerer etwas aussagen. Das Verhalten dieses Menschen unter den dargestellten Umständen entbehrt heute, einunddreißig Jahre später, sogar für mich selbst nicht des Interesses ...

Als ich mich endgültig entschlossen hatte, diese Memoiren zu schreiben, fand ich mich vor der Frage: Womit beginnen? Wann und womit nahm die Große Offenbarung ihren Anfang?

Strenggenommen begann das alles vor zwei Jahrhunderten,

als in den Tiefen des Mars plötzlich eine leere Tunnelstadt aus Elektrin entdeckt wurde: Damals fiel zum erstenmal das Wort »*Wanderer*«.

Das ist richtig. Aber zu allgemein. Ebensogut könnte man sagen, daß die Große Offenbarung im Augenblick des Großen Urknalls begonnen habe.

Also dann vielleicht vor fünfzig Jahren? Der Fall mit den »Findelkindern«? Als das *Wanderer*-Problem erstmals einen tragischen Beigeschmack erhielt, als der giftig-vorwurfsvolle Begriff »Sikorsky-Syndrom« entstand und von Mund zu Mund ging – der Komplex unkontrollierter Angst vor einer möglichen Invasion der *Wanderer?* Auch richtig. Und schon viel näher bei der Sache ... Doch damals war ich noch nicht Chef der Abteilung BV, und auch die Abteilung selbst existierte noch nicht. Außerdem schreibe ich ja keine Geschichte des *Wanderer*-Problems.

Für mich also begann es im Mai '93, als ich wie alle anderen BV-Abteilungsleiter sämtlicher Sektoren der KomKon 2 ein Informat über den Tissa-Vorfall erhielt (nicht am Flusse Tisza oder Theiß, sondern auf dem Planeten Tissa des Sterns EN 63061, den die Jungs von der Gruppe der Freien Suche kurz zuvor entdeckt hatten). Das Informat betrachtete das Ereignis als einen Fall von plötzlicher und unerklärlicher Geistesverwirrung aller drei Mitglieder der Forschungsgruppe, die zwei Wochen vorher auf einem Plateau (den Namen habe ich vergessen) gelandet war. Alle drei glaubten plötzlich, die Verbindung zur Zentralbasis sei abgerissen und überhaupt bestünde keinerlei Verbindung mit wem auch immer, ausgenommen das Mutterschiff im Orbit, dessen Bordcomputer aber teile in endloser Wiederholung mit, daß die Erde infolge eines kosmischen Kataklysmus untergegangen und die gesamte Bevölkerung der Äußeren Welten an unerklärlichen Epidemien ausgestorben sei.

Ich erinnere mich nicht mehr an sämtliche Einzelheiten. Zwei aus der Gruppe versuchten wohl, sich umzubringen, und gingen schließlich in die Wüste, verzweifelt vor Hoffnungslosigkeit und angesichts des absoluten Verlustes von allem, was ihrem Dasein Sinn gegeben hatte. Der Kommandant der Gruppe indes erwies sich als ungewöhnlich charakterfest. Er biß die Zähne zusammen und zwang sich zum Weiterleben – als wäre nicht die Menschheit umgekommen, sondern einfach nur er selbst in eine Notlage geraten und für immer vom Heimatplaneten abgeschnitten. Später erzählte er, am vierzehnten Tag dieser seiner Wahnexistenz sei ihm eine Gestalt in Weiß erschienen und habe ihm verkündet, daß er die erste Testrunde in Ehren bestanden habe und als Kandidat in die Gemeinschaft der *Wanderer* aufgenommen sei. Am fünfzehnten Tag traf vom Mutterschiff das Rettungsboot ein, und die Atmosphäre entspannte sich. Die beiden, die in die Wüste gegangen waren, wurden wohlbehalten gefunden, alle waren wieder bei Verstand, niemand hatte Schaden genommen. Ihre Aussagen deckten sogar in den Details. Zum Beispiel gaben sie völlig übereinstimmend den Akzent des Computers wieder, der angeblich die Unglücksnachricht übermittelt hatte. Subjektiv hatten sie das Geschehen als eine Art einprägsame, überaus realistische Theateraufführung empfunden, an der sie unerwartet und wider Willen teilnehmen mußten. Die Tiefenmentoskopie bestätigte diesen ihren subjektiven Eindruck und zeigte sogar, wie keiner von ihnen im Grunde seines Unterbewußtseins daran gezweifelt hatte, daß alles nur eine Theatervorstellung sei.

Soviel ich weiß, faßten meine Kollegen in den anderen Sektoren dieses Informat als ziemlich gewöhnliches BV auf, als ein ungeklärtes Besonderes Vorkommnis, wie sie in den Äußeren Welten auf Schritt und Tritt passieren. Alle waren wohlauf; für eine weitere Arbeit im Gebiet des BV bestand kein zwingender Grund, wie übrigens von Anfang an keiner bestanden hatte. Dem Rätsel nachzuspüren, lag niemandem am Herzen. Das Gebiet des BV war evakuiert, das BV zur Kenntnis genommen worden. Ab ins Archiv.

Ich jedoch war ja ein Schüler des alten Sikorsky! Als er noch lebte, hatte ich oft mit ihm gestritten – in Gedanken wie in Worten –, wenn die Rede auf eine Bedrohung der Menschheit von außen kam. Doch eine seiner Thesen konnte ich schwerlich bestreiten und wollte es auch gar nicht: »Wir arbeiten in der KomKon 2. Wir dürfen in den Ruf von Ignoranten, Mystikern, abergläubischen Dummköpfen geraten. Eins wird uns nicht verziehen: wenn wir die Gefahr unterschätzt haben. Und wenn es in unserem Hause plötzlich nach Schwefel stinkt, haben wir einfach die Pflicht, anzunehmen, daß irgendwo in der Nähe der Leibhaftige aufgetaucht ist, und die nötigen Maßnahmen zu ergreifen, und hieße es auch, die Produktion von Weihwasser in industriellem Maßstab zu organisieren.« Und kaum hatte ich gehört, daß eine Gestalt in Weiß im Namen der *Wanderer* sprach, roch ich den Schwefel und bäumte mich auf wie ein altes Schlachtroß beim Klang der Trompete.

Ich holte über die entsprechenden Kanäle entsprechende Informationen ein. Ohne besondere Verwunderung entdeckte ich, daß in den Instruktionen, Anweisungen und Perspektivplänen unserer KomKon 2 das Wort »*Wanderer*« überhaupt nicht vorkommt. Ich wurde von unseren höchsten Instanzen empfangen und konnte mich – nun schon erst recht erwartungsgemäß – überzeugen, daß in den Augen unserer verantwortlichsten Leiter die Frage einer Progressorentätigkeit der *Wanderer* im System der Menschheit so gut wie erledigt war, überstanden wie eine Kinderkrankheit. Die Tragödie Lew Abalkins und Rudolf Sikorskys hatte die *Wanderer* auf unerklärliche Weise gleichsam für alle Zeiten von jedem Verdacht befreit.

Der einzige Mensch, der meinen Befürchtungen wenigstens eine Spur von Verständnis entgegenbrachte, war Athos-Sidorow, der Präsident meines Sektors und mein unmittelbarer Vorgesetzter. In eigener Kompetenz bestätigte er mit seiner Unterschrift das von mir vorgeschlagene Thema »Besuch der alten Dame«. Er genehmigte mir die Bildung einer besonderen Gruppe, um das Thema zu bearbeiten. Im Grunde gab er mir also in dieser Frage freie Hand.

Und so begann ich damit, daß ich unter einer Reihe von führenden Spezialisten für Xenosoziologie eine Expertenbefragung veranstaltete. Ich erhoffte mir davon ein (möglichst wahrscheinliches) Modell von der Progressorentätigkeit der *Wanderer* im System der Menschheit. Um nicht in Details abzugleiten: Alle dabei zusammengekommenen Materialien sandte ich an den bekannten Wissenschaftshistoriker und Universalgelehrten Isaac Bromberg. Ich kann mich heute nicht mehr entsinnen, wozu ich das tat, befaßte sich Bromberg doch schon seit vielen Jahren nicht mehr mit Xenologie. Es lag wohl daran, daß die meisten Fachleute, an die ich mich in dieser Angelegenheit wandte, einfach nicht ernsthaft mit mir reden wollten (das Sikorsky-Syndrom!), während Bromberg bekanntlich nie um ein Wort verlegen war, wovon auch immer die Rede sein mochte.

Jedenfalls schickte mir Dr. I. Bromberg seine Antwort, die in Fachkreisen heute als »Bromberg-Memorandum« bekannt ist.

Und damit begann alles.

Damit will auch ich beginnen.

Dokument 1

An die KomKon 2
Sektor »Ural/Norden«
Maxim Kammerer persönlich
Dienstsache
Datum: 3. Juli '94
Autor: I. Bromberg, Oberkonsultant der KomKon 1, Doktor der Geschichtswissenschaften, Herodotpreisträger ('63, '69 und '72), Professor, Träger des Kleinen Jan-Amos-Komenský-Preises ('57), Doktor der Xenopsychologie, Doktor der Soziotopologie, Vollmitglied der Akademie für Soziologie (Europa), korrespondierendes Mitglied des *Laboratoriums* (der Akademie

der Wissenschaften) der Großen Tagora, Magister der Realisierungen der Parzival-Abstraktionen
Thema: »Besuch der alten Dame«
Betr.: Arbeitsmodell der Progressorentätigkeit der *Wanderer* im System der Erdenmenschheit

Lieber Kammerer!

Bitte fassen Sie den förmlichen Briefkopf, mit dem ich diese meine Sendung versehen habe, nicht als Gespött eines Greises auf. Ich wollte auf diese Weise einfach unterstreichen, daß meine Sendung, obwohl sie durchaus privat ist, zugleich vollkommen offiziellen Charakter trägt. Und der Kopf Ihrer Berichte ist mir noch von der Zeit her in Erinnerung, da unser unglücklicher Sikorsky sie als (ziemlich armselige) Argumente vor mir auf den Tisch warf.

Meine Haltung zu Ihrer Organisation hat sich nicht im geringsten geändert, ich habe nie ein Hehl daraus gemacht, und sie ist Ihnen zweifellos wohlbekannt. Die Materialien jedoch, die Sie mir freundlicherweise zusandten, habe ich mit großem Interesse durchgesehen. Ich danke Ihnen. Seien Sie versichert, daß Sie mit dieser Richtung Ihrer Arbeit (doch nur mit dieser!) in mir einen enthusiastischen Mitarbeiter und Mitstreiter finden.

Ich weiß nicht, ob es ein zufälliges Zusammentreffen ist, doch ich erhielt Ihre »Summe der Modelle« just in dem Augenblick, da ich mich selbst anschickte, das Resümee meiner langjährigen Überlegungen zur Natur der *Wanderer* und zur Unvermeidlichkeit ihrer Konfrontation mit der Zivilisation der Erde in Angriff zu nehmen. Übrigens bin ich fest davon überzeugt, daß es keine Zufälle gibt. Offensichtlich ist diese Frage herangereift.

Ich habe weder die Zeit noch den Wunsch, mich mit einer eingehenden Kritik Ihres Dokuments aufzuhalten. Ich kann aber nicht umhin, wenigstens anzumerken, daß die Modelle »Krake« und »Conquistador« in ihrer geradezu mustergültigen Primitivität unbezwingbare Lachanfälle bei mir ausgelöst haben und das Modell »Neue Luft« zwar den Eindruck einer nicht vollends trivialen Konstruktion erweckt, doch jeglicher halbwegs seriösen Beweisführung entbehrt. Acht Modelle! Achtzehn Verfasser, darunter solche Leuchten wie Karibanow, Yasuda, Mikić! Zum Teufel, da hätte man doch etwas Gewichtigeres erwarten können! Wie Sie wollen, Kammerer – aber es drängt sich zwangsläufig die Vermutung auf, daß es Ihnen nicht gelungen ist, diesen Großmeistern Ihre »Sorge angesichts unser aller Mangel an Einblick in diese Frage« mitzuteilen. Die Betreffenden haben sich der Aufgabe einfach recht und schlecht entledigt.

Hiermit unterbreite ich Ihrer geschätzten Aufmerksamkeit im Grunde eine kurze Annotation meines künftigen Buches, das ich »Der ›Monokosmos‹ – Gipfel oder erster Schritt?« nennen will. Abermals habe ich weder die Zeit noch den Wunsch, meinen grundlegenden Annahmen eine auch nur halbwegs detaillierte Beweisführung beizugeben. Ich kann Ihnen lediglich versichern, daß sich für jede dieser Annahmen bereits heute erschöpfende Argumente anführen lassen, so daß ich, falls Sie noch Fragen an mich haben, gern darauf antworten werde. (Apropos kann ich mich nicht der Bemerkung enthalten, daß Ihr Nachsuchen um meine Konsultation vielleicht der erste und bisher einzige gesellschaftlich nützliche Akt Ihrer Organisation seit ihrer Gründung war.)

Alsdann: der *Monokosmos*.

Eine jegliche planetare Intelligenz – sei sie technologisch oder rousseauistisch oder gar gerontisch – durchläuft im Prozeß der Evolution erster Ordnung den Weg vom Zustand maximaler Zersplitterung (Wildheit, wechselseitige Aggression, Armut der Emotionen, Mißtrauen) zum Zustand der maximalen unter Beibehaltung der Individualitäten möglichen Vereinigung (Freundlichkeit, hohe Kultur der Beziehungen, Altruismus, Geringschätzung des Erworbenen). Dieser Prozeß wird von biologischen, biosozialen und spezifisch sozialen Gesetzen gelenkt. Er ist gut erforscht und für uns hier nur insofern von Belang, als er zu der Frage führt: Und was weiter?

Wenn wir das romantische Gefasel der Theorie vom vertikalen Progreß beiseite lassen, entdecken wir für die Intelligenz nur zwei reale, prinzipiell verschiedene Möglichkeiten. Entweder Stillstand, Selbstgenügsamkeit, Abschluß in sich selbst, Verlust des Interesses an der physischen Welt. Oder der Schritt auf den Weg der Evolution zweiter Ordnung, auf den Weg einer geplanten und gelenkten Evolution, auf den Weg zum Monokosmos.

Die Synthese der Intelligenzen ist unvermeidlich. Sie schenkt eine unermeßliche Anzahl neuer Facetten für die Wahrnehmung der Welt, und das führt zu einem unvorstellbaren Anwachsen von Quantität und vor allem Qualität der zur Assimilation verfügbaren Information, was wiederum die Verringerung des Leidens auf ein Minimum und die Erhöhung der Freude auf ein Maximum zur Folge hat. Der Begriff »Zuhause« dehnt sich aus auf den Maßstab des Universums. (Sicherlich ist gerade das der Grund, daß der verantwortungslose und oberflächliche Terminus *»Wanderer«* aufkam.) Es entsteht ein neuer Metabolismus, der eine praktisch ewige Dauer von Leben und Gesundheit bewirkt. Das Individuum erreicht ein Alter in der Größenordnung des Alters kosmischer Objekte – ohne daß es zu einer Anhäufung psychischer Ermüdung käme. Das Individuum des Monokosmos braucht keine Schöpfer. Es ist sein eigener Schöpfer wie auch Konsument der Kultur. Anhand eines Wassertropfens vermag es nicht nur das Bild des Ozeans erstehen zu lassen, sondern auch die ganze Welt der darin lebenden Wesen einschließlich der vernunftbegabten. Und all dies bei ständigem unstillbarem Reizhunger.

Jedes neue Individuum entsteht als synkretistisches Kunstwerk: an seiner Erschaffung wirken sowohl die Physiologen als auch die Genetiker, die Ingenieure, die Psychologen, die Ästhetiker, die Pädagogen und die Philosophen des Makrokosmos mit. Dieser Vorgang nimmt zweifellos mehrere irdische Jahrzehnte in Anspruch und ist natürlich die interessanteste und angesehenste Art von Beschäftigung der *Wanderer*. Die gegenwärtige Menschheit kennt nichts, was mit dieser Art Kunst vergleichbar wäre, ausgenommen vielleicht die in der Geschichte so seltenen Fälle einer Großen Liebe.

»Erschaffen, ohne zu zerstören!« ist die Maxime des Monokosmos.

Der Monokosmos kann nicht anders, als seinen Entwicklungsweg und seinen Modus vivendi für den einzig richtigen zu halten. Die Bilder der zersplitterten Intelligenzen, die noch nicht reif für den Anschluß sind, bereiten ihm Schmerz und Verzweiflung. Er muß abwarten, bis sich eine Intelligenz im Rahmen der Evolution erster Ordnung bis zum Zustand eines gesamtplanetaren Soziums entwickelt hat. Denn erst danach kann der Eingriff in die Biostruktur einsetzen, um den Träger der Intelligenz auf den Übergang in den monokosmischen Organismus eines *Wanderers* vorzubereiten. Denn eine Einmischung der *Wanderer* in die Geschicke in sich zersplitterter Zivilisationen kann nichts Sinnvolles ergeben.

Eine vielsagende Situation: Die Progressoren der Erde streben letzten Endes danach, bei vom Unglück getroffenen Zivilisationen den historischen Prozeß einer Schaffung vollkommener sozialer Strukturen zu beschleunigen. Auf diese Weise arbeiten sie gleichsam an der Bereitstellung neuer Materialreserven für die künftige Tätigkeit des Monokosmos.

Wir kennen derzeit drei Zivilisationen, die sich für wohlbestellt halten.

Die Leonidaner. Eine überaus alte Zivilisation (mindestens dreihunderttausend Jahre, was der verstorbene Pak Hin auch dagegen gesagt haben mag). Das ist der Prototyp einer »langsamen« Zivilisation, sie verharren im Einklang mit der Natur.

Die Tagoraner. Eine Zivilisation des hypertrophierten Sicherheitsdenkens. Dreiviertel ihrer gesamten Kapazität sind auf die Erforschung schädlicher Folgen gerichtet, die sich aus einer Entdeckung, einer Erfindung, einem neuen technologischen Prozeß usw. ergeben könnten. Diese Zivilisation erscheint uns nur deshalb seltsam, weil wir nicht zu verstehen vermögen, wie interessant es ist, schädlichen Folgen vorzubeugen, wieviel intellektuelle und emotionale Befriedigung das gewährt. Den Fortschritt zu bremsen ist ebenso spannend, wie ihn voranzutreiben – alles hängt von der Ausgangssituation und der Erziehung ab. Im Ergebnis haben sie nur öffentliche Verkehrsmittel, keinerlei Flugwesen, aber dafür ein hervorragend entwickeltes Kommunikationsnetz auf Leiterbasis.

Die dritte Zivilisation ist unsere, und nun wird uns klar, warum sich die *Wanderer* ausgerechnet und in erster Linie in unser Leben einmischen müssen. Wir *bewegen* uns. Wir bewegen uns, folglich können wir uns bei der Wahl unserer Bewegungsrichtung irren.

Heute erinnert sich niemand mehr an die »Anschieber«, die mit fanatischem Enthusiasmus versucht haben, den Fortschritt bei den Tagoranern und Leonidanern zu forcieren. Inzwischen ist jedem klargeworden, daß solche in ihrer Art vollkommenen Zivilisationen gewaltsam anzuschieben ebenso sinn- und aussichtslos ist, als wollte man das Wachstum eines Baumes, sagen wir, einer Eiche, beschleunigen, indem man ihn an den Zweigen emporzieht. Die *Wanderer* sind keine »Anschieber«, es ist nicht ihre Aufgabe und kann es auch nicht sein, den Fortschritt zu forcieren. Ihr Ziel ist es, die für den Anschluß an den Monokosmos herangereiften Individuen zu suchen, auszusondern, auf den Anschluß vorzubereiten und sie schließlich mit dem Monokosmos zu vereinen. Ich weiß nicht, nach welchem Prinzip die *Wanderer* diese Auslese treffen, und das ist sehr schade, denn ob es uns paßt oder nicht, im Klartext, ohne Umschweife und ohne wissenschaftsähnliche Terminologie geht es um folgendes:

Erstens: Der Schritt der Menschheit auf den Weg der Evolution zweiter Ordnung bedeutet praktisch die Umwandlung des Homo sapiens in einen *Wanderer*.

Zweitens: Höchstwahrscheinlich wird bei weitem nicht jeder Homo sapiens für eine solche Umwandlung taugen.

Resümee:

Die Menschheit zerfällt in zwei ungleiche Teile;

die Menschheit zerfällt in zwei ungleiche Teile gemäß einem uns unbekannten Parameter;

die Menschheit zerfällt in zwei ungleiche Teile gemäß einem uns unbekannten Parameter, wobei der kleinere Teil forciert wird und den größeren für immer überholt;

die Menschheit zerfällt in zwei ungleiche Teile gemäß einem uns unbekannte Parameter, ihr kleinerer Teil wird forciert und überholt für immer den größeren, und dieses geschieht nach dem Willen und durch die Kunst einer Superzivilisation, die der Menschheit entschieden fremd ist.

Lieber Kammerer! Als soziopsychologische Übung unterbreite ich Ihnen diese nicht unoriginelle Situation zur Analyse.

Jetzt, da Ihnen die Grundlagen der Progressorenstrategie des Monokosmos mehr oder weniger klargeworden sind, werden Sie gewiß besser als ich imstande sein, die Grundrichtungen einer Konterstrategie und einer Taktik zur Aufdeckung von Aktivitätsmomenten der *Wanderer* festzulegen. Es ist verständlich, daß es bei der Suche nach herangereiften Individuen, ihrer Aussonderung und Vorbereitung auf den Anschluß nicht ohne Erscheinungen und Ereignisse abgeht, die einem aufmerksamen Beobachter zugänglich sind. Erwarten kann man beispielsweise die Entstehung von Massenphobien und von neuen Heilslehren, das Auftauchen von Menschen mit ungewöhnlichen Fähigkeiten, unerklärliches Verschwinden von Menschen, sich plötzlich wie durch Zauberei einstellende neue Talente usw. Des weiteren möchte ich Ihnen dringend nahelegen, ein waches Auge auf die Tagoraner und Kopfler zu haben, die auf der Erde akkreditiert sind – ihre Empfänglichkeit für das Andersartige und Unbekannte liegt weit über unserer. (In diesem Sinne sollte man auch auf das Verhalten der irdischen Tiere achten, insbesondere der Herdentiere und der, die über Keime eines Intellekts verfügen.)

Selbstverständlich müssen Sie in die Sphäre Ihrer Aufmerksamkeit außer der Erde auch das Sonnensystem als Ganzes, die Äußeren Welten und in erster Linie die neuen Äußeren Welten einbeziehen.

Ich wünsche Ihnen Erfolg,
Ihr I. Bromberg

Dokument 2

An den Präsidenten
des Sektors »Ural/Norden«
Datum: 13. Juni '94
Autor: M. Kammerer, Leiter der Abteilung BV
Thema 009: »Besuch der alten Dame«
Betr.: Tod I. Brombergs

Präsident!

Professor Isaac Bromberg ist am Morgen des 11. Juni d. J. im Sanatorium »Beshin Lug« unerwartet verstorben.

In seinem Privatarchiv wurden keinerlei Notizen mit Bezug auf das Modell »Monokosmos« und generell keinerlei die *Wanderer* betreffenden Notizen gefunden. Wir setzen die Suche fort.

Die medizinische Expertise zur Todesursache wird beigefügt.

M. Kammerer

*

Genau in dieser Reihenfolge las sich die beiden Dokumente Anfang '95 mein junger Praktikant Toivo Glumow durch, und selbstverständlich mußten sie bei ihm einen ganz bestimmten Eindruck hervorrufen, ihn auf ganz bestimmte Vermutungen einstimmen, zumal sie seine schlimmsten Befürchtungen rechtfertigten. Die Saat war auf fruchtbaren Boden gefallen. Unverzüglich suchte er die medizinische Expertise heraus, und nachdem er darin nicht das geringste Indiz für seinen Verdacht gefunden hatte, der doch so nahe lag, bat er um ein Gespräch mit mir.

Ich erinnere mich gut an diesen Morgen: grau, mit einem richtigen Schneesturm hinter den Fenstern des Arbeitszimmers. Vielleicht eben wegen des Kontrasts, denn mit dem Körper war ich hier im winterlichen Ural, und mein Blick folgte gedankenlos den Rinnsalen von Tauwasser an den Scheiben, vor meinem inneren Auge jedoch stand eine tropische Nacht über einem warmen Ozean, und ein nackter Leichnam schwankte in der phosphoreszierenden Gischt, die den flachen Sandstrand hinauflief. Ich hatte soeben vom Zentrum die Information über den dritten Todesfall auf der Insel Matuku erhalten.

In dem Moment tauchte vor mir Toivo Glumow auf, ich wischte die Vision weg und bat ihn, sich zu setzen und zu sprechen.

Ohne Umschweife fragte er mich, ob die Untersuchung der Umstände, unter denen Dr. Bromberg zu Tode gekommen war, als abgeschlossen gelte.

Mit einiger Verwunderung antwortete ich, daß eigentlich gar keine Untersuchung stattgefunden habe, wie es auch keinerlei besondere Umstände beim Tode des anderthalb Jahrhunderte alten Greises gegeben hatte.

Wo denn dann Dr. Brombergs Notizen zum Thema »Monokosmos« seien?

Ich erklärte, daß es solche Notizen wahrscheinlich nie gegeben habe. Den Brief hatte Dr. Bromberg anscheinend aus dem Stegreif geschrieben. Dr. Bromberg war ein glänzender Improvisator gewesen.

Ob das so zu verstehen sei, daß sich Dr. Brombergs Brief und die Mitteilung über seinen Tod, die Maxim Kammerer an den Präsidenten gesandt habe, zufällig nebeneinander befunden hatten?

Ich schaute ihn an, seine schmalen Lippen, die er sehr entschlossen zusammenpreßte, seine finster vorgereckte Stirn mit der darübergefallenen weißblonden Haarsträhne, und mir war völlig klar, was er jetzt am liebsten von mir gehört hätte: Ja, Toivo, mein Junge, wollte er hören, ich denke genauso wie du. Bromberg hat vieles erraten, und die *Wanderer* haben ihn aus dem Weg geräumt, die unschätzbar wertvollen Papiere aber haben sie gestohlen. – Doch natürlich dachte ich nichts dergleichen, und nichts dergleichen sagte ich natürlich meinem jungen Toivo. Warum die Dokumente beieinanderlagen, wußte ich selbst nicht. Es war wohl wirklich ein Zufall. Das erklärte ich ihm auch.

Da fragte er mich, ob Brombergs Ideen praktisch ausgearbeitet würden.

Ich antwortete, daß dies erwogen werde. Alle acht von den Experten vorgelegten Modelle waren ziemlich anfechtbar. Was nun die Ideen Brombergs betraf, so waren die Umstände nicht sonderlich geeignet, daß man sie ernst nahm.

Darauf faßte er sich ein Herz und fragte mich geradezu, ob ich, Maxim Kammerer, der Abteilungsleiter, mich mit der Ausarbeitung von Brombergs Ideen befassen wolle. Und endlich bot sich mir die Möglichkeit, ihm eine Freude zu machen. Er hörte von mir genau das, was er hören wollte.

»Ja, mein Junge«, sagte ich zu ihm. »Eben dafür habe ich dich zu mir in die Abteilung genommen.«

Er verließ mich beglückt. Weder er noch ich ahnten natürlich damals, daß er just in dieser Minute seinen ersten Schritt zur Großen Offenbarung getan hatte.

Ich bin in der Praxis kein schlechter Psychologe. Wenn ich mit jemandem zu tun habe, so kann ich – ohne falsche Bescheidenheit bemerkt – jederzeit sehr genau seine seelische Verfassung, die Richtung seiner Gedanken fühlen und sein Verhalten recht gut vorhersagen. Wenn man mich jedoch bäte, zu erklären, wie ich das fertigbringe, oder mich womöglich gar aufforderte, zu zeichnen oder mit Worten darzulegen, welches Bild sich in meinem Bewußtsein formt, fände ich mich in einer ziemlich schwierigen Lage. Wie jeder Praktiker in der Psychologie müßte ich auf Analogien aus der Welt der

Kunst oder der Literatur zurückgreifen. Ich würde mich auf die Helden Shakespeares oder Dostojewskis berufen oder Strogows oder Michelangelos oder Johann Surds.

Toivo Glumow also erinnerte mich an den Mexikaner Rivera. Ich meine die berühmte Erzählung von Jack London. Zwanzigstes Jahrhundert. Oder sogar neunzehntes, ich entsinne mich nicht genau.

Von Beruf war Toivo Glumow Progressor. Die Fachleute hatten mir gesagt, daß aus ihm ein Progressor der Spitzenklasse werden könnte, ein Progressoren-As. Seine Anlagen waren glänzend. Er verfügte über eine großartige Selbstbeherrschung und reagierte so schnell wie selten einer, er war außerordentlich kaltblütig, dazu der geborene Schauspieler und ein Meister der Einfühlung in eine fremde Rolle. Und da nahm er, der gerade erst reichlich drei Jahre als Progressor gearbeitet hatte, ganz ohne ersichtliche Gründe seinen Abschied und kehrte auf die Erde zurück. Kaum hatte er die Rekonditionierung durchlaufen, setzte er sich ans GGI und fand ohne besondere Mühe heraus, daß die einzige Organisation auf unserem Planeten, die etwas mit seinen neuen Zielen zu tun haben konnte, die KomKon 2 war.

Im Dezember '94 tauchte er vor mir auf, voll eiskalter Bereitschaft, wieder und wieder auf die Fragen zu antworten, warum er, so vielversprechend, absolut gesund und in jeder Beziehung ermutigt, plötzlich seine Arbeit, seine Ausbilder, seine Genossen im Stich ließ, sorgsam ausgearbeitete Pläne zum Scheitern brachte, die in ihn gesetzten Hoffnungen enttäuschte ... Natürlich fragte ich ihn nichts dergleichen. Mich interessierte überhaupt nicht, warum er nicht länger Progressor sein wollte, mich interessierte, warum er mit einemmal ein Konterprogressor werden wollte, wenn man das so nennen kann.

Seine Antwort hat sich mir eingeprägt. Er empfindet heftige Abneigung gegen die gesamte Idee des Progressorentums. Wenn es nicht sein muß, möchte er lieber nicht in die Einzelheiten gehen. Es ist einfach so, daß er, ein Progressor, ein negatives Verhältnis zum Progressorentum gewonnen hat. Und dort (er wies mit dem Daumen über die Schulter) ist ihm ein sehr trivialer Gedanke in den Sinn gekommen: Während er mit dem Degen fuchtelnd auf dem Kopfsteinpflaster der Plätze in Arkanar herumläuft, spaziert hier (er wies mit dem Zeigefinger auf seine Füße) irgend so ein gerissener Kerl im modischen Regenbogenmäntelchen, eine Metavisierbüchse geschultert, über die Plätze von Swerdlowsk. Soviel er, Toivo Glumow, weiß, kommt dieser simple Gedanke kaum einem in den Sinn, und wenn schon, dann in einer abstrusen humoristischen oder romantischen Gestalt. Ihm jedoch, Toivo, läßt dieser Gedanke keine Ruhe: Keinem Gott darf es erlaubt sein, sich in unsere Angelegenheiten zu mischen, die Götter haben bei uns auf der Erde nichts verloren, denn »der Götter Wohltat ist der Wind, er füllt die Segel, doch er bringt auch Sturm«. (Später habe ich das Zitat mit viel Mühe gefunden – wie sich herausstellte, ist es von Verblibain.)

Mit bloßem Auge war zu sehen – ich hatte einen Fanatiker vor mir. Leider einen, der wie jeder Fanatiker zu extremen Anschauungen neigte. (Man bedenke nur seine Äußerungen über das Progressorentum, von denen noch die Rede sein wird.) Aber er war bereit zu handeln. Und ohne weiteres Gerede nahm ich ihn zu mir und setzte ihn sogleich an das Thema »Besuch der alten Dame«.

Toivo Glumow erwies sich als *der* Mitarbeiter! Er war energisch, er zeigte Initiative, er kannte keine Müdigkeit. Und – eine sehr seltene Eigenschaft in seinem Alter – er ließ sich von Mißerfolgen nicht entmutigen. Für ihn gab es keine negativen Ergebnisse. Mehr noch, die negativen Untersuchungsergebnisse bereiteten ihm ebensolche Freude wie die raren positiven. Er hatte sich gleichsam von vornherein darauf eingestellt, daß zu seinen Lebzeiten nichts Definitives zum Vorschein kommen würde, und verstand es, aus der (oft ziemlich langweiligen) Prozedur der Analyse jedes auch nur im mindesten verdächtigen BV an sich schon Befriedigung zu gewinnen. Es ist bemerkenswert, daß meine alten Mitarbeiter – Grischa Serossowin, Sandro Mtbewari, Andrjuscha Kikin und andere – sich in seiner Anwesenheit gleichsam einen Ruck gaben, aufhörten zu blödeln, viel weniger ironisch und dafür viel sachlicher wurden; und nicht, daß sie sich ein Beispiel an ihm genommen hätten – davon konnte keine Rede sein, er war für sie zu jung, zu grün –, aber er steckte sie an mit seiner Ernsthaftigkeit, seiner Konzentration auf die Sache, am meisten aber beeindruckte sie, wie ich glaube, jener tiefe Haß auf den Arbeitsgegenstand, der in ihm zu spüren war und der ihnen völlig abging. Einmal erwähnte ich Grischa Serossowin gegenüber zufällig den schmächtigen braunen Jungen Rivera, und bald stellte ich fest, daß sie alle diese Geschichte von Jack London herausgesucht und abermals gelesen hatten.

Wie auch Rivera hatte Toivo keine Freunde. Ihn umgaben aufrichtige und zuverlässige Kollegen, und er selbst war, worum es auch ging, ein aufrichtiger und verläßlicher Partner, aber Freunde fand er dennoch nicht. Ich nehme an, weil es zu schwierig war, sein Freund zu sein – er war nie und in keinerlei Hinsicht mit sich zufrieden und gab deshalb seinen Mitmenschen nie und in keinerlei Hinsicht einen Ansatzpunkt. Aus ihm sprach so eine unnachgiebige Konzentration auf ein Ziel, wie ich sie sonst höchstens bei bedeutenden Wissenschaftlern und Sportlern bemerkte. Was blieb da schon für die Freundschaft …

Übrigens, einen Freund hatte er dennoch. Ich meine seine Frau Assja– Anastasia Petrowna Stassowa. Als ich sie kennenlernte, war sie eine wunderschöne kleine Frau, quicklebendig, scharfzüngig und überaus rasch mit einer Meinung und einem Urteil zur Hand. Deshalb ähnelte die Lage bei ihnen zu Hause stets einem Kriegszustand, und es war ein reines Vergnügen (für den Außenstehenden), ihre fortwährend aufflammenden Wortgefechte zu beobachten.

Dieses Schauspiel war um so verwunderlicher, als Toivo in seiner normalen Umgebung, also im Dienst, eher bedächtig und wortkarg wirkte. Es war, als verharre er ständig bei einer bestimmten wichtigen Idee, die sorgsames Durchdenken erforderte. Nicht jedoch bei Assja. Bei ihr war er Demosthenes,

Cicero, der Apostel Paulus, er sprach in Zungen, verkündete Maximen, er war, hol mich der Teufel, sogar ironisch! – Man kann sich gar nicht vorstellen, wie verschieden diese beiden Menschen waren: der schweigsame und bedächtige Toivo Glumow Im Dienst und der lebendige, gesprächige, philosophierende, sich immerzu verrennende und seine Irrwege vehement verteidigende Toivo Glumow Zu Hause. Zu Hause machte ihm sogar das Essen Spaß. Assja arbeitete als Gastronom-Degustator und kochte immer selbst. So war es im Haus ihrer Mutter, so auch im Haus ihrer Großmutter üblich gewesen. Diese von Toivo Glumow hochgeschätzte Tradition reichte bei den Stassows weit in die Jahrhunderte zurück, bis in jene unvorstellbaren Zeiten, da es noch keine molekulare Kochkunst gab und ein gewöhnliches Kotelett vermittels überaus komplizierter und nicht sehr appetitlicher Prozeduren hergestellt werden mußte ...

Und dann hatte Toivo noch eine Mutter. Jeden Tag, was er auch gerade tat und wo er sich auch befand, nahm er sich unbedingt eine Minute, um sie über Video anzurufen und wenigstens ein paar Worte mit ihr zu wechseln. Bei ihnen hieß das »der Kontrollanruf«. Viele Jahre zuvor hatte ich Maja Toivowna Glumowa kennengelernt, doch unsere Bekanntschaft erfolgte unter derart traurigen Umständen, daß wir uns nachher nie wieder getroffen haben. Was nicht meine Schuld war. Und überhaupt niemandes Schuld. Kurzum, sie hatte von mir eine ausgesprochen schlechte Meinung, und Toivo wußte das. Er sprach nie mit mir über sie. Doch mit ihr sprach er des öfteren über mich – wie ich erst viel später erfuhr ...

Dieser Zwiespalt reizte und bedrückte ihn zweifellos. Ich glaube nicht, daß Maja Toivowna zu ihm schlecht von mir sprach. Und schon ganz und gar unwahrscheinlich ist es, daß sie ihrem Sohn die schreckliche Geschichte vom Tod Lew Abalkins erzählte. Am ehesten hat sie, wenn Toivo auf seinen unmittelbaren Vorgesetzten zu sprechen kam, einfach nur kühl das Thema vermieden. Und das war mehr als genug.

Denn für Toivo war ich nicht schlechthin ein Vorgesetzter. Ich war im Grunde sein einziger Gleichgesinnter, der einzige Mensch in der ganzen unermeßlichen KomKon 2, der das Problem, das Toivo nicht losließ, absolut und ohne Vorbehalte ernst nahm. Außerdem brachte er mir gewaltige Ehrfurcht entgegen. Immerhin war sein Chef der legendäre Mak Sim! Toivo war noch nicht auf der Welt, als Mak Sim auf dem Saraksch schon Strahlentürme sprengte und mit Faschisten kämpfte ... Der unübertreffliche Weiße Läufer! Der Organisator der Operation »Virus«, nach der ihm der Superpräsident persönlich den Spitznamen Big Bug verliehen hatte! Toivo ging noch zur Schule, als Big Bug ins Inselimperiumeindrang ... als erster Mensch von der Erde bis in die Hauptstadt, und übrigens auch als letzter ... Natürlich waren das alles die Heldentaten eines Progressors, aber es hieß ja: Einen Progressor kann nur ein Progressor überwinden! Und Toivo hing dieser simplen Idee mit Inbrunst an.

Und dann noch etwas. Toivo hatte keine Vorstellung, was er tun würde, wenn die Einmischung der *Wanderer* in die irdischen Angelegenheiten endlich mit unumstößlicher Gewißheit festgestellt und bewiesen sein würde. Keine einzige historische Analogie aus der hundertjährigen Tätigkeit irdischer Progressoren war hier anwendbar. Für den Herzog von Irukan war ein enttarnter irdischer Progressor ein Dämon oder ein praktizierender Zauberer. Für die Spionageabwehr des Inselimperiums war derselbe Progressor ein gerissener Spion vom Kontinent. Was aber war ein enttarnter Progressor der *Wanderer* aus der Sicht eines Mitarbeiters der KomKon 2?

Ein entlarvter Zauberer wurde verbrannt; man konnte ihn auch in ein Verlies sperren und zwingen, aus der eigenen Scheiße Gold zu machen. Ein gerissener Spion vom Kontinent wurde abgeworben oder liquidiert. Und wie sollte man mit einem entlarvten *Wanderer* verfahren?

Toivo wußte keine Antwort auf diese und ähnliche Fragen. Und niemand von seinen Bekannten wußte eine Antwort darauf. Die meisten hielten die Fragen selbst für unkorrekt. »Was tun, wenn sich um die Schraube deines Motorboots der Bart eines Wassermanns gewickelt hat? Ihn wieder entwirren? Gnadenlos abschneiden? Oder den Wassermann am Barte herausziehen?« Mit mir sprach Toivo nicht über diese Themen. Und zwar, wie mir scheint, weil er von vornherein zu der Überzeugung gelangt war, Big Bug, der legendäre Weiße Läufer, der listige Mak Sim habe das alles längst durchdacht, alle möglichen Varianten systematisch analysiert, detaillierte Maßnahmepläne aufgestellt und sie von der obersten Leitung bestätigen lassen.

Ich ersparte ihm die Enttäuschung. Vorläufig.

Ich muß sagen, daß Toivo Glumow überhaupt ein Mensch mit vorgefaßten Meinungen war. (Wie konnte es bei seinem Fanatismus auch anders sein?) Zum Beispiel wollte er um keinen Preis eine Verbindung zwischen seinem Thema »Besuch der alten Dame« und dem bei uns seit längerem bearbeiteten Thema »Rip van Winkle« anerkennen. Die Fälle um das plötzliche und völlig unerklärliche Verschwinden von Menschen in den siebziger, achtziger Jahren und ihr ebenso plötzliches und unerklärliches Wiederauftauchen waren das einzige Moment im »Bomberg-Memorandum«, die Toivo partout nicht näher untersuchen oder auch nur in Betracht ziehen wollte. »Hier muß er sich verschrieben haben«, behauptete er. »Oder wir verstehen ihn falsch. Was hätten die *Wanderer* davon, daß plötzlich Menschen auf unerklärliche Weise verschwinden?« Und das, obwohl das »Bromberg-Memorandum« sein Katechismus geworden war, sein Arbeitsprogramm fürs ganze Leben im voraus ... Offensichtlich konnte, wollte er den *Wanderern* keine beinahe übernatürliche Macht zugestehen. So etwas anzuerkennen hätte seine Arbeit völlig wertlos gemacht. In der Tat, welchen Sinn hatte es, ein Wesen zu suchen, aufzuspüren, zu fangen, das sich jeden Augenblick in Luft auflösen und an jedem beliebigen Ort wieder Gestalt annehmen konnte?

Doch bei all seiner Neigung zu vorgefaßten Ansichten versuchte er nie, gegen feststehende Fakten anzugehen. Ich entsinne mich, wie er mich noch als ganz grüner Novize überzeugte, an der Untersuchung der Tragödie auf der Insel Matuku teilzunehmen.

Mit diesem Fall befaßte sich natürlich der Sektor »Ozeanien«, wo sie von irgendwelchen *Wanderern* nichts hören wollten. Doch der Fall war einmalig in seiner Art, es gab keinerlei Präzedenzfälle in der Vergangenheit (ich hoffe aufrichtig, daß auch in Zukunft nichts dergleichen mehr geschieht), und wir, Toivo und ich, wurden ohne Widerspruch aufgenommen.

Auf der Insel Matuku ragte seit unvordenklichen Zeiten ein halbzerfallenes Radioteleskop empor. Wer es gebaut hatte und wozu, war trotz allen Nachforschungen nicht mehr festzustellen.

Die Insel galt als unbewohnt, sie wurde nur gelegentlich von Delphinhirten besucht und von ebenso zufällig auftauchenden Paaren, die im durchsichtigen Wasser der kleinen Buchten an der Nordküste nach Perlen suchten. Jedoch lebte dort, wie sich alsbald herausstellte, seit ein paar Jahren ständig eine Doppelfamilie von Kopflern. (Die heutige Generation hat schon fast vergessen, wer die Kopfler sind. Zur Erinnerung: Das ist eine Rasse intelligenter Kynoiden vom Planeten Saraksch, die sich eine Zeitlang in sehr engem Kontakt mit den Erdenmenschen befand. Diese großköpfigen sprechenden Hunde begleiteten uns bereitwillig durch den ganzen Kosmos und unterhielten auf unserem Planeten sogar eine Art diplomatische Vertretung. Vor dreißig Jahren haben sie uns verlassen und seither keinen Kontakt zu Menschen mehr aufgenommen.)

Im Süden der Insel lag eine runde vulkanische Bucht. Sie war unbeschreiblich schmutzig, über ihre Ufer hatte sich ein widerlicher Schaum ausgebreitet. Anscheinend war das Dreckszeug organischen Ursprungs, denn es zog unermeßliche Schwärme von Seevögeln an. Übrigens waren die Wasser der Bucht ansonsten leblos. Selbst Wasserpflanzen gediehen dort schlecht.

Und auf dieser Insel war es zu Morden gekommen. Menschen hatten andere Menschen umgebracht, und das war derart schrecklich, daß es monatelang niemand wagte, von diesen Ereignissen in den Massenmedien zu berichten.

Ziemlich rasch stellte sich heraus, daß der Schuldige, oder besser gesagt, die Ursache eine riesige silurische Molluske war, ein ungeheuerlicher urzeitlicher Kopffüßler, der sich vor einiger Zeit am Grunde der vulkanischen Bucht angesiedelt hatte. Ihn hatte wohl ein Taifun dorthin verschlagen. Das Biofeld dieses Monstrums, das von Zeit zu Zeit an die Oberfläche aufstieg, übte eine deprimierende Wirkung auf die Psyche höherer Tiere aus. Speziell beim Menschen rief es eine katastrophale Senkung der Motivationsschwelle hervor; in diesem Biofeld wurde der Mensch asozial, er konnte einen Freund totschlagen, weil er aus Versehen sein Hemd ins Wasser geworfen hatte. Und er schlug ihn tot.

Toivo Glumow nun hatte sich in den Kopf gesetzt, ebendiese Molluske sei das von Bromberg vorhergesagte Individuum des Monokosmos im Prozeß seiner Formierung. Ich muß gestehen, daß seine Überlegungen anfangs, als wir noch über keinerlei Fakten verfügten, recht plausibel klangen (sofern man überhaupt von der Plausibilität einer Logik sprechen kann, die auf einer phantastischen Voraussetzung beruht). Und man muß gesehen haben, wie er Schritt für Schritt zurückwich unter dem Druck immer neuer Daten, die von den frappierten Fachleuten für Kopffüßler und für Paläontologie gewonnen wurden ...

Den Rest versetzte ihm ein Biologiestudent, der in Tokio ein japanisches Manuskript aus dem dreizehnten Jahrhundert ausgegraben hatte, wo sich eine Beschreibung dieses oder eines ebensolchen Ungeheuers fand (ich zitiere nach meinem Tagebuch): »In den östlichen Meeren sieht man einen Katapumoridako von purpurner Farbe mit einer Vielzahl langer dünner Arme, er schaut aus einer runden, dreißig Fuß großen Muschel mit scharfen Kanten und Zacken hervor, die Augen sind wie verfault, ist ganz mit Polypen bewachsen. Wenn er auftaucht, liegt er flach auf dem Wasser gleich einer Insel, verbreitet Gestank und sondert Weißes ab, um Fische und Vögel anzulocken. Wenn sie sich versammeln, greift er sie wahllos mit den Armen und ernährt sich davon. In Mondnächten liegt er da, wiegt sich auf den Wellen, die Augen gen Himmel gerichtet, und sinnt nach über die Tiefen des Wassers, daraus er ausgeworfen ist. Diese Gedanken sind so düster, daß sie die Menschen in Schrecken versetzen und Tigern gleich machen.«

Ich weiß noch, wie Toivo, nachdem er das gelesen hatte, ein paar Minuten schwieg, in tiefes Nachdenken versunken, dann aufatmete – wie mir schien, erleichtert – und sagte: »Ja. Das ist etwas anderes. Zum Glück, denn es ist gar zu widerlich.« Nach seinen Vorstellungen mußte der Monokosmos ein durchaus abscheuliches Wesen sein, aber doch nicht in diesem Maße. Ein Monokosmos in Gestalt eines Silur-Kraken paßte nicht in sein Bild. (Übrigens ebensowenig, wie diese Molluske ins Bild der Fachleute paßte – mit ihrem verderbenbringenden Biofeld, ihrem verschiebbaren Panzer und ihrem persönlichen Alter von mehr als vierhundert Millionen Jahren.)

So endete die erste ernste Angelegenheit, mit der sich Toivo Glumow befaßte, ergebnislos. Dergleichen Windeier waren ihm in der Folgezeit noch des öfteren beschieden, und da bat er mich Mitte des Jahres '89 um die Erlaubnis, sich an die Bearbeitung der Materialien über Massenphobien zu machen. Ich genehmigte es.

Dokument 3

Bericht Nr. 011/99
KomKon 2
Ural/Norden
Datum: 20. März '99
Autor: T. Glomow, Inspektor
Thema 009: »Besuch der alten Dame«
Betr.: Kosmophobie, »Pinguin-Syndrom«

Bei der Analyse der Fälle von Auftreten kosmischer Phobien während der letzten hundert Jahre bin ich zu dem Schluß gelangt, daß im Rahmen des Themas 009 die Materialien zum sogenannten »Pinguin-Syndrom« für uns von Interesse sein können.

Quellen:

A. Möbius: Vortrag auf der XIV. Konferenz der Kosmopsychologen, Riga '84.

A. Möbius: Das »Pinguin-Syndrom«. PKP (»Probleme der Kosmopsychologie«) Nr. 42, '84.

A. Möbius: Nochmals zur Natur des »Pinguin-Syndroms«. PKP Nr. 44, '85.

Notiz zur Person:

Möbius, Asmodäus Matthäus, Doktor der Medizin, korrespondierendes Mitglied der AdMW Europas, Direktor der Filiale des Weltinstituts für Kosmische Psychopathologie (Wien). Geb. 26.04.'36 ins Innsbruck. Ausbildung: Fakultät für Psychopathologie der Sorbonne; Zweites Institut für Raummedizin, Moskau; Fortgeschrittenenkurse für gerätelose Aquanautik, Honolulu. Hauptgebiete der wissenschaftlichen Interessen: Kosmo- und Aquaphobien außerhalb der Produktionssphäre. Von '81 bis '91 stellvertretender Vorsitzender der Medizinischen Hauptkommission bei der Verwaltung der Raumflotte. Jetzt allgemein anerkannt als Begründer und Haupt der Schule der sog. »polymorphen Kosmopsychopathologie«.

Am 7. Oktober '84 informierte Dr. Asmodäus Möbius auf der Konferenz der Kosmopsychologen in Riga über eine neue Art von Kosmophobie, die er als »Pinguin-Syndrom« bezeichnete. Bei dieser Phobie handelt es sich um eine ungefährliche psychische Abweichung, die sich in zwanghaft wiederkehrenden Alpträumen des Kranken während des Schlafes manifestiert. Sobald der Kranke in Schlaf oder Halbschlaf fällt, findet er sich im luftleeren Raum schwebend, völlig hilflos und ohnmächtig, einsam und von allen vergessen, seelenlosen und unüberwindlichen Kräften ausgeliefert. Physisch hat er ein quälendes Gefühl zu ersticken, er empfindet, wie sein Körper von mörderischer harter Strahlung durchdrungen wird, wie seine Knochen dünner werden und zerschmelzen, wie sein Hirn zu sieden und zu verdampfen beginnt, eine beispiellose, unglaublich intensive Verzweiflung erfaßt ihn, und er erwacht.

Für ungefährlich hielt Dr. Möbius diese Krankheit, weil sie erstens ohne jegliche bleibende psychische oder somatische Schäden verlief und zweitens erfolgreich in der ambulanten Psychotherapie behandelt werden konnte. Das »Pinguin-Syndrom« hatte Dr. Möbius' Aufmerksamkeit vor allem aus dem Grunde erregt, daß es ein völlig neues Phänomen war, das nie zuvor beschrieben worden war. Verwunderung erregte, daß diese Krankheit Menschen ohne Unterschied des Geschlechts, Alters und Berufs befiel, nicht minder erstaunlich war auch, daß sich keinerlei Zusammenhang des Syndroms mit dem Genindex des Erkrankten erkennen ließ.

Da die Ätiologie des Phänomens sein Interesse erregt hatte, unterzog Dr. Möbius das gesammelte Material (an die eintausendzweihundert Fälle) einer Mehrfaktoranalyse mit achtzehn Parametern und konnte zu seiner Befriedigung entdecken, daß in 78 Prozent aller Fälle das Syndrom bei Menschen auftrat, die kosmische Langstreckenflüge in Schiffen vom Typ »Gespenst 17 ›Pinguin‹« unternommen hatten. »Etwas in der Art habe ich erwartet«, erklärte Dr. Möbius. »Das ist nicht der erste mir bekannte Fall, daß uns die Konstrukteure eine unzureichend erprobte Technik vorlegen. Und ebendarum habe ich das von mir entdeckte Syndrom nach dem Schiffstyp benannt – daß es eine Lehre sein möge.«

Aufgrund des Berichts von Dr. Möbius faßte die Konferenz in Riga den Beschluß, die Schiffe vom Typ »Gespenst 17 ›Pinguin‹« vorläufig außer Dienst zu stellen, bis die Konstruktionsmängel, die die Phobie hervorriefen, vollständig beseitigt wären.

1. Ich habe festgestellt, daß der Typ »Gespenst 17 ›Pinguin‹« einer äußerst sorgfältigen Überprüfung unterzogen wurde, die keinerlei nennenswerte Konstruktionsfehler zum Vorschein brachte, so daß die unmittelbare Ursache für das Auftreten des »Pinguin-Syndroms« weiterhin im dunkeln blieb. (Übrigens entfernte die Verwaltung der Raumflotte in dem Bestreben, jegliches Risiko auszuschalten, die »Pinguine« von den Passagierlinien und rüstete sie auf Autopiloten um.) Die Fälle von Erkrankungen am »Pinguin-Syndrom« gingen rapide zurück, und soviel mir bekannt ist, wurde der letzte vor dreizehn Jahren registriert.

Ich war damit jedoch nicht zufrieden. Mich beunruhigten jene 22 Prozent der Probanden, deren Beziehung zu Schiffen vom Typ »Gespenst 17« unklar blieb. Von diesen 22 Prozent hatten nach den Daten von Dr. Möbius 7 Prozent nachweislich nie etwas mit den »Pinguinen« zu tun, und die restlichen 15 Prozent konnten zu dieser Frage keine zweckdienlichen Angaben machen: Sie hatten den Typ der Schiffe, mit denen sie in den Kosmos flogen, entweder vergessen oder sich nie dafür interessiert.

Natürlich steht die statistische Signifikanz der Hypothese vom ursächlichen Zusammenhang der »Pinguine« mit dem Auftreten der Phobie völlig außer Zweifel. Dennoch sind 22 Prozent ziemlich viel. Und ich unterzog die Materialien von Möbius abermals einer Mehrfaktorenanalyse mit zwanzig zusätzlichen Parametern, wobei ich gestehen muß, daß ich diese Parameter schon in erheblichem Maße zufällig auswählte, da ich über keine, nicht einmal die dubioseste Hypothese verfügte. Zum Beispiel gab es bei mir folgende Parameter: die Startdaten auf den Monat genau, der Geburtsort im Maßstab von Regionen, das Hobby mit der Genauigkeit der Kategorie usw.

Die Angelegenheit erwies sich jedoch als ganz einfach, und nur die althergebrachte Überzeugung der Menschheit von der Isotropie des Raumes hatte Dr. Möbius daran gehindert, zu entdecken, was ich herauszufinden vermochte. Nämlich, daß das »Pinguin-Syndrom« Menschen befiel, die Raumflüge auf den Routen zur Saula, zur Redoute und zur Kassandra unternommen, mit anderen Worten, die den Subraumsektor des Eingangs 41/02 bereist hatten.

Den Typ »Gespenst 17 ›Pinguin‹« traf keinerlei Schuld. Es war einfach so, daß die überwiegende Mehrheit dieser Schiffe damals (zu Beginn der achtziger Jahre) direkt von der Werft zum Einsatz auf die Linien Erde – Kassandra – Zephir und Erde – Redoute – EN 2105 geschickt wurde. 80 Prozent aller Schiffe auf diesen Linien waren damals »Pinguine«. So erklären sich die 78 Prozent des Dr. Möbius. Was indes die übrigen 22 Prozent der Erkrankungen betrifft, so hatten 20 Prozent der betroffenen Personen in Schiffen anderer Typen diese Linien bereist, und es blieben nur 2 Prozent übrig, die niemals irgendwohin geflogen waren, aber die fielen schon nicht mehr ins Gewicht.

2. Dr. Möbius' Angaben sind zweifellos unvollständig. Unter Verwendung der von ihm zusammengetragenen Fallgeschichten sowie von Daten aus den Archiven der Verwaltung der Raumflotte konnte ich feststellen, daß im betrachteten Zeitraum auf den betreffenden Linien in beiden Richtungen 4512 Personen befördert wurden, von denen 183 (hauptsächlich Besatzungsmitglieder) die gesamte Strecke mehrfach zurückgelegt haben. Über zwei Drittel von den Mitgliedern der erwähnten Gruppe sind nicht in den Gesichtskreis von Dr. Möbius geraten. Es drängt sich die Schlußfolgerung auf, daß sie entweder gegen das »Pinguin-Syndrom« immun waren oder es aus bestimmten Gründen nicht für nötig hielten,

einen Arzt zu konsultieren. In diesem Zusammenhang schien es mir äußerst wichtig, festzustellen:

ob sich unter den Mitgliedern der erwähnten Gruppe Personen befanden, die sich als immun gegen das Syndrom erwiesen haben;

ob sich nicht, falls es solche Fälle gab, die Gründe für die Immunität ermitteln lassen oder wenigstens die biosoziopsychologischen Parameter, nach denen sich diese Personen von den Erkrankten unterscheiden.

Mit diesen Fragen wandte ich mich direkt an Dr. Möbius. Er antwortete mir, daß ihn jenes Problem nie interessiert habe, er aber intuitiv dazu neige, die Existenz solcher biosoziopsychologischen Parameter für überaus unwahrscheinlich zu halten. Auf meine Bitte hin erklärte er sich bereit, die Untersuchung des Problems einem seiner Laboratorien zu übertragen, wies jedoch gleich darauf hin, daß die Ergebnisse frühestens in zwei, drei Monaten zu erwarten seien.

Um keine Zeit zu verlieren, wandte ich mich ans Medzentrum-Archiv der Verwaltung der Raumflotte und versuchte, die Daten über alle 124 Piloten zu analysieren, die im fraglichen Zeitraum regelmäßig die gesamte Distanz der betreffenden Linien beflogen haben.

Eine elementare Analyse erbrachte, daß zumindest für die Piloten die Wahrscheinlichkeit einer Erkrankung am »Pinguin-Syndrom« etwa ein Drittel betrug und *nicht* von der Zahl der Flüge abhing, die sie in dem »Gefahrensektor« absolviert hatten. Daher erscheint es als überaus wahrscheinlich, daß a) zwei Drittel aller Menschen immun gegen das »Pinguin-Syndrom« sind und b) ein Mensch, dem die Immunität fehlt, mit nahezu hundertprozentiger Wahrscheinlichkeit an dem Syndrom erkrankt. Ebendarum ist die Frage, worin sich ein immuner Mensch von einem nicht immunen unterscheidet, von besonderem Interesse.

3. Ich halte es für notwendig, eine Anmerkung von Dr. Möbius zu seinem Artikel »Nochmals zur Natur des ›Pinguin-Syndroms‹« vollständig zu zitieren. Dr. Möbius schreibt:

»Eine bemerkenswerte Mitteilung erhielt ich von Kollegen Kriwoklykow (Krimfiliale des Zweiten IRM). Nach der Veröffentlichung meines Vortrags von Riga schrieb er mir, er habe schon seit vielen Monaten Träume, die den Alpträumen der vom ›Pinguin-Syndrom‹ Befallenen thematisch ungewöhnlich ähnlich seien – er fühlt sich im luftleeren Raum schweben, weitab von Planeten und Sternen, er spürt seinen Körper nicht, sieht ihn jedoch ebenso wie auch zahlreiche kosmische Objekte, reale und phantastische. Doch im Unterschied zu den am ›Pinguin-Syndrom‹ Erkrankten empfindet er dabei keinerlei negative Emotionen. Im Gegenteil, der Vorgang erscheint ihm interessant und angenehm. Er hat die Vorstellung, ein selbständiger Himmelskörper zu sein, der sich auf einer selbstgewählten Bahn bewegt. Schon die Bewegung bereitet ihm Befriedigung, denn sie führt ihn zu einem Ziel, das eine Menge Interessantes verspricht. Allein der Anblick der Sternenhaufen, die in den Tiefen des Raumes funkeln, ruft in ihm die Empfindung eines unerklärlichen Triumphs hervor, usw. Mir kam die Idee, daß es sich im Falle von Kollegen Kriwoklykow um eine Art Inversion des ›Pinguin-Syndroms‹ handeln könnte, die im Lichte der in meinem Artikel dargelegten Gedankengänge von großem theoretischem Interesse wäre. Ich wurde jedoch enttäuscht: Wie sich herausstellte, ist Kollege Kriwoklykow nie im Leben mit einem Raumschiff vom Typ ›Gespenst 17 Pinguin‹ geflogen. Im übrigen gebe ich die Hoffnung nicht auf, daß die Inversion des ›Pinguin-Syndroms‹ als psychisches Phänomen real existiert, und wäre jedem Arzt dankbar, der mir freundlicherweise neue Daten zu diesem Gegenstand mitteilt.«

Notiz zur Person:

Kriwoklykow, Iwan Georgijewitsch, Psychiater der ärztlichen Ambulanz in der Basis »Lemboy« (EN 2105), hat im betrachteten Zeitraum mehrmals in Raumschiffen verschiedener Typen die Linie Erde – Redoute – EN 2105 beflogen. Befindet sich nach den Angaben des GGI gegenwärtig in der Basis »Lemboy«.

Im Verlauf eines persönlichen Gesprächs mit Dr. Möbius habe ich ermittelt, daß er die »positive« Inversion des »Pinguin-Syndroms« im Laufe der letzten Jahre noch bei zwei weiteren Menschen entdeckt hat. Ihre Namen mitzuteilen, weigerte er sich unter Hinweis auf seine ärztliche Schweigepflicht.

Ich maße mir nicht an, das Phänomen einer Inversion des »Pinguin-Syndroms« eingehend zu kommentieren, doch es erscheint mir offensichtlich, daß wesentlich mehr Personen als bisher bekannt von solch einer Inversion betroffen sein müssen.

T. Glumow

*

Das Dokument 3 habe ich hier nicht allein deshalb angeführt, weil es einer der vielversprechendsten Berichte war, die Toivo Glumow vorlegte. Als ich ihn wieder und wieder las, hatte ich das Gefühl, wir seien wohl zum erstenmal auf eine echte Spur gestoßen, obwohl ich mir damals nicht träumen ließ, daß damit jene Kette von Ereignissen ihren Anfang nahm, die eine entscheidende Rolle bei meiner Beteiligung an der Großen Offenbarung spielen sollte.

Am 21. März las ich Toivos Bericht über das »Pinguin-Syndrom«.

Am 25. März hatte Hexenmeister seinen Auftritt im Institut der Sonderlinge (ich erfuhr davon erst ein paar Tage später).

Am 27. März aber unterbreitete mir Toivo den Bericht über die Fukaminophobie.

Bericht Nr. 013/99
KomKon 2
Ural/Norden
Datum: 26. März '99
Autor: T. Glumow, Inspektor
Thema 009: »Besuch der alten Dame«
Betr.: Fukaminophobie, Geschichte der Novelle zum »Gesetz über die obligatorische Bioblockade«

Bei der Analyse der Fälle von Auftreten von Massenphobien während der letzten hundert Jahre bin ich zu dem Schluß gelangt, daß im Rahmen des Themas 009 die Ereignisse für uns von Interesse sein könnten, die der Annahme der bekannten Novelle zum »Gesetz über die obligatorische Bioblockade« durch den Weltrat am 2.2.'85 vorangingen.

Es ist in Betracht zu ziehen:

1. Die Bioblockade, auch Tokio-Prozedur genannt, wird auf der Erde und den Äußeren Welten seit rund einhundertfünfzig Jahren angewandt. »Bioblockade« ist kein professioneller Terminus, er wird hauptsächlich von Journalisten benutzt. Die Mediziner als Spezialisten nennen diese Prozedur »Fukamisation« zu Ehren der Schwestern Nathalie und Hoshiko Fukami, die sie als erste theoretisch begründet und in der Praxis eingesetzt haben. Die Fukamisation bezweckt eine Erhöhung der natürlichen Anpassungsfähigkeit des menschlichen Organismus an die äußeren Bedingungen (Bioadaption). In ihrer klassischen Form wird die Fukamisations-Prozedur ausschließlich bei Kleinkindern angewandt, beginnend mit der letzten Phase der intrauterinären Entwicklung. Soviel ich feststellen und verstehen konnte, besteht diese Prozedur aus zwei Etappen.

Die Injektion des UNBLAF-Serums (einer Kultur von »Lebensbakterien«) erhöht um mehrere Größenordnungen die Widerstandsfähigkeit des Organismus gegenüber sämtlichen bekannten (Viren-, Bakterien- und Sporen-) Infektionen sowie allen organischen Giften (dies ist die Bioblockade im eigentlichen Sinne).

Die Aktivierung des Hypothalamus durch Mikrowellenstrahlung vervielfacht die Fähigkeit des Organismus, sich an solche physischen Umweltagenda wie harte Strahlung, ungünstige Gaszusammensetzung der Atmosphäre, hohe Temperatur anzupassen. Außerdem erhöht sich die Fähigkeit des Organismus zur Regeneration verletzter innerer Organe um ein vielfaches, das von der Retina wahrgenommene Spektrum wird breiter, die Fähigkeit zur Psychotherapie nimmt zu usw.

2. Bis zum Jahr '85 wurde die Fukamisations-Prozedur entsprechend dem »Gesetz über die obligatorische Bioblockade« allgemeinverbindlich angewandt. Im Jahre '82 wurde dem Weltrat ein Novellierungsentwurf unterbreitet, der die Abschaffung der Fukamisationspflicht für auf der Erde geborene Kinder vorsah. Die Fukamisations-Prozedur sollte danach durch die sogenannte »Reifeimpfung« bei Erreichen des sechzehnten Lebensjahres ersetzt werden. '85 nahm der Weltrat (mit einer Mehrheit von nur zwölf Stimmen) die Novelle zum »Gesetz über die obligatorische Bioblockade« an. Damit wurde die Fukamisationspflicht abgeschafft und die Anwendung der Prozedur völlig ins Ermessen der Eltern gestellt. Personen, die nicht als Kinder fukamisiert worden sind, erhielten das Recht, später auch die »Reifeimpfung« abzulehnen, verloren in diesem Falle jedoch die Möglichkeit, in Berufen mit hohen physischen und psychischen Belastungen zu arbeiten. Nach den Angaben des GGI leben gegenwärtig auf der Erde etwa eine Million Halbwüchsige, die keine Fukamisation erhalten haben, und etwa zwanzigtausend Personen, die den Empfang der »Reifeimpfung« verweigert haben.

Zum Wesen der Ereignisse, die im Februar '85 zur Annahme der Novelle zum »Gesetz über die obligatorische Bioblockade« führten, habe ich folgendes festgestellt:

1. In den anderthalb Jahrhunderten, in denen die Fukamisa-

tion global praktiziert wird, ist kein einziger Fall bekannt geworden, daß diese Prozedur dem Behandelten irgendeinen Schaden zugefügt hätte. Es ist daher nicht verwunderlich, daß Fälle, in denen Mütter die Fukamisation verweigerten, bis zum Frühjahr '81 außerordentlich selten waren. Die überwiegende Mehrheit der Ärzte, die ich konsultierte, hatte bis zum angegebenen Zeitpunkt nie von derartigen Fällen gehört. Auftritte gegen die Fukamisation von theoretischer und propagandistischer Art hatten sich jedoch mehrfach ereignet. Hier die charakteristischsten Publikationen aus unserem Jahrhundert:

C. Debouquet: Den Menschen bauen? Lyon '32.

Eine postume Ausgabe vom letzten Buch des bedeutenden (heute vergessenen) Antieugenikers. Der zweite Teil des Buches befaßt sich ausschließlich mit der Kritik der Fukamisation als eines »dreist-einschmeichelnden Einbruchs in den Naturzustand des menschlichen Organismus«. Es wird der irreversible Charakter der von der Fukamisation hervorgerufenen Veränderungen unterstrichen (». . . niemandem ist es jemals gelungen, einen aktivierten Hypothalamus wieder zu hemmen . . .«), aber der Hauptangriff gilt dem Umstand, daß diese typisch eugenische Prozedur, von der Autorität des Weltgesetzes mit Glanz versehen, nun schon seit Jahren als verderblicher und verführerischer Präzedenzfall für weitere eugenische Experimente diene.

K. Pumivur: Der Reader – Rechte und Pflichten. Bangkok '15.

Der Autor, Vizepräsident der Weltassoziation der Reader, ist ein Verfechter und Aktivist einer maximalen aktiven Beteiligung der Reader an allem Tun der Menschheit. Er begründet sein Auftreten gegen die Fukamisation mit Daten aus einer privaten Statistik. Danach wirke sich die Fukamisation ungünstig auf die Ausbildung des Reader-Potentials beim Menschen aus, und obwohl der relative Anteil der Reader in der Bevölkerung in der Epoche der Fukamisation nicht zurückgegangen sei, sei doch in diesem Zeitraum kein einziger

Reader aufgetaucht, der den Readers an der Wende vom 21. zu 22. Jahrhundert an Kraft gleichkomme. Der Autor ruft dazu auf, die Fukamisationspflicht abzuschaffen – fürs erste wenigstens für die Kinder und Enkel von Readern. (Alle Materialien des Buches sind hoffnungslos veraltet: in den dreißiger Jahren erschien eine glänzende Plejade von Readern mit unglaublicher Kraft – Alexander Solemba, Peter Dzomny und andere.)

August Xesis: Der Stein des Anstoßes. Athen '37.

Der bekannte Theoretiker und Prediger des Noophilismus hat seine Broschüre einer scharfen Kritik an der Fukamisation gewidmet, wobei die Kritik freilich eher poetisch als rational ist. Nach den Vorstellungen des Noophilismus (als einer eigenartigen Vulgarisierung der Theorie von Jakovitz) ist das Weltall das Gefäß des Nookosmos, in den nach dem Tode der mental-emotionale Code der menschlichen Persönlichkeit einfließt. Anscheinend hat Xesis absolut keine Ahnung von der Fukamisation, er stellt sie sich als eine Art Blinddarmoperation vor und ruft leidenschaftlich dazu auf, von einer derart groben Prozedur abzulassen, die den mental-emotionalen Code verkrüppelt und verfälscht. (Nach den Angaben des GGI hat seit der Annahme der Gesetzesnovelle kein Mitglied der Kongregation der Noophilisten mehr der Fukamisation seiner Kinder zugestimmt.)

J. Toceyville: Homo audax. Birmingham '51.

Diese Monographie ist ein recht typisches Muster für eine ganze Bibliothek von Büchern und Broschüren, die der Propaganda für die Einstellung des technologischen Fortschritts gewidmet sind. Charakteristisch ist für alle Bücher dieser Art die Apologetik erstarrter Zivilisationen vom Typ der tagoranischen oder der Biozivilisation auf der Leonida. Es wird erklärt, der technologische Fortschritt der Erde habe seine Rolle zu Ende gespielt. Die Expansion der Menschheit im Kosmos wird als eine Art soziale Verschwendung dargestellt, die in der Perspektive zu bitterer Enttäuschung führen werde. Der Vernunftbegabte Mensch werde zum Tollkühnen Menschen, dem bei der Jagd nach der Quantität rationaler und emotionaler Information deren Qualität abhanden komme. (Es wird vorausgesetzt, daß die Information über den Psychokosmos von ungleich höherer Qualität sei als die über den Großen Kosmos im umfassendsten Sinne des Wortes.) Die Fukamisation leiste der Menschheit einen Bärendienst, weil gerade sie die Mutation des Homo sapiens zum Homo audax begünstige, indem sie seine expansionistischen Potenzen erweitere und de facto stimuliere. Es wird vorgeschlagen, in der ersten Phase wenigstens auf die Aktivierung der Hypothalamus zu verzichten.

C. Oxoview: Bewegung auf der Vertikale. Kalkutta '61.

»C. Oxoview« ist das Pseudonym eines Wissenschaftlers oder einer Gruppe von Wissenschaftlern, die die nicht unbekannte Idee vom sogenannten vertikalen Progreß des Menschen formuliert und in Umlauf gebracht haben. Das Pseudonym zu lüften ist mir nicht gelungen. Ich habe Grund zu der Annahme, daß C. Oxoview entweder der Vorsitzende der KomKon 1 G. Komow oder einer seiner Gesinnungsgenossen in der Akademie für Sozialprognose ist. Die vorliegende Ausgabe ist die erste Monographie der »Vertikalisten«. Das sechste Kapitel bietet eine eingehende Betrachtung aller Aspekte der Fukamisation – der biologischen, sozialen und ethischen – aus der Sicht der Grundsätze des vertikalen Progresses. Die Hauptgefahr bei der Fukamisation wird in der Möglichkeit ihres unkontrollierten Einflusses auf den Genotyp gesehen. Zur Untermauerung dieser Idee werden – soweit ich feststellen konnte, erstmals – Angaben über zahlreiche Fälle aufgeführt, in denen Eigenschaften eines fukamisierten Organismus vererbt worden sind. Es werden über hundert Fälle dargelegt, in denen der Abwehrmechanismus der Frucht schon im Mutterleib mit der Produktion von Antikörpern begann, wie sie für die Einwirkung des UNBLAF-Serums charakteristisch ist, und über zweihundert Fälle, in denen Neugeborene über einen von Geburt an aktivierten Hypothalamus verfügten. Außerdem sind über dreißig Fälle verzeichnet, in denen solche Eigenschaften bereits in die dritte Generation vererbt wurden. Es wird unterstrichen, daß derartige Erscheinungen zwar keine unmittelbare Gefahr für die überwiegende Mehrheit der Menschen darstellen, aber auf vielsagende Weise die Tatsache illustrieren, daß die Fukamisation noch längst nicht so gut erforscht ist, wie ihre Anhänger behaupten. Es ist nicht zu leugnen, daß das Material mit ungewöhnlicher Sorgfalt ausgewählt und recht effektvoll dargelegt ist. Zum Beispiel sind mehrere beeindruckende Absätze den sogenannten G-Allergien gewidmet, bei denen eine Aktivierung des Hypothalamus kontraindiziert ist. Die G-Allergie ist ein äußerst seltener Zustand des Organismus, der schon an der Frucht im Mutterleib leicht festzustellen ist und daher keinerlei Gefahr darstellt – diese Säuglinge werden der zweiten Etappe der Fukamisation einfach nicht unterzogen. Wird jedoch ein aktivierter Hypothalamus an einen G-Allergiker vererbt, ist die Medizin machtlos – zur Welt kommt ein unheilbar kranker Mensch. C. Oxoview ist es gelungen, einen solchen Fall ausfindig zu machen, und er spart nicht mit Farben bei seiner Schilderung. Ein noch apokalyptischeres Bild entwirft der Autor, wenn er eine Welt der Zukunft zeichnet, in der sich die Menschheit unter Einwirkung der Fukamisation in zwei Genotypen aufspaltet. Diese Monographie ist mehrfach aufgelegt worden und hat offensichtlich keine geringe Rolle bei der Erörterung der Gesetzesnovelle gespielt. Es ist jedoch bemerkenswert, daß die letzte Auflage dieses Buches (Los Angeles '99) kein Wort über die Fukamisation enthält: Es sieht aus, als sei der Autor durch die Novelle vollauf zufriedengestellt, während ihn das Schicksal jener 99,9 ... Prozent der Menschheit, die ihre Kinder weiterhin der Fukamisation unterziehen, nicht interessiert.

Anmerkung: Am Schluß dieses Punktes halte ich es für nötig zu unterstreichen, daß ich die Materialien dafür unter dem Gesichtspunkt ihrer Nichttrivilialität (aus meiner persönlichen Sicht) ausgewählt und annotiert habe. Ich bitte im voraus um Entschuldigung, falls der geringe Stand meiner Allgemeinbildung Anlaß zur Unzufriedenheit gibt.

2. Anscheinend wurde die erste Verweigerung der Fukamisation, die eine ganze Epidemie von Weigerungen nach sich zog, im Kreißsaal der Siedlung Xawa (Äquatorialafrika) registriert. Am 17.4.'81 verboten alle drei werdenden Mütter, die im Laufe des Tages in den Raum eingezogen waren, unabhängig voneinander, in unterschiedlicher Form, aber ganz kategorisch dem Personal, die Fukamisations-Prozedur an ihnen vorzunehmen.

Die Kreißende A. (erste Geburt) motivierte die Weigerung mit dem Wunsch ihres Mannes, der kurz zuvor tödlich verunglückt war. Die Kreißende B. (zweite Geburt) versuchte nicht einmal, ihre Weigerung zu begründen; der geringste Versuch, sie eines Besseren zu belehren, versetzte sie in einen hysterischen Zustand. »Ich will nicht, und basta!« wiederholte sie. Die Kreißende C. (dritte Geburt, erster Protest) war sehr verständig und ruhig, sie motivierte die Weigerung mit dem Wunsch, das Schicksal des Kindes nicht ohne sein Wissen und Einverständnis zu entscheiden. »Wenn es größer ist, soll es selbst entscheiden«, erklärte sie.

(Ich führe diese Motivationen hier an, weil sie durchweg typisch sind. Mit leichten Abwandlungen wurden sie in 95 Prozent der Fälle von den »Verweigerinnen« ins Feld geführt. In der Literatur ist folgende Klassifikation üblich: Weigerung vom Typ A – eine durchaus rationale, im Grunde aber wenig wahrscheinliche Begründung, 25 Prozent. Weigerung vom Typ B – Phobie in reinster Form, hysterisches, irrationales Verhalten, 65 Prozent. Weigerung vom Typ C – ethische Erwägungen, 10 Prozent.)

Am 18. April kam es im selben Krankenhaus abermals zu zwei Weigerungen, und weitere wurden in anderen Kreißsälen der Region registriert. Zum Monatsende zählten die Fälle von Verweigerung schon nach Hunderten und waren in allen Regionen des Erdballs zu verzeichnen, und am 5. Mai traf die erste Nachricht von einem Verweigerungsfall außerhalb der

Erde (Mars, Große Syrte) ein. Die Epidemie von Weigerungen dauerte – bald aufflammend, bald abflauend – bis '85 an, so daß zu dem Zeitpunkt, da die Gesetzesnovelle angenommen wurde, die Gesamtzahl der »Verweigerinnen« rund 50000 betrug (0,01 Prozent aller Gebärenden).

Die Gesetzmäßigkeiten der Epidemie sind phänomenologisch sehr gut und mit hoher Zuverlässigkeit erforscht, fanden aber dennoch keine auch nur halbwegs überzeugende Erklärung.

Zum Beispiel wurde festgestellt, daß die Epidemie gleichsam zwei geographische Verbreitungszentren besaß: eins in Äquatorialafrika, das andere in Nordostsibirien. Es drängt sich eine Analogie zu den wahrscheinlichen Ausbreitungszentren der Menschheit auf, die freilich nichts erklärt.

Ein zweites Beispiel. Die Weigerungen erfolgten stets individuell, doch rief innerhalb jedes Kreißsaales gleichsam eine Weigerung die nächste hervor. Daher der Terminus »eine Kette von Weigerungen aus n Gliedern«. Die Zahl n kann ziemlich groß sein: eine »Kette« im Kreißsaal der Frauenklinik von Gowekai begann am 11.9.'83 und dauerte bis zum 21.9., wobei sie sämtliche werdenden Mütter umfaßte, die nacheinander in den Saal kamen, so daß die Kette insgesamt aus 19 Gliedern bestand.

In einigen Krankenhäusern flammten Verweigerungsepidemien mehrmals auf und verloschen wieder. Im Berner Säuglingspalast etwa trat die Epidemie zwölfmal hintereinander auf.

Bei alledem kannte man in der überwiegenden Mehrheit der Kreißsäle auf der Erde solche Verweigerungsepidemien nicht einmal vom Hörensagen. Ebensowenig war auch in den meisten außerirdischen Siedlungen von Weigerungen zu hören. An den Orten jedoch, wo Epidemien auftraten (Große Syrte, Saula-Basis, Kurort), entwickelten sie sich nach den für die Erde typischen Gesetzen.

3. Den Ursachen für die Entstehung der Fukamiphobie ist eine umfangreiche Literatur gewidmet. Ich habe mich mit den solidesten Arbeiten vertraut gemacht, die mir Prof. Deruyod

aus dem Psychologischen Zentrum Lhasa empfohlen hat. Mir fehlt die nötige Ausbildung, um diese Arbeiten kompetent referieren zu können, aber ich habe den Eindruck gewonnen, daß es keine einigermaßen allgemein anerkannte Theorie der Fukamiphobie gibt. Deshalb beschränke ich mich hier darauf, ein Fragment meiner Unterredung mit Prof. Deruyod wörtlich zu zitieren.

Frage: Halten Sie es für möglich, daß eine Phobie bei einem gesunden und unter normalen Bedingungen lebenden Menschen auftritt?

Antwort: Strenggenommen ist das unmöglich. Eine Phobie entsteht beim gesunden Menschen immer infolge übermäßiger physischer und psychischer Belastung. Von so einem Menschen kann man schwerlich sagen, er lebe unter normalen günstigen Bedingungen. Etwas anderes ist es, daß sich der Mensch, besonders in unserer stürmischen Zeit, nicht immer darüber im klaren ist, daß er sich übernommen hat ... Subjektiv kann er sich durchaus unter günstigen Umständen und sogar zufrieden wähnen, und eine bei ihm auftretende Phobie kann aus der Sicht des Dilettanten unerklärlich scheinen ...

Frage: Und was die Fukamiphobie betrifft ...?

Antwort: Sie wissen, unter bestimmten Gesichtspunkten ist die Schwangerschaft auch heute noch ein Geheimnis ... Man muß sich nur vergegenwärtigen, daß wir erst vor ganz kurzer Zeit begriffen haben, daß die Psyche der Schwangeren eine binäre Psyche ist, das Ergebnis der verteufelt komplizierten Wechselwirkung zwischen der wohlausgeformten Psyche eines erwachsenen Menschen und der antenatalen Psyche der Frucht, von der wir heute praktisch nichts wissen ... Und wenn man dann noch die unvermeidlichen physischen Streßerscheinungen hinzunimmt, die ebenso unvermeidlichen neurotischen Erscheinungen ... All das bildet, allgemein gesprochen, einen günstigen Nährboden für Phobien. Daraus jedoch zu schließen, wir hätten mit derlei Betrachtungen irgend etwas an dieser frappierenden Geschichte erklärt ... Das wäre voreilig. Das wäre überaus voreilig und unseriös.

FRAGE: Gibt es irgendwelche Besonderheiten der »Verweigerinnen« im Vergleich zu gewöhnlichen werdenden Müttern? Physiologische, psychologische ... Sind solche Untersuchungen durchgeführt worden?

ANTWORT: Vielfach. Und nichts Konkretes konnte dabei festgestellt werden. Persönlich war ich immer der Ansicht und bin es noch heute, daß die Fukamiphobie eine universelle Phobie ist, wie zum Beispiel die Phobie vor dem Null-Transport. Nur daß die Null-T-Phobie sehr weit verbreitet ist, Furcht vor dem ersten Null-T-Übergang empfindet praktisch jedermann unabhängig von Geschlecht und Beruf, später verliert sich diese Angst spurlos ... Die Fukamiphobie hingegen ist zum Glück eine sehr seltene Erscheinung. Ich sage »zum Glück«, denn Wege zur Heilung der Fukamiphobie sind nicht gefunden worden.

FRAGE: Habe ich Sie richtig verstanden, Professor, daß keine einzige konkrete Ursache bekannt ist, die Fukamiphobie hervorruft?

ANTWORT: Mit Sicherheit ist keine bekannt. Die verschiedenen Hypothesen allerdings zählen nach Dutzenden.

FRAGE: Zum Beispiel?

ANTWORT: Zum Beispiel die Propaganda der Fukamisationsgegner. Auf ein leicht zu beeindruckendes Gemüt, noch dazu im Zustand der Schwangerschaft, konnte solch eine Propaganda einen gewissen Eindruck machen. Oder etwa eine Hypertrophie des Mutterinstinkts, das instinktive Bedürfnis, sein Kind von allen äußeren Einwirkungen abzuschirmen, und seien sie auch nützlich ... Sie wollen etwas einwenden? Nicht nötig. Ich stimme völlig mit Ihnen überein. All diese Hypothesen erklären günstigstenfalls nur einen sehr engen Kreis von Tatsachen. Weder die »Weigerungsketten« noch die geographischen Besonderheiten der Erscheinung hat jemand zu erklären vermocht ... Und erst recht niemand begreift, warum das alles ausgerechnet im Frühjahr '81 begann, und zwar nicht nur auf der Erde, sondern auch recht weit entfernt ...

Frage: Und warum es im Jahre '85 aufhörte – kann man das erklären?

Antwort: Stellen Sie sich vor, ja. Stellen Sie sich vor, allein die Tatsache, daß die Novelle angenommen wurde, konnte durchaus entscheidend dazu beitragen, daß die Epidemie erlosch. Selbstverständlich blieb auch hier vieles unklar, aber das sind schon Details.

Frage: Was meinen Sie, kann die Epidemie nicht im Ergebnis irgendwelcher unvorsichtiger Experimente ausgebrochen sein?

Antwort: Theoretisch ist das möglich. Aber wir haben diese Hypothese seinerzeit überprüft. Auf der Erde werden keinerlei Experimente durchgeführt, die Massenphobien hervorzurufen vermöchten. Außerdem dürfen Sie nicht vergessen, daß die Fukamiphobie zur gleichen Zeit auch außerhalb der Erde aufgetreten ist ...

Frage: Und welche Arten von Experimenten könnten Phobien hervorrufen?

Antwort: Wahrscheinlich habe ich mich nicht ganz genau ausgedrückt. Ich kann Ihnen eine ganze Reihe von sozusagen technischen Methoden nennen, mit denen sich bei Ihnen, einem gesunden Menschen, irgendeine Phobie erzeugen ließe. Beachten Sie: eben *irgendeine*. Beispielsweise bestrahle ich Sie in einem bestimmten Rhythmus mit einem Neutrinokonzentrat, und bei Ihnen entsteht eine Phobie. Aber was für eine Phobie wäre das? Platzangst? Höhenangst? Angst vor der Angst? Das kann ich vorher nicht sagen. Um jedoch beim Menschen eine derart spezifische Phobie wie die Fukamiphobie auszulösen, die Angst vor der Fukamisation ... Nein, davon kann gar keine Rede sein. Höchstens in Verbindung mit Hypnose. Aber wie sollte man diese Verbindung praktisch realisieren? – Nein, nein, das ist nicht ernst zu nehmen.

4. Bei all ihrer weiten geographischen (und kosmographischen) Verbreitung blieben die Fälle von Fukamiphobie doch eine in der medizinischen Praxis außerordentlich seltene Erscheinung, und sie allein hätten schwerlich zu Veränderungen

in der Gesetzgebung geführt. Die Fukamiphobie-Epidemie verwandelte sich jedoch sehr rasch von einem medizinischen Problem zu einem Ereignis von sozialem Charakter.

August '81: die ersten registrierten Proteste von Vätern, vorerst noch von privatem Charakter (Beschwerden an örtliche und regionale medizinische Verwaltungen, vereinzelte Eingaben an die örtlichen Räte).

Oktober '81: die erste kollektive Petition von 129 Vätern und zwei Geburtshelfern an die Kommission zum Schutz von Mutter und Kind beim Weltrat.

Dezember '81: Auf dem XVII. Weltkongreß der Geburtshelferassoziation tritt erstmals eine Gruppe von Ärzten und Psychologen gegen die Fukamisationspflicht auf.

Januar '82: Bildung der Initiativgruppe VEPI (benannt nach den Initialen der Gründer), die Ärzte, Psychologen, Soziologen, Philosophen und Juristen in sich vereint. Ebendiese Gruppe VEPI hat den Kampf um die Annahme der Novelle begonnen und zu Ende geführt.

Februar '82: erstes Meeting der Fukamisationsgegner vor dem Gebäude des Weltrates.

Juni '82: formale Bildung einer Opposition gegen das »Gesetz« innerhalb der Kommission zum Schutz von Mutter und Kind.

Die weitere Chronologie der Ereignisse ist meiner Meinung nach nicht von besonderem Interesse. Die Zeit (dreieinhalb Jahre), die der Weltrat zur allseitigen Untersuchung und Annahme der Gesetzesnovelle benötigte, ist durchaus typisch. Für untypisch halte ich indes das Verhältnis zwischen der Zahl der Massenanhängerschaft der Novelle und der Zahl des professionellen Kerns. Für gewöhnlich umfaßt die Massenanhängerschaft eines neuen Gesetzes mindestens zehn Millionen Menschen, während zum professionellen Kern, der ihre Interessen qualifiziert vertritt (Juristen, Soziologen, Spezialisten für die betreffende Frage), nur ein paar Dutzend Leute gehören. In unserem Falle jedoch bildeten die Laien unter den Verfechtern der Gesetzesänderung (die »Verweigerinnen«, ihre Ehemänner und Verwandten, Freunde, Sympathisanten, Personen, die sich der Bewegung aus religiösen oder philosophischen Erwägungen anschlossen) nie eine echte Massenbasis. Insgesamt zählte die Bewegung nicht mehr als eine halbe Million Anhänger. Was jedoch den professionellen Kern betrifft, so bestand allein die Gruppe VEPI zum Zeitpunkt der Gesetzesänderung aus 536 Fachleuten.

5. Nach der Annahme der Novelle hörten die Weigerungen nicht auf, obwohl ihre Zahl merklich zurückging. Die Hauptsache war, daß sich im Laufe des Jahres '85 der Charakter der Epidemie selbst wandelte. Eigentlich konnte man die Erscheinung schon nicht mehr als Epidemie bezeichnen. Jegliche Gesetzmäßigkeiten (die »Weigerungsketten«, die geographischen Konzentrationen) verschwanden. Jetzt sind die Weigerungen von völlig zufälliger, vereinzelter Art, wobei die Motivierungen vom Typ A und B überhaupt nicht mehr vorkommen und statt dessen Verweise auf die Gesetzesnovelle überwiegen. Das ist offensichtlich der Grund, daß die Ärzte heutzutage die Verweigerung der Fukamisation überhaupt nicht als Manifestation einer Fukaniphobie betrachten. Bemerkenswert ist, daß viele Frauen, die seinerzeit die Fukamisation kategorisch abgelehnt und aktiv an der Bewegung für die Gesetzesänderung teilgenommen hatten, heute jegliches Interesse an dieser Frage verloren haben und bei einer Geburt nicht einmal von ihrem Recht Gebrauch machen, sich auf die Novelle zu berufen. Von den Frauen, die im Zeitraum '81 – '85 die Fukamisation ablehnten, verweigerten sie bei der nächsten Geburt kaum 12 Prozent. Daß die Fukamisation ein drittes Mal verweigert wird, kommt schon ganz selten vor: Im Laufe von 15 Jahren sind nur ein paar Fälle verzeichnet worden.

6. Ich halte es für notwendig, zwei Umstände besonders hervorzuheben.

A. Das nahezu völlige Verschwinden der Fukamiphobie nach der Annahme der Novelle wird für gewöhnlich mit wohlbekannten psychosozialen Faktoren erklärt. Der Mensch unserer Zeit akzeptiert nur jene Beschränkungen und Pflichten, die sich aus den moralisch-ethischen Grundsätzen der Gesellschaft ergeben. Jede Einschränkung oder Verpflichtung anderer Art ruft in ihm ein Gefühl von (unbewußter) Abneigung und (instinktivem) innerem Protest hervor. Und naturgemäß verliert der Mensch, wenn er erst einmal die Freiwilligkeit in der Frage der Fukamisation erreicht hat, den Grund für seine Abneigung und beginnt, zur Fukamisation eine neutrale Haltung wie zu jeder gewöhnlichen medizinischen Prozedur einzunehmen.

B. Die Fukaminophobie-Epidemie stimmt zeitlich gut mit dem Auftauchen des »Pinguin-Syndroms« überein (siehe meinen Bericht Nr. 011/99).

Sapienti sat.

T. Glumow

*

Heute kann ich mit Bestimmtheit sagen, daß gerade dieser Bericht Toivo Glumows in meinem Bewußtsein jenen Impuls auslöste, der mich letzten Endes zur Großen Offenbarung führte. Dabei begann, so lächerlich das jetzt klingt, dieser Impuls mit der unwillkürlichen Gereiztheit, die Toivos grobe und unzweideutige Anspielungen auf die angeblich verhängnisvolle Rolle der »Vertikalisten« in der Geschichte der Gesetzänderung bei mir hervorriefen. Im Original des Berichts ist dieser Absatz von mir dick angestrichen; ich weiß noch genau, daß ich damals vorhatte, Toivo wegen übertriebener Phantasterei die Leviten zu lesen. Doch da erreichten mich die Nachrichten vom Besuch des Hexenmeisters im Institut der Sonderlinge, mir kam endlich die Erleuchtung, und ich hatte anderes im Kopf, als jemandem die Leviten zu lesen.

Ich fand mich in einer überaus schwerwiegenden Krise, denn es gab niemanden, mit dem ich mich aussprechen konnte. Erstens hatte ich keinerlei Vermutungen. Zweitens wußte ich nicht, wen ich jetzt ins Vertrauen ziehen durfte und wer dafür schon nicht mehr in Frage kam. Viel später habe ich meine Jungs gefragt, ob ihnen in jenen (für mich) unheimlichen Apriltagen des Jahres '99 an meinem Verhalten etwas seltsam vorgekommen sei. Sandro steckte seinerzeit bis über den Kopf im Thema »Rip van Winkle« und befand sich selbst im Zustand großer Verwirrung, deshalb hatte er nichts bemerkt. Grischa Serossowin behauptete, ich sei damals besonders schweigsam gewesen und habe auf alle Vorstöße seinerseits mit einem rätselhaften Lächeln geantwortet. Kikin hingegen blieb sich selbst treu: Ihm sei schon damals »alles klar« gewesen. Was nun Toivo Glumow angeht, so mußte ihn mein Verhalten in jenen Tagen bis zur Weißglut reizen. Und das tat es auch. Ich wußte jedoch wirklich nicht, was ich tun sollte! Einen nach dem anderen schickte ich meine Mitarbeiter ins Institut der Sonderlinge und wartete jedesmal ab, was sich daraus ergeben würde, es ergab sich nichts, und ich schickte den nächsten los und wartete wieder.

Zu dieser Zeit lag Gorbowski bei sich in Krăslava im Sterben.

Zu dieser Zeit bereitete sich Athos-Sidorow auf einen neuerlichen Krankenhausaufenthalt vor, und es war nicht sicher, ob er zurückkehren würde.

Zu dieser Zeit lud sich Danja Logowenko zum erstenmal nach einer langen Pause wieder auf eine Tasse Tee zu mir ein und kramte in Erinnerungen, ohne mehr als lauter Belanglosigkeiten zu sagen.

Zu dieser Zeit hatte ich noch nichts entschieden.

Und da brachen die Ereignisse in Malaja Pescha über uns herein.

In der Nacht vom 5. zum 6. Mai holte mich der Havariedienst aus dem Bett. In Malaja Pescha (am Flusse Pescha, der in die Tschescha-Bucht der Barentssee mündet) waren irgendwelche Monster aufgetaucht und hatten eine Panik unter den Bewohnern der Siedlung ausgelöst. Die Havariegruppe war unterwegs, die Untersuchung lief.

Gemäß der bestehenden Ordnung war ich verpflichtet,

einen meiner Inspektoren an den Ort des Geschehens zu entsenden. Ich schickte Toivo.

Leider ist der Bericht von Inspektor Glumow über die Ereignisse und seine Handlungen in Malaja Pescha verlorengegangen. Zumindest habe ich ihn nicht ausfindig machen können. Dabei würde ich sehr gern so genau wie möglich zeigen, wie Toivo jene Untersuchung geführt hat, und muß deshalb auf eine Rekonstruktion der Ereignisse zurückgreifen, indem ich mich auf mein Gedächtnis und auf Gespräche mit Augenzeugen dieses Vorfalls stütze.

Es ist leicht zu sehen, daß die vorliegende Rekonstruktion (und ebenso alle folgenden) außer völlig gesicherten Fakten auch gewisse Schilderungen, Metaphern, Epitheta, Dialoge und dergleichen belletristische Elemente enthält. Immerhin liegt mir daran, daß der Leser den lebendigen Toivo vor sich sieht, wie er mir in Erinnerung ist. Da reichen Dokumente allein nicht aus. Übrigens mag man, wenn man will, meine Rekonstruktionen als eine besondere Art Zeugenaussagen betrachten.

Malaja Pescha. 6. Mai '99. Früher Morgen

Aus der Vogelperspektive sah die Siedlung Malaja Pescha so aus, wie sie in der vierten Morgenstunde auszusehen hatte. Verschlafen. Friedlich. Leer. Ein Dutzend bunte Dächer im Halbkreis, ein von Gras überwucherter Platz, ein paar verstreut dastehende Gleiter, der gelbe Klubpavillon am Abhang über dem Fluß. Der Fluß wirkte reglos, sehr kalt und ungastlich, Fetzen von weißem Nebel hingen über dem Schilf am anderen Ufer.

Auf der Außentreppe des Klubs stand mit zurückgeneigtem Kopf ein Mann und beobachtete den Gleiter. Sein Gesicht kam Toivo bekannt vor, und das war kein Wunder: Er kannte viele aus den Havariemannschaften, sicherlich jeden zweiten.

Er landete neben der Treppe und sprang auf das feuchte Gras. Der Morgen hier war kalt. Der Mann aus der Havariegruppe trug einen bequemen Anorak mit zahlreichen besonderen Taschen und Schlaufen für all die Phiolen, Regulatoren, Löschgeräte, Brandsätze und sonstigen Apparate, die zur ordnungsgemäßen Ausübung des Havariedienstes benötigt werden.

»Guten Morgen«, sagte Toivo. »Basil, nicht wahr?«

»Guten Morgen, Glumow«, antwortete der und gab ihm die Hand. »Richtig, Basil. Was lassen Sie so lange auf sich warten?«

Toivo erklärte ihm, daß der Null-T hier in Malaja Pescha aus wer weiß welchem Grunde keine Passagiere annimmt und er in Nishnaja Pescha herauskam, so daß er dort einen Gleiter nehmen und noch vierzig Minuten den Fluß entlang fliegen mußte.

»Klar«, sagte Basil und blickte sich zum Pavillon um. »Das habe ich mir gedacht. Wissen Sie, die haben ihre Null-Kabine hier in der Panik derart demoliert . . .«

»Also ist bisher niemand zurückgekehrt?«

»Niemand.«

»Und weiter ist nichts vorgefallen?«

»Nichts. Unsere Leute haben die Besichtigung vor anderthalb Stunden abgeschlossen, nichts Wesentliches gefunden und sind wieder nach Hause geflogen, um die Analysen zu machen. Mich haben sie zurückgelassen, damit ich niemanden auf das Gelände lasse, und die ganze Zeit über habe ich versucht, die Null-Kabine zu reparieren.«

»Haben Sie's geschafft?«

»Ich denke, doch.«

Die Cottages in Malaja Pescha waren altmodisch, im vorigen Jahrhundert erbaut, utilitäre Architektur, auf Natur getrimmte Organik, vor Alter giftiggrelle Farben. Rings um jedes Cottage für den Blick undurchdringliches Gestrüpp aus Johannisbeersträuchern, Flieder und Polarerdbeeren, gleich hinter dem Halbkreis von Häusern aber Wald, die gelben

Stämme riesiger Föhren, vom Nebel graugrüne Nadelkronen und darüber, schon ziemlich hoch, die glutrote Scheibe der Sonne im Nordosten ...

»Was für Analysen?« fragte Toivo.

»Na, hier gibt es noch eine Menge Spuren ... Dieses Mistzeug ist anscheinend aus dem Cottage dort hervor nach allen Seiten gekrochen ...« Basil wies in die Richtungen. »An den Sträuchern, im Gras, hier und da auf den Verandas ist ein leicht angetrockneter Schleim zurückgeblieben, irgendwelche Schuppen, Büschel von so etwas Eigenartigem ...«

»Was haben Sie selbst gesehen?«

»Nichts. Als wir eintrafen, war hier alles so wie jetzt, nur, daß Nebel über dem Fluß lag.«

»Zeugen waren also nicht mehr da?«

»Zuerst dachten wir, alle hätten Hals über Kopf das Weite gesucht. Aber dann stellte sich heraus: Nein, in dem Häuschen dort am Rande, am Ufer, lebt, und zwar in bester Verfassung, eine überaus bejahrte Person, die nicht einmal daran gedacht hat, das Weite zu suchen ...«

»Warum?« wollte Toivo wissen.

»Keine Ahnung!« gab Basil mit hochgezogenen Brauen und ausgebreiteten Händen zur Antwort. »Können Sie sich das vorstellen? Ringsum Panik, alles rennt erschrocken durcheinander, die Tür zur Null-Kabine haben sie aus den Angeln gerissen, sie aber läßt das kalt ... Wir kommen angeflogen, entfalten unsere Schlachtordnung, die Säbel blankgezogen, die Bajonette aufgepflanzt, und plötzlich tritt sie auf die Vortreppe heraus und ersucht uns streng, uns leiser zu verhalten, denn sehen Sie, unser Lärm stört sie beim Schlafen!«

»Gab es überhaupt eine Panik?«

»Also wirklich!« sagte Basil und hob warnend die Hand. »Hier haben sich achtzehn Menschen befunden, als alles losging. Neun haben in Gleitern das Weite gesucht. Fünf sind durch die Kabine geflohen. Und drei sind kopflos in den Wald gerannt, haben sich dort verirrt, und wir konnten sie nur mit Mühe finden. Also brauchen Sie nicht daran zu zweifeln, ob es eine Panik gab; die gab es . . . Es gab eine Panik, es gab irgendwelche Ungeheuer, und die Spuren sind noch da. Aber warum die Alte keine Angst bekommen hat – das wissen wir nicht. Sie ist überhaupt recht seltsam, diese Alte. Ich habe mit eigenen Ohren gehört, wie sie dem Kommandeur erklärte: ›Ihr seid zu spät gekommen, meine Lieben. Jetzt könnt ihr ihnen schon nicht mehr helfen. Sie sind alle umgekommen . . .‹«

Toivo fragte: »Was meinte sie damit?«

»Ich weiß nicht«, ließ sich Basil unzufrieden vernehmen. »Ich sage Ihnen doch: eine seltsame Alte.«

Toivo schaute auf das giftig-rosafarbene Cottage, das die seltsame Alte beherbergte. Das Gärtchen bei diesem Cottage sah merklich besser gepflegt aus. Neben dem Cottage stand ein Gleiter.

»Ich rate Ihnen nicht, sie zu beunruhigen«, sagte Basil. »Soll sie lieber von selbst aufwachen, und dann . . .«

In diesem Moment glaubte Toivo eine Bewegung hinter seinem Rücken wahrzunehmen, und er wandte sich abrupt um. Aus der Tür des Klubs schaute ein bleiches Gesicht mit vor Schreck weit aufgerissenen Augen hervor. Ein paar Sekunden lang schwieg der Unbekannte, dann kam Leben in seine blutleeren Lippen, und er brachte mit belegter Stimme heraus: »Eine ausgesprochen dumme Geschichte, nicht wahr?«

»Stop stop stop!« sagte Basil in freundlichem Ton und ging ihm mit abwehrend vorgestreckten Handflächen entgegen. »Entschuldigen Sie bitte, aber hier dürfen Sie nicht her. Havariedienst.«

Der Unbekannte trat trotzdem über die Schwelle und blieb sogleich stehen. »Ich will ja eigentlich gar nicht . . .«, sagte er und räusperte sich. »Aber die Umstände . . . Sagen Sie, sind Grigori und Elja schon zurückgekehrt?«

Er sah recht ungewöhnlich aus. Er trug einen dicken Pelzmantel, unter dem reich bestickte Fellstiefel hervorschauten. Der Mantel stand vorn offen und ließ ein farbenfrohes Sommerhemd aus Mikronetz sehen, wie es die Bewohner des Steppengürtels damals bevorzugten. Er sah wie vierzig, fünfundvierzig aus, das Gesicht war einfach und sympathisch, nur gar zu blaß – sei es vor Schreck, sei es vor Verlegenheit.

»Nein, nein«, erwiderte Basil und ging auf ihn zu. »Niemand ist hierher zurückgekehrt, hier ist eine Untersuchung im Gange, und wir lassen niemanden her ...«

»Warten Sie, Basil«, sagte Toivo. »Wer sind Grigori und Elja?« wollte er von dem Unbekannten wissen.

»Anscheinend bin ich wieder am falschen ...«, murmelte der Unbekannte geradezu verzweifelt und blickte sich um, wo im Innern des Pavillons die polierte Oberfläche des Null-T funkelte. »Verzeihen Sie, ist das ... hm ... Mein Gott, ich hab's schon wieder vergessen ... Malaja Pescha? Oder nicht?«

»Das ist Malaja Pescha«, erklärte Toivo.

»Na, dann müssen Sie ihn doch kennen ... Grigori Alexandrowitsch Jarygin ... Soviel ich weiß, wohnt er jeden Sommer hier ...« Er schrie plötzlich erfreut auf und streckte die Hand aus: »Da ist es ja, dort das Cottage! Dort auf der Veranda hängt mein Regenumhang!«

Und sogleich klärte sich alles auf. Der Unbekannte erwies sich als ein Zeuge. Er hieß Anatoli Sergejewitsch Krylenko, war Zootechniker und arbeitete tatsächlich im Steppengürtel – im Asgirer Agrarkomplex. Am Vortag war er auf der Jahresausstellung von Neuheiten in Archangelsk rein zufällig auf seinen Schulfreund Grigori Jarygin gestoßen, den er schon seit zehn Jahren nicht mehr gesehen hatte. Natürlich schleppte ihn Jarygin mit zu sich, hierher, nach ... hach, schon wieder entfallen ... also nach Malaja Pescha. Sie hatten einen herrlichen Abend zu dritt verbracht – er, Jarygin und dessen Frau Elja, sie waren Boot gefahren, im Wald spazierengegangen, gegen zehn heimgekehrt, dort in das Cottage, hatten Abendbrot gegessen und sich darauf eingerichtet, den Tee auf der Terrasse zu trinken. Es war ganz hell gewesen, vom Flüßchen klangen Kinderstimmen herüber, warm war es, und die Polarerdbeeren dufteten erstaunlich. Und dann hatte Anatoli Sergejewitsch Krylenko plötzlich die Augen erblickt ...

In diesem für den Fall besonders wichtigen Teil seiner Erzählung wurde Anatoli Sergejewitsch, gelinde gesagt, schwer verständlich. Es war, als bemühe er sich vergebens, einen unheimlichen, verworrenen Traum wiederzugeben.

Die Augen blickten aus dem Garten ... Sie kamen näher, blieben aber die ganze Zeit im Garten ... Zwei riesige Augen, daß einem vom Ansehen übel wurde ... Fortwährend floß etwas über sie hinweg ... Und links an der Seite war noch ein drittes ... oder drei? ... Und etwas wälzte sich, wälzte sich, wälzte sich über das Geländer der Veranda und floß schon bis an die Stufen ... Dabei war es ganz unmöglich, sich zu regen ... Grigori war irgendwo verschwunden, Grigori war nicht zu sehen. Elja war in der Nähe, aber auch nicht zu sehen, nur zu hören, wie sie hysterisch kreischte ... oder lachte ... Da sprang die Tür zum Zimmer auf. Das Zimmer wimmelte hüfthoch von zappelnden gallertartigen Leibern, aber die Augen dieser Leiber waren dort draußen, hinter den Sträuchern ...

Anatoli Sergejewitsch begriff, daß nun das Schlimmste kam. Er riß die Füße aus den am Boden festgeklebten Sandalen, setzte über den Tisch, stürzte in den Wald, und als er um die Ecke des Hauses bog ... Nein, um die Ecke war er nicht gebogen, sondern geradewegs in den Wald gestürmt, doch irgendwie war er auf den Platz geraten ... Er rannte drauflos und erblickte plötzlich den Klubpavillon, und durch die offenen Türen sprang ihm der fliederfarbene Lichtblitz des Null-T ins Auge, und er wußte, daß er gerettet war. Er platzte in die Kabine hinein und stieß den Finger aufs Geratewohl gegen die Tastatur, bis schließlich die Automatik in Gang kam ...

Damit hatte die Tragödie ein Ende, und was begann, glich eher einer Komödie. Der Null-Transporter warf Anatoli Sergejewitsch in der Siedlung Roosevelt auf der Peter-I.-Insel aus. Die liegt in der Bellingshausensee, das Thermometer zeigt neunundvierzig Grad unter Null, Windgeschwindigkeit achtzehn Meter pro Sekunde, die Siedlung steht den dortigen Winter über leer.

Übrigens, im Klub der Polararbeiter ist die Automatik eingeschaltet, es ist warm, gemütlich ... Anatoli Sergejewitsch in seinem farbenfrohen Hemd und seinen Shorts, noch naß vom Tee und dem durchlebten Schrecken, erhält die notwendige Atempause und kommt allmählich wieder zu sich. Und wie er wieder zu sich kommt, erfaßt ihn als erstes, wie zu erwarten, unerträgliche Scham. Ihm wird klar, daß er in Panik davongelaufen ist wie der letzte Feigling – von solchen Feiglingen hat er bisher höchstens in historischen Romanen gelesen. Er erinnert sich, daß er Elja und mindestens noch eine weitere Frau, die er flüchtig im Nachbarcottage sah, im Stich gelassen hat. Er erinnert sich an die Kinderstimmen am Fluß und begreift, daß er auch diese Kinder im Stich gelassen hat. Ein verzweifelter Impuls zu handeln ergreift von ihm Besitz, doch merkwürdig: dieser Impuls stellt sich durchaus nicht sofort ein, und auch danach besteht er noch ziemlich lange neben einem unerträglichen Schrecken bei dem Gedanken, daß er, Anatoli Sergejewitsch, dorthin zurückkehren muß – auf die Veranda, ins Gesichtsfeld der entsetzlichen triefenden Augen, zu den ekelhaften Gallerten ...

Der aus dem Frost in den Klub stürzende Glaziologentrupp fand Anatoli Sergejewitsch händeringend vor: Er konnte noch immer keinen Entschluß fassen. Die Glaziologen hörten sich seine Erzählung mit recht viel Mitgefühl an und beschlossen enthusiastisch, ihn bei der Rückkehr auf die schreckliche Veranda zu begleiten. Doch alsbald stellte sich heraus, daß nicht nur der Null-Index der Siedlung Anatoli Sergejewitsch unbekannt war, sondern er auch den Namen selbst vergessen hatte. Er vermochte nur zu sagen, daß sie unweit der Barentssee am Ufer eines kleinen Flusses lag, in der Zone der Polarkiefernwälder. Da kleideten die Glaziologen Anatoli Sergejewitsch eilends dem örtlichen Klima gemäß ein und schleppten ihn durch den heulenden Sturm in den Stab der Siedlung, quer durch ungeheure Schneewehen und von gigantischen Hunden begleitet ... Und dort im Stab, vor dem Terminal des GGI, kam einer von den Polarforschern auf den ziemlich vernünftigen Einfall, daß dies ja doch eine ernste Angelegenheit sei. Zweifellos waren diese Monster entweder aus einem Zoo ausgebrochen oder – welch schrecklicher Gedanke! – aus irgendeinem Labor, wo Biomechanismen konstruiert wurden. Jedenfalls, Kinder, ist Eigenmächtigkeit da nicht angebracht, wir müssen den Havariedienst benachrichtigen.

Und sie benachrichtigten die Zentrale Havariestation. In der Zentrale bedankte man sich und sagte, man nehme die Mitteilung zur Kenntnis. Eine halbe Stunde später rief der Diensthabende der Havariezentrale selbst im Stab an, erklärte, die Mitteilung sei bestätigt worden, und bat Anatoli Sergejewitsch an den Apparat. Anatoli Sergejewitsch schilderte in groben Zügen, was ihm widerfahren und wie er an die Küste der Antarktis geraten war. Der Diensthabende beruhigte ihn in dem Sinne, daß niemand zu Schaden gekommen und das Ehepaar Jarygin wohlauf sei, daß sie wahrscheinlich morgen nach Malaja Pescha zurückkehren könnten, er aber, Anatoli Sergejewitsch, solle jetzt lieber ein Beruhigungsmittel nehmen und sich zur Ruhe legen.

Und Anatoli Sergejewitsch nahm ein Beruhigungsmittel und machte sich auf der Stelle, im Stab, auf dem Sofa lang, doch er hatte noch keine Stunde geschlafen, als er abermals die triefenden Augen über dem Verandageländer sah, Eljas hysterisches Lachen hörte und vor unerträglicher Scham erwachte.

»Nein«, sagte Anatoli Sergejewitsch, »sie haben nicht versucht, mich zurückzuhalten. Offensichtlich haben sie meine Verfassung verstanden . . . Nie hätte ich geglaubt, daß mir so etwas passieren könnte. Ich bin natürlich kein Fährtensucher und kein Progressor . . ., aber auch ich habe angespannte Situationen erlebt und mich immer durchaus anständig verhalten . . . Ich begreife nicht, was mit mir los war. Ich versuche es mir zu erklären, und es gelingt mir nicht . . . Als wäre etwas über mich gekommen . . .« Plötzlich wurde sein Blick unruhig. »Da rede ich jetzt mit Ihnen, aber in mir drin ist alles wie aus Eis . . . Vielleicht haben wir alle uns hier mit etwas vergiftet?«

»Halten Sie es nicht für möglich, daß es eine Halluzination war?« erkundigte sich Toivo.

Anatoli Sergejewitsch zog die Schultern hoch, als fröstele ihn, und blickte zum Cottage der Jarygins hinüber. »Ich weiß nicht ...«, sagte er zögernd. »Nein, ich kann nichts dazu sagen.«

»Gut, gehen wir nachschauen«, schlug Toivo vor.

»Soll ich mitkommen?« fragte Basil.

»Nicht unbedingt«, antwortete Toivo. »Ich werde hier lange hin und her laufen. Halten Sie inzwischen die Stellung.«

»Gefangene machen?« fragte Basil aufgeweckt.

»Unbedingt«, sagte Toivo. »Gefangene brauche ich. Alle, die auch nur das mindeste mit eigenen Augen gesehen haben.«

Und er schritt mit Anatoli Sergejewitsch über den Platz. Anatoli Sergejewitsch sah entschlossen und geschäftsmäßig aus, doch je näher er dem Haus kam, um so angespannter wurde sein Gesicht, die Kaumuskeln traten auf den Wangen deutlicher hervor, und er biß sich auf die Unterlippe, als müsse er einen starken Schmerz überwinden. Und Toivo hielt es für angebracht, ihm eine Atempause zu gönnen. Fünfzig Schritt vor der Hecke blieb er stehen – als wolle er nochmals die Umgebung mustern – und begann Fragen zu stellen. Ob jemand in dem Cottage dort rechts gewesen sei? Ach, dort war es dunkel? Und links? Eine Frau ... Ja, ja, ich weiß, Sie sagten es ... Nur eine Frau und weiter niemand? Und ein Gleiter stand nicht in der Nähe?

Toivo stellte Fragen, Anatoli Sergejewitsch antwortete, Toivo nickte mit wichtiger Miene und ließ deutlich merken, wie wesentlich für die Untersuchung alles war, was er zu hören bekam. Und allmählich fand Anatoli Sergejewitsch wieder Mut, seine innere Spannung löste sich, und sie betraten die Veranda schon fast als Kollegen.

Auf der Veranda herrschte Unordnung. Der Tisch stand schief, einer der Stühle war umgestürzt, die Zuckerdose war in eine Ecke gerollt und hatte eine Spur von Zuckerkrümeln hinterlassen. Toivo faßte den Teekocher an – er war noch heiß. Aus den Augenwinkeln warf er einen Blick auf Anatoli Sergejewitsch. Der war wieder blaß geworden, und seine Wangenmuskeln arbeiteten. Er schaute auf ein Paar Sandalen, die sich verwaist unter einem entfernten Stuhl aneinanderschmiegten. Offensichtlich waren das seine Sandalen. Sie waren geschlossen, und es erschien unverständlich, wie Anatoli Sergejewitsch seine Beine herauszuziehen vermocht hatte. Übrigens sah Toivo weder auf noch unter ihnen, noch daneben irgendwelche Spuren von Flüssigkeit.

»Haushaltskyber mögen sie hier anscheinend nicht«, ließ sich Toivo nüchtern vernehmen, um Anatoli Sergejewitsch aus der Welt des durchlebten Schreckens in den Alltag zurückzuholen.

»Ja . . .«, murmelte der. »Das heißt . . . Ja, wer mag die schon heutzutage . . . Sehen Sie – meine Sandalen . . .«

»Ich sehe«, erwiderte Toivo gleichmütig. »Standen die Fenster hier eigentlich alle so offen?«

»Ich weiß nicht mehr. Das dort war offen, da bin ich 'rausgesprungen.«

»Klar«, sagte Toivo und schaute ins Gärtchen hinaus.

Ja, Spuren gab es hier. Es waren ihrer viele: eingedrückte und abgebrochene Sträucher, das verwüstete Blumenbeet, und das Gras unter dem Geländer sah aus, als hätten sich Pferde darin gewälzt. Wenn sich hier Tiere aufgehalten hatten, so waren es ungeschlachte große Tiere gewesen, und sie hatten sich nicht an das Haus herangeschlichen, sondern waren geradewegs darauf zugestürmt. Vom Platz quer durch die Hecke und durch die offenen Fenster direkt in die Zimmer . . .

Toivo überquerte die Veranda und stieß die Tür zum Haus auf. Dort war keinerlei Unordnung zu entdecken. Jedenfalls keine, wie sie schwere plumpe Leiber hätten hervorrufen müssen.

Ein Sofa. Drei Sessel. Ein Tischchen war nicht zu sehen; also gab es wohl nur ein eingebautes Steuerpult – in der Armlehne vom Sessel des Hausherrn. Serviceterminals – vom System »Polykristall« – in den übrigen Sesseln und im Sofa. An der Vorderwand eine Lewitan-Landschaft, eine altertümliche Chromophotonal-Kopie mit dem rührenden kleinen Dreieck in der linken unteren Ecke, damit sie um Himmels willen ja kein Kenner für das Original hielte. Und an der Wand links eine Federzeichnung in einem selbstgebauten Holzrahmen, ein zorniges Frauengesicht. Ein schönes übrigens ...

Bei eingehenderer Betrachtung entdeckte Toivo Abdrücke von Schuhsohlen auf dem Fußboden: anscheinend war jemand aus der Havariegruppe schön vorsichtig durchs Wohn- ins Schlafzimmer gegangen. Zurück führten keine Spuren, der Mann war durch das Schlafzimmerfenster ausgestiegen. Der Fußboden im Wohnzimmer also war von einer ziemlich dikken Schicht aus feinstem braunem Staub bedeckt. Und nicht nur der Fußboden. Die Sitzflächen der Sessel. Die Armlehnen. Das Sofa. An den Wänden aber war nichts von diesem Staub.

Toivo kehrte auf die Veranda zurück. Anatoli Sergejewitsch saß auf den Stufen der Vortreppe. Den Polarmantel hatte er abgelegt, aber die Fellstiefel auszuziehen hatte er anscheinend vergessen, so daß er einen ziemlich grotesken Anblick bot. Seine Sandalen hatte er nicht einmal angerührt, so standen sie denn immer noch unter dem Stuhl. Spuren von Nässe waren nirgends in der Nähe zu sehen, doch sowohl die Sandalen selbst als auch der Fußboden daneben – alles war mit demselben braunen Staub überpudert.

»Nun, wie steht's bei Ihnen hier?« fragte Toivo noch auf der Schwelle.

Trotzdem zuckte Anatoli Sergejewitsch zusammen und wandte sich abrupt um. »Tja ... ich komme langsam wieder zu mir ...«

»Wunderbar. Nehmen Sie Ihren Regenumhang und machen Sie sich auf den Heimweg. Oder wollen Sie auf die Jarygins warten?«

»Ich weiß nicht recht«, antwortete Anatoli Sergejewitsch unschlüssig.

»Wie Sie wollen«, sagte Toivo. »Jedenfalls besteht hier keinerlei Gefahr, und es wird auch keine mehr geben.«

»Haben Sie etwas begriffen?« wollte Anatoli Sergejewitsch wissen, während er aufstand.

»Etwas. Ungeheuer waren tatsächlich hier, doch in Wirklichkeit sind sie nicht gefährlich. Erschrecken können sie einen, mehr aber nicht.«

»Sie wollen also sagen, es war etwas Künstliches?«

»Es sieht so aus.«

»Aber wozu? Wer?«

»Dem werden wir nachgehen«, sagte Toivo.

»Sie werden dem nachgehen, und die werden inzwischen noch jemanden ... erschrecken.« Anatoli Sergejewitsch nahm den Mantel vom Geländer und blieb stehen, den Blick auf seine Fellstiefel geheftet. Es schien, als würde er sich gleich wieder setzen und sie sich wütend von den Füßen reißen. Doch er sah sie wohl gar nicht. »Sie sagen – erschrecken können sie einen ...«, preßte er hervor, ohne den Blick zu heben. »Wenn es nur das wäre! Die, wissen Sie, können einen zerbrechen!«

Er warf Toivo einen raschen Blick zu, wandte dann die Augen ab und ging, ohne sich noch einmal umzuwenden, die Stufen hinab und weiter über das zerdrückte Gras, durch den demolierten Zaun, quer über den Platz; gebeugt, grotesk in den hohen Fellstiefeln eines Polarforschers und dem lustigen farbenfrohen Hemd eines Viehzüchters ging er immer schnelleren Schritts zu dem gelben Klubpavillon, doch auf halbem Weg wandte er sich scharf nach links, sprang in einen Gleiter, der vor dem Nachbarcottage stand, und stieg steil in den blaßblauen Himmel auf.

Es ging auf fünf Uhr morgens.

*

Das ist mein erster Rekonstruktionsversuch. Ich habe mir viel Mühe gegeben. Meine Arbeit wurde dadurch erschwert, daß ich zu jener fernen Zeit nie in Malaja Pescha gewesen bin, mir stand jedoch eine ausreichende Menge an Videoaufzeichnungen zur Verfügung, die Toivo Glumow, die Havariegruppe und die Mannschaft Flemings aufgenommen hatten. So daß ich mich für die topographische Exaktheit jedenfalls verbürgen kann. Ich halte es für möglich, mich im Rahmen des eigenen Anspruchs auch für die Genauigkeit der Dialoge zu verbürgen.

Unter anderem wollte ich hiermit demonstrieren, wie damals der typische Anfang einer typischen Untersuchung aussah. Ein Vorfall. Die Havariegruppe. Die Entsendung eines Inspektors der Abteilung BV. Der erste Eindruck (meistens ist er richtig): Jemand hat sich eine Schluderei oder einen dummen Scherz erlaubt. Und die allmählich wachsende Enttäuschung: Wieder nicht das richtige, wieder ein Windei, am besten, man könnte einfach abwinken und zu Hause weiterschlafen. Übrigens, davon ist in meiner Rekonstruktion nicht die Rede. Das muß man sich dazudenken.

Jetzt ein paar Worte uber Fleming.

Dieser Name wird in meinen Memoiren mehrmals auftauchen, doch ich will gleich klarstellen, daß dieser Mann mit der Großen Offenbarung überhaupt nichts zu tun hatte. Seinerzeit war der Name Alexander Jonathan Fleming in der KomKon 2 in aller Munde. Er war einer der wichtigsten Spezialisten für die Konstruktion künstlicher Organismen. In seinem Basisinstitut in Sidney wie auch in den zahlreichen Filialen dieses Instituts züchtete er mit unbeschreiblichem Fleiß und Kühnheit eine Vielzahl von immer absonderlicheren Wesen, für deren Schöpfung Mutter Natur nicht genug Phantasie besessen hatte. Seine Mitarbeiter verletzten in ihrem Eifer fortwährend die bestehenden Gesetze und Beschränkungen des Weltrates auf dem Gebiet von Grenzexperimenten. Bei all unserer unwillkürlichen, rein menschlichen Hochachtung vor Flemings Genie konnten wir seine Kompromißlosigkeit nicht ausstehen, seine Gewissenlosigkeit und Hartnäckigkeit, die aufs Seltsamste mit der Fähigkeit verbunden war, sich überall herauszuwinden. Heute kennt jeder Schüler die Flemingschen Biokomplexe oder, sagen wir, Flemings lebende Brunnen. Seinerzeit aber war er in der breiten Öffentlichkeit eher durch Skandale bekannt.

Für meine Darlegungen ist es von Belang, daß eine der Subfilialen von Flemings Sidney-Institut just an der Mündung der Pescha lag, in der Wissenschaftlersiedlung Nishnaja Pescha, nur vierzig Kilometer von Malaja Pescha entfernt. Und als er das erfuhr, mußte mein Toivo, soweit ich ihn verstanden habe, zwangsläufig aufmerken und in Gedanken zu sich sagen: Aha, die stecken also dahinter!

Apropos. Die weiter unten erwähnten Krabbenkrebse sind eine der nützlichsten Schöpfungen Flemings; sie kamen bei ihm zur Welt, als er noch ein junger Mitarbeiter in einer Fischfarm am Onegasee war. Diese Krabbenkrebse erwiesen sich als Wesen von phänomenalen Geschmackseigenschaften, doch im ganzen Hohen Norden wurden sie wer weiß warum nur in den kleinen Bächen heimisch, die in die Pescha münden.

Malaja Pescha. 6. Mai '99. 6 Uhr morgens

Am 5. Mai brach gegen 23 Uhr in der Datschensiedlung Malaja Pescha (dreizehn Cottages, achtzehn Bewohner) eine Panik aus. Sie wurde ausgelöst durch das Auftauchen einer (unbekannten) Anzahl quasibiologischer Wesen von außergewöhnlich abstoßendem und sogar furchterregendem Aussehen in der Siedlung. Diese Wesen bewegten sich aus dem Cottage Nr. 7 hervor in neun genau festzustellenden Richtungen. Diese Richtungen lassen sich anhand von niedergedrücktem Gras, beschädigten Hecken, Flecken eingetrockneten Schleims am Laub, an der Fundamentverkleidung, den Außenwänden der Häuser und auf den Fenstersimsen verfolgen. Alle neun Spuren enden im Innern von Wohnräumen, und zwar in den Cottages Nr. 1, 4, 10 (auf den Veranden), Nr. 2, 3, 9, 12 (in den Wohnzimmern), Nr. 1 und 13 (in den Schlafzimmern). Die Cottages Nr. 4 und 9 sind allem Anschein nach unbewohnt . . .

Was nun das Cottage Nr. 7 betrifft, wo die Invasion ihren Anfang nahm, so hatte dort offensichtlich jemand gewohnt, und es galt nur noch festzustellen, wer – ein dummer Spaßvogel oder ein verantwortungsloser Leichtfuß. Hatte er die Embryophoren absichtlich in Gang gesetzt oder verschwitzt, wie sie sich selbst einschalteten? Wenn er es verschwitzt hatte, dann aus verbrecherischem Leichtsinn oder aus Unwissenheit?

Zwei Dinge jedoch stimmten bedenklich. Toivo fand keinerlei Spuren von den Hüllen der Embryophoren. Dies zum einen. Und zweitens wollte es ihm anfangs nicht gelingen, Angaben über die Person des Bewohners von Cottage Nr. 7 ausfindig zu machen. Oder der Bewohner.

Zum Glück ist unsere Ökumene im großen und ganzen durchaus gerecht eingerichtet. Auf dem Platz erschollen plötzlich laute ungehaltene Stimmen, und binnen einer Minute wurde klar, daß der gesuchte Bewohner selbst im Zentrum der Ereignisse erschienen war, zudem nicht allein, sondern mit einem Gast.

Der Bewohner erwies sich als stämmiger Mann, der insgesamt irgendwie gußeisern aussah und einen Wanderanzug sowie einen Segeltuchsack trug, aus dem seltsame summende und knirschende Töne drangen. Was den Gast betrifft, so erinnerte er Toivo sehr lebhaft an den guten alten Duremar, frisch aus dem Teich von Tante Tortilla – lang, langhaarig, langnasig, hager, in einem undefinierbaren langen Gewand, an dem langsam antrocknender Algenschlamm klebte. Sogleich stellte sich heraus, daß der gußeiserne Bewohner Ernst Jürgen hieß, als Orthomaster-Operator auf dem Titan arbeitete und sich auf der Erde auf Urlaub befand – jedes Jahr verbringe er zwei Monate Urlaub auf der Erde, einen Monat im Winter und einen im Sommer, und sommers immer hier an der Pescha, in dem Cottage da ... Was denn für Ungeheuer? Wovon reden Sie eigentlich, junger Mann? Was kann es in Malaja Pescha für Ungeheuer geben, denken Sie doch mal nach, und so was gehört zu einer Havariegruppe, Sie haben wohl nichts zu tun, oder ...?

Duremar hingegen erwies sich als durchaus irdisches Wesen. Mehr noch, als fast ortsansässiges Wesen. Sein Familienname war Tolstow, und genannt wurde er Lew Nikolajewitsch. Doch bemerkenswert war an ihm etwas anderes. Wie sich zeigte, wohnte und arbeitete er nämlich ständig ganze vierzig Kilometer entfernt, in Nishnaja Pescha, wo, wie sich zeigte, schon seit ein paar Jahren eine kleine Filiale in Betrieb war, eingerichtet von der Firma des nicht unbekannten Fleming!

Außerdem zeigte sich noch, daß dieser Ernst Jürgen und sein alter Freund Ljowa Tolstow leidenschaftliche Feinschmecker waren. Alljährlich trafen sie sich hier, in Malaja Pescha, weil fünf Kilometer flußaufwärts in die Pescha ein kleiner Nebenfluß mündet, in dem es irgendwelche Krabbenkrebse gibt. Ebendarum verbringe er, Ernst Jürgen, seinen Urlaub in Malaja Pescha, ebendarum sei er mit seinem Freund Ljowa Tolstow gestern am frühen Abend mit dem Boot zum Fang der Krabbenkrebse aufgebrochen, und ebendarum wären sie beide dem Havariedienst sehr verbunden, wenn man sie jetzt in Ruhe ließe, denn Krabbenkrebse (Ernst Jürgen schüttelte den schweren Sack, der die seltsamen Töne von sich gab) seien entweder ganz frisch oder gar nicht ...

Dieser komische geräuschvolle Mensch vermochte sich partout nicht vorzustellen, daß sich auf der Erde – nicht bei ihm dort auf dem Titan, nicht irgendwo auf der Pandora, nicht auf der Jaila, nein, auf der Erde! in Malaja Pescha! – Dinge ereigneten, die Angst und Panik hervorrufen konnten. Ein äußerst interessanter Typ eines professionellen Raumfahrers! Da sieht er, daß die Siedlung leer ist, sieht vor sich einen Mann vom Havariedienst, sieht einen Vertreter der KomKon 2 und bestreitet auch nicht ihre Autorität, aber für all das ist ihm jede Erklärung recht, wenn er nur nicht zugeben muß, daß auf seiner gemütlichen heimatlichen Erde etwas nicht ganz in Ordnung sein könnte ...

Dann, als es schließlich doch gelungen war, ihn zu überzeugen, daß sich in der Tat ein BV ereignet hatte, war er beleidigt – er verlor die Fassung wie ein Kind, preßte die Lippen zusammen, ging beiseite, schleifte dabei den Sack mit den wertvollen Krabbenkrebsen über den Boden und setzte sich seitlich auf seiner Vortreppe hin, von allen abgewandt, wollte niemanden mehr sehen, nichts mehr hören, zuckte von Zeit zu Zeit mit den Schultern und stieß laut hervor: »So was nennt sich nun Urlaub ... Da kommt man einmal im Jahr her, und dann ... Überhaupt nicht auszudenken! ...«

Toivo übrigens interessierte sich mehr für die Reaktion des Freundes, Lew Nikolajewitsch Tolstows, des Mitarbeiters von Fleming, des Spezialisten für die Konstruktion und Erschaffung künstlicher Organismen. Der Spezialist aber reagierte so: anfangs völliges Unverständnis, unstete, weit aufgerissene Augen und das unsichere Lächeln eines Menschen, der argwöhnt, daß man ihm einen Streich spielt, und nicht einmal einen besonders geistreichen. Dann betrübt schräggezogene Brauen, der Blick leer und gleichsam nach innen gerichtet, nachdenkliche Bewegungen des Unterkiefers. Und schließlich ein Ausbruch gekränkten Berufsstolzes. Begreifen Sie eigentlich, wovon Sie da reden? Haben Sie überhaupt eine Ahnung von dem Gegenstand? Haben Sie jemals ein künstliches Wesen gesehen? Ach, nur in den Nachrichten? Also, es gibt keine künstlichen Lebewesen und kann keine geben, die imstande wären, durch die Fenster zu den Leuten in die Schlafzimmer einzudringen. Zuerst einmal sind sie langsam und schwerfällig, und wenn sie sich schon bewegen, dann nicht auf die Menschen zu, sondern von ihnen weg, denn sie vertragen kein natürliches Biofeld, nicht einmal das einer Katze ... Außerdem, was heißt »ungefähr so groß wie eine Kuh«? Haben Sie wenigstens einmal versucht abzuschätzen, welche Energie der Embryophor braucht, um sich auch nur binnen einer Stunde zu solch einer Masse zu entwickeln? Ja, hier wäre nichts übriggeblieben, auch nicht irgendwelche Kühe, es hätte einfach wie eine Explosion ausgesehen!

Ob er es für möglich halte, daß hier Embryophoren eines ihm unbekannten Typs in Gang gesetzt wurden?

Ausgeschlossen. Solche Embryophoren sind in der Natur nicht möglich.

Was dann hier seiner Meinung vorgefallen sei?

Lew Tolstow konnte nicht verstehen, was hier vorgefallen war. Er mußte sich umsehen, um Schlüsse zu ziehen.

Toivo ließ ihn sich umsehen, er selbst aber ging mit Basil in den Klub zu einem Imbiß. Sie aßen jeder ein belegtes Brot mit kaltem Fleisch, und Toivo war dabei, Kaffee zu kochen. Und da:

»Www!« ließ sich Basil mit vollem Munde vernehmen.

Er schluckte einen gewaltigen Brocken hinunter und rief, an Toivo vorbeiblickend, laut und klar: »Maschine stop! Wo willst du denn hin, Kleiner?«

Toivo wandte sich um. Es war ein Junge von vielleicht zwölf Jahren, mit abstehenden Ohren und braungebrannt, in Shorts und einer Anorakbluse. Der schallende Ruf Basils ließ ihn unmittelbar am Ausgang des Pavillons verharren.

»Nach Hause«, erklärte er herausfordernd.

»Komm doch mal her, bitte!« sagte Basil.

Der Junge kam näher und blieb stehen, die Hände auf dem Rücken.

»Wohnst du hier?« fragte Basil einschmeichelnd.

»Wir haben hier gewohnt«, antwortete der Junge. »In der Sechs. Jetzt werden wir nicht mehr hier wohnen.«

»Wer sind ›wir‹?« wollte Toivo wissen.

»Ich, Mutti und der Vater. Das heißt, wir waren hier im Grünen, aber wohnen tun wir in Petrosawodsk.«

»Und wo sind die Mutti und der Vater?«

»Sie schlafen. Zu Hause.«

»Sie schlafen«, wiederholte Toivo. »Wie heißt du?«

»Kir.«

»Deine Eltern wissen, daß du hier bist?«

Kir druckste herum, trat von einem Fuß auf den anderen und sagte: »Ich bin nur für eine Minute hierher zurückgekommen. Ich muß die Galeere holen, ich habe einen ganzen Monat daran gebaut.«

»Die Galeere ...«, wiederholte Toivo und musterte ihn.

Das Gesicht des Jungen ließ nichts als geduldige Langeweile erkennen. Es war deutlich zu sehen, daß ihn nur eines beunruhigte: daß er recht bald seine Galeere nehmen und nach Hause zurückkehren konnte, ehe die Eltern erwacht waren.

»Wann seid ihr hier abgereist?«

»Heute nacht. Alle sind abgereist, und wir auch. Aber die Galeere haben wir vergessen.«

»Warum seid ihr denn abgereist?«

»Es gab eine Panik. Wissen Sie das denn nicht? Hier war was los! Und Mutti ist erschrocken, aber Vater hat gesagt: ›Wißt ihr was, wir fahren nach Hause.‹ Da haben wir uns in den Gleiter gesetzt und sind geflogen ... Also ich gehe dann, oder?«

»Warte einen Moment. Warum hat es eine Panik gegeben, was meinst du?«

»Weil diese Tiere aufgetaucht sind. Sie sind aus dem Wald gekommen ... oder aus dem Fluß. Alle sind vor ihnen erschrocken, weggelaufen ... Ich habe geschlafen, Mutti hat mich geweckt.«

»Und du bist nicht erschrocken?«

Er zuckte mit den Achseln. »Na ja, am Anfang war ich auch erschrocken ... wie sie mich geweckt haben ... Alle schreien, alle brüllen, alle rennen herum, ich wußte nicht, warum ...«

»Und dann?«

»Ich sage doch: Wir haben uns in den Gleiter gesetzt und sind abgeflogen.«

»Diese Tiere hast du gesehen?«

Er begann plötzlich zu lächeln. »Hab ich, klar ... Eins ist direkt durchs Fenster hereingekrochen, so eins mit Hörnern, nur daß die Hörner nicht fest waren, sondern wie bei einer Schnecke ... sehr komisch ...«

»Das heißt, du selbst bist nicht erschrocken?«

»Nein, ich sage Ihnen doch: Ich war erschrocken, klar, was soll ich Sie beschwindeln? Mutti kam hereingerannt, ganz weiß, ich dachte – irgendein Unglück . . ., ich dachte, es ist etwas mit Vati . . .«

»Ich verstehe. Aber vor den Tieren bist du nicht erschrokken?«

Kir sagte ärgerlich: »Ja, warum sollte ich mich denn vor ihnen fürchten? Sie sind doch gutartig, lustig . . ., sie sind doch so weich, seidig, wie Mungos, nur ohne Fellchen . . . Und daß sie groß sind, was macht das schon? Ein Tiger ist auch groß, soll ich mich etwa deshalb vor ihm fürchten? Ein Elefant ist groß, ein Wal ist groß . . . Manche Delphine auch . . . Und diese Tiere sind jedenfalls nicht größer als ein Delphin, und sie sind so lieb . . .«

Toivo schaute Basil an. Basil hörte mit offenem Mund dem sonderbaren Jungen zu und hielt dabei die angebissene Schnitte in der Hand.

»Und sie riechen auch gut!« fuhr Kir leidenschaftlich fort. »Nach Beeren riechen sie! Ich denke, sie fressen auch Beeren . . . Man müßte sie zähmen, aber vor ihnen weglaufen – wozu?« Er seufzte. »Jetzt sind sie bestimmt weggegangen. Jetzt kann man sie in der Taiga suchen . . . Na klar! So, wie alle sie angeschrien haben, getrampelt, mit den Armen gefuchtelt! Natürlich sind sie erschrocken! Und wie soll man sie jetzt wieder herbeilocken?« Er senkte den Kopf und gab sich kummervollen Überlegungen hin.

Toivo sagte: »Klar. Doch deine Eltern sind anderer Meinung? Nicht wahr?«

Kir winkte ab. »Ach die . . . Mit Vater geht es noch, aber Mutti sagt kategorisch: Keinen Fuß setze ich mehr dorthin, niemals, um keinen Preis! Und jetzt fliegen wir zum Kurort auf die Pandora. Aber dort gibt es ja keine . . . Oder gibt es welche? Wie heißen sie, wissen Sie das vielleicht?«

»Ich weiß es nicht, Kir«, sagte Toivo.

»Und hier ist kein einziges geblieben?«

»Kein einziges.«

»Das habe ich mir gedacht.« Kir seufzte und fragte: »Kann ich meine Galeere holen?«

Basil war endlich zu sich gekommen. Er stand geräuschvoll auf und ließ sich vernehmen: »Gehen wir, ich komme mit. Ja?« vergewisserte er sich bei Toivo.

»Natürlich«, gab der zur Antwort.

»Wozu wollen Sie mitkommen?« erkundigte sich Kir befremdet, doch Basil hatte ihm schon die Hand auf die Schulter gelegt.

»Gehen wir, gehen wir«, sagte er. »Ich wollte schon immer einmal ein Modell von einer richtigen Galeere sehen . . .«

Sie gingen. Toivo trank die Tasse Kaffee aus und verließ ebenfalls den Pavillon.

Die Sonne strahlte schon merklich Wärme aus, am Himmel stand kein Wölkchen. Über dem üppigen Gras des Platzes schwirrten blaue Libellen. Und durch dieses metallische Schwirren schwebte wie ein wunderliches Taggespenst eine hoheitsvolle Greisin mit dem Ausdruck absoluter Unnahbarkeit auf dem braunen schmalen Gesicht auf den Pavillon zu.

Mit der einer Vogelkralle ähnelnden braunen Hand (und zwar verteufelt elegant) ihr hochgeschlossenes schneeweißes Kleid hochraffend, glitt sie gleichsam ohne das Gras zu berühren an Toivo heran und blieb stehen, wobei sie ihn mindestens um einen Kopf überragte. Toivo verbeugte sich ehrerbietig, und sie erwiderte den Gruß mit einem Kopfnicken, übrigens durchaus wohlwollend.

»Sie können mich Albina nennen«, erklärte sie huldvoll in angenehmem Bariton.

Toivo stellte sich sogleich vor. Sie runzelte die braune Stirn unter dem dichten Schopf weißer Haare. »Die KomKon? Nun gut, meinetwegen die KomKon. Seien Sie so freundlich, Toivo, und sagen Sie mir bitte, wie Sie bei sich in dieser KomKon das alles erklären?«

»Was haben Sie konkret im Auge?« fragte Toivo.

Diese Frage erregte offenbar eine Spur von Mißfallen bei

ihr. »Konkret, mein Lieber, habe ich folgendes im Auge«, sagte sie. »Wie konnte es geschehen, daß in unserer Zeit, am Ende unseres Jahrhunderts, bei uns auf der Erde Lebewesen, die zum Menschen um Hilfe und Barmherzigkeit gerufen haben, nicht nur weder Barmherzigkeit noch Hilfe erfuhren, sondern zum Gegenstand von Verfolgung, Einschüchterung und sogar aktiver physischer Einwirkung der barbarischsten Art gemacht wurden? Ich will keine Namen nennen, aber sie haben mit Harken auf sie eingeschlagen, sie haben sie wild angeschrien, sie haben sogar versucht, sie mit Gleitern zu erdrücken. Ich hätte das nie geglaubt, wenn ich es nicht mit eigenen Augen gesehen hätte. Ist Ihnen dieser Begriff bekannt – Wildheit? Das also war Wildheit! Ich schäme mich.«

Sie verstummte, ohne den durchdringenden Blick ihrer zornigen kohleschwarzen, sehr jungen Augen von Toivo zu wenden. Sie erwartete eine Antwort, und Toivo murmelte: »Erlauben Sie mir, Ihnen einen Sessel herauszubringen?«

»Ich erlaube es nicht«, sagte sie. »Ich habe nicht vor, mich mit Ihnen hier niederzulassen. Ich würde gern Ihre Meinung hören, was mit den Menschen in dieser Siedlung vor sich gegangen ist. Ihre Meinung als Fachmann. Was sind Sie? Soziologe, Pädagoge, Psychologe? Also, ich bitte um eine Erklärung. Verstehen Sie, es geht nicht um irgendwelche Sanktionen. Aber wir müssen verstehen, wie es geschehen konnte, daß Menschen, die gestern noch zivilisiert, wohlerzogen waren – ich würde sogar sagen, prächtige Menschen! –, heute plötzlich den menschlichen Habitus verlieren! Wissen Sie, wodurch sich der Mensch von allen anderen Wesen auf der Welt unterscheidet?«

»Äh ... durch die Vernunft?« vermutete Toivo.

»Nein, mein Lieber! Durch die Barmherzigkeit! Die Barmher-zig-keit!«

»Ja gewiß«, sagte Toivo. »Aber woraus folgt denn, daß diese Wesen gerade Barmherzigkeit brauchten?«

Sie schaute ihn voller Abscheu an. »Haben Sie sie denn selbst gesehen?« fragte sie.

»Nein.«

»Wie kommen Sie dann dazu, darüber zu urteilen?«

»Ich urteile nicht darüber«, entgegnete Toivo. »Ich will ja gerade feststellen, was sie wollten ...«

»Ich glaube Ihnen deutlich gesagt zu haben, daß diese Lebewesen, diese armen Tiere bei uns Hilfe suchten! Sie befanden sich am Rande des Todes! Sie mußten jeden Moment sterben! Sie sind ja doch gestorben, wissen Sie das etwa nicht? Vor meinen Augen sind sie gestorben und zu Nichts geworden, zu Staub, und ich konnte nichts tun – ich bin Ballerina und kein Biologe, kein Arzt. Ich habe gerufen, aber konnte mich denn jemand hören in diesem Tohuwabohu, in dieser Orgie von Wildheit und Grausamkeit? Und dann, als endlich Hilfe eintraf, war es schon zu spät, niemand war mehr am Leben. Niemand! Und diese Wilden ... Ich weiß nicht, wie ich ihr Verhalten erklären soll ... Vielleicht war es eine Massenpsychose ..., eine Vergiftung ... Ich war immer dagegen, Pilze zu essen ... Sicherlich sind sie, als sie wieder zu sich gekommen waren, vor Scham in alle Winde davongelaufen! Haben Sie sie gefunden?«

»Ja«, sagte Toivo.

»Haben Sie mit Ihnen gesprochen?«

»Ja. Mit einigen. Nicht mit allen.«

»Dann sagen Sie mir doch, was ist mit ihnen geschehen? Welche Schlüsse haben Sie gezogen, wenigstens vorläufig?«

»Sehen Sie ... meine Dame ...«

»Sie können mich Albina nennen.«

»Danke. Sehen Sie, wie es ist ... Es ist so, daß, soviel uns bekannt ist, die Mehrheit Ihrer Nachbarn diese Invas ..., dieses Ereignis etwas anders aufgefaßt hat als Sie.«

»Natürlich!« erklärte Albina von oben herab. »Das habe ich mit eigenen Augen gesehen!«

»Nein, nein. Ich will sagen: Sie sind erschrocken. Sie sind zu Tode erschrocken. Sie wußten nicht aus noch ein vor Grauen. Sie haben sogar Angst, hierher zurückzukehren. Einige wollen nach dem, was sie durchgemacht haben, überhaupt von der

Erde fliehen. Und soweit ich verstanden habe, sind Sie der einzige Mensch, der einen Hilferuf vernommen hat . . .«

Sie hörte hoheitsvoll, doch aufmerksam zu.

»Nun ja«, bemerkte sie. »Offensichtlich schämen sie sich so sehr, daß sie sich auf die Angst berufen müssen . . . Glauben Sie ihnen nicht, mein Lieber, glauben Sie es nicht! Das war die primitivste, schändlichste Xenophobie . . . Wie die Rassenvorurteile. Ich weiß noch, als Kind hatte ich eine hysterische Furcht vor Spinnen und Schlangen . . . Hier ist es dasselbe.«

»Das mag durchaus möglich sein. Aber etwas möchte ich doch gern genauer feststellen. Sie haben um Hilfe gebeten, diese Wesen. Sie brauchten Barmherzigkeit. Aber wie ist das zum Ausdruck gekommen? Denn wenn ich Sie richtig verstehe, haben sie nicht gesprochen, nicht einmal gestöhnt . . .«

»Mein Lieber! Sie waren krank, sie lagen im Sterben! Was hat es schon zu sagen, daß sie schweigend starben? Ein auf den Strand geworfener Delphin gibt schließlich auch keinen Laut von sich . . ., jedenfalls hören wir ihn nicht . . . und trotzdem ist uns klar, daß er Hilfe braucht, und wir eilen ihm zu Hilfe . . . Da kommt ein Junge, sie können hier nicht hören, was er sagt, aber Sie sehen, daß er munter ist, fröhlich, glücklich . . .«

Aus dem Cottage Nr. 6 näherte sich ihnen Kir, und er war in der Tat offensichtlich munter, fröhlich und glücklich. Basil, der neben ihm ging, trug auf den Händen ehrfurchtsvoll das große schwarze Modell einer antiken Galeere und stellte anscheinend die entsprechenden Fragen, und Kir antwortete ihm, zeigte mit den Händen irgendwelche Abmessungen, Formen, komplizierte Wechselwirkungen. Es sah so aus, als sei auch Basil selbst ein großer Amateurbastler von antiken Galeeren.

»Erlauben Sie«, sprach Albina und schaute genauer hin. »Aber das ist ja Kir!«

»Ja«, sagte Toivo. »Er ist zurückgekommen, um sein Modell zu holen.«

»Kir ist ein guter Junge«, erklärte Albina. »Aber sein Vater hat sich widerwärtig aufgeführt . . . Guten Morgen, Kir!«

Kir war so ins Gespräch vertieft gewesen, daß er sie erst jetzt bemerkte; er blieb stehen und sagte schüchtern: »Guten Morgen ...« Die Begeisterung war von seinem Gesicht verschwunden. Wie übrigens auch vom Gesicht Basils.

»Wie geht es deiner Mutti?« erkundigte sich Albina.

»Danke. Sie schläft.«

»Und der Vati? Wo ist dein Vater, Kir? Ist er irgendwo hier?«

Kir schüttelte schweigend den Kopf und schaute finster drein.

»Und du bist die ganze Zeit hier geblieben?« rief Albina anerkennend und warf Toivo einen triumphierenden Blick zu.

»Er ist wegen seines Modells zurückgekommen«, erinnerte der sie.

»Egal. Du hattest doch keine Angst, hierher zurückzukehren, Kir?«

»Ja, wieso sollte ich denn Angst vor ihnen haben, Oma Albina?« murmelte Kir gekränkt und schickte sich an, sich seitlich an ihr vorbeizuschmuggeln.

»Ich weiß nicht, ich weiß nicht«, sagte Albina giftig. »Dein Vati zum Beispiel ...«

»Vati hatte überhaupt keine Angst. Das heißt, er hatte welche, aber nur um Mutti und mich. Er hat in dem Durcheinander einfach nicht begriffen, wie lieb sie sind ...«

»Nicht lieb, sondern unglücklich!« berichtigte ihn Albina.

»Ja, wieso denn unglücklich, Oma Albina?« erregte sich Kir und breitete komisch die Arme in der Geste eines ungeschickten Tragöden aus. »Sie sind doch lustig, sie wollten doch spielen! Sie haben ja richtig versucht, sich einzuschmeicheln!«

Oma Albina lächelte herablassend.

*

Ich kann es mir nicht versagen, unverzüglich einen Umstand hervorzuheben, der für Toivo Glumow als Mitarbeiter sehr kennzeichnend war. Hätte sich an seiner Stelle ein noch ganz grüner Praktikant befunden, so wäre der nach der Unterredung mit Duremar zu dem Schluß gekommen, daß jener ihn in die Irre zu führen versuche und daß das Bild im großen und ganzen völlig klar sei: Fleming hat einen Embryophor neuen Typs geschaffen, seine Ungeheuer sind ausgebrochen, also kann man sich beruhigt wieder schlafen legen und am Vormittag den Chefs Bericht erstatten.

Ein erfahrener Mitarbeiter, zum Beispiel Sandro Mtbewari, hätte auch nicht mit Basil Kaffee getrunken: Ein Embryophor neuen Typs ist kein Spaß, Sandro hätte unverzüglich fünfundzwanzig Anfragen an alle denkbaren Instanzen abgeschickt und wäre selbst nach Nishnaja Pescha gestürzt, um Flemings Rowdys und Schludrianen an die Gurgel zu fahren, ehe sie sich darauf eingerichtet hätten, die gekränkte Unschuld zu spielen.

Toivo Glumow rührte sich nicht vom Fleck. Warum? Er hatte den Gestank von Schwefel gerochen. Nicht einmal den Gestank – nur so ein leichtes Düftchen. Ein sensationeller Embryophor? Gewiß, das ist ernst. Aber es riecht nicht nach Schwefel. Eine hysterische Panik? Schon näher dran. Viel wärmer. Doch die Hauptsache war die seltsame Alte aus dem Cottage Nr. 1. Das ist es! Panik, Hysterie, Flucht, der Havariedienst, und sie bittet, man möge keinen Lärm machen und sie nicht beim Schlafen stören. Das ließ sich schon nicht mehr auf traditionelle Weise erklären. Toivo versuchte nicht einmal, eine Erklärung zu finden. Er blieb einfach und wartete ab, bis sie aufstand, um ihr ein paar Fragen zu stellen. Er blieb und wurde belohnt. »Wenn mir nicht in den Sinn gekommen wäre, mit Basil zu frühstücken«, erzählte er später, »wenn ich gleich nach dem Interview mit diesem Tolstow zu Ihnen zum Bericht gekommen wäre, dann hätte ich den Eindruck behalten, in Malaja Pescha wäre nichts Rätselhaftes vorgefallen außer einer wilden Panik, hervorgerufen durch eine Invasion künstlicher Lebewesen. Und da erschienen der Junge Kir und die Oma Albina und brachten eine wesentliche Dissonanz in dieses wohlgefügte, aber primitive Schema ...«

Ihm war »in den Sinn gekommen, mit Brasil zu frühstükken« – so drückte er sich aus. Wohl, um keine Zeit auf den Versuch zu verschwenden, jene dunklen und alarmierenden Empfindungen, die ihn zum Bleiben veranlaßt hatten, in Worte zu fassen.

Malaja Pescha. Am selben Tage. 8 Uhr morgens

Kir zwängte sich mit der Galeere in den Händen irgendwie in die Null-T-Kabine und entschwand in sein Petrosawodsk. Basil zog seinen ungeheuren Anorak aus, warf sich ins Gras, auf ein schattiges Fleckchen, und dämmerte anscheinend ein. Oma Albina entschwebte ins Cottage Nr. 1.

Toivo machte sich nicht die Mühe, in den Pavillon zu gehen; er setzte sich einfach mit gekreuzten Beinen ins Gras und wartete.

In Malaja Pescha ereignete sich nichts Besonderes. Der gußeiserne Jürgen ließ von Zeit zu Zeit aus der Tiefe seines Cottages Nr. 7 einen gekränkten Aufschrei vernehmen – etwas über das Wetter, etwas über den Fluß und etwas über den Urlaub. Albina, noch immer ganz in Weiß, erschien auf ihrer Veranda und setzte sich unter die Markise. Ihre Stimme klang herüber, melodisch und leise – anscheinend sprach sie mit jemandem per Videofon. Mehrmals tauchte im Gesichtsfeld Duremar Tolstow auf. Er strich zwischen den Cottages umher, hockte sich immer wieder hin, um den Erdboden zu betrachten, kroch in die Büsche, mitunter sogar auf allen vieren.

Halb acht stand Toivo auf, ging in den Klub und videofonierte mit seiner Mutter. Der übliche Kontrollanruf. Er fürchtete, daß er den Tag über sehr beschäftigt sein und keine Zeit zum Anrufen mehr finden würde. Sie sprachen über dies und das ... Toivo erzählte, daß er hier eine alte Ballerina namens Albina getroffen hatte. Ob das nicht Albina die Große sei, von der man ihm als Kind so viel vorgeschwärmt hatte? Sie erörterten diese Frage und kamen zu dem Schluß, daß es durchaus möglich sei, aber überhaupt gab es noch eine andere große Ballerina Albina, die an die fünfzig Jahre älter als Albina die Große war ... Dann verabschiedeten sie sich bis zum nächsten Tag.

Von draußen schallte ein lauter Klageruf herein: »Und die Krebse? Ljowa, aber die Krebse! ...«

Ljowa Tolstow näherte sich schnellen Schrittes dem Klub und winkte dabei gereizt mit der linken Hand ab; mit der Rechten preßte er ein umfangreiches Paket an die Brust. Am Eingang zum Pavillon blieb er stehen und schrie in schrillem Falsett zum Cottage Nr. 7 hinüber: »Ich komme ja wieder! Bald!« Da bemerkte er, daß ihn Toivo ansah, und erklärte wie zur Entschuldigung: »Eine selten sonderbare Geschichte. Ich muß mir doch Klarheit verschaffen.«.

Er verschwand in der Null-T-Kabine, und wieder geschah eine Zeitlang nichts. Toivo beschloß, bis um acht zu warten.

Fünf vor acht tauchte ein Gleiter hinter dem Wald hervor auf, flog ein paar Runden über Malaja Pescha, ging dabei allmählich tiefer und landete sanft vor dem Cottage Nr. 10, demselben, wo, nach der Einrichtung zu urteilen, die Familie eines Malers gewohnt hatte. Aus dem Gleiter sprang ein großgewachsener Mann, lief leichtfüßig die Stufen zur Veranda hinauf und rief nach hinten gewandt: »Alles in Ordnung! Niemand und nichts da!« Während Toivo über den Platz zu ihm ging, kam aus dem Gleiter eine junge Frau mit kurzem Haar in einem knapp knielangen violetten Hemdkleid. Sie machte keine Anstalten, die Außentreppe hinaufzusteigen, sondern blieb beim Gleiter stehen und hielt sich mit einer Hand an seiner Tür fest.

Wie sich erwies, war der Maler in der Familie die Frau, sie hieß Sossja Ljadowa, und es war ihr Selbstporträt, das Toivo im Cottage der Jarygins gesehen hatte. Sie war vielleicht fünfundzwanzig, sechsundzwanzig, studierte an der Akademie im

Komowski-Korsakow-Studio und hatte vorerst noch nichts Bedeutendes geschaffen. Sie war schön, wesentlich schöner als ihr Selbstporträt. Etwas an ihr erinnerte Toivo an seine Assja, allerdings hatte er seine Assja nie im Leben derart verschreckt gesehen.

Der Mann hieß Oleg Olegowitsch Pankratow und war Lektor des Syktywkarer Lehrkreises, vorher aber war er fast dreißig Jahre lang Astroarchäologe gewesen, hatte in Fokins Gruppe gearbeitet, an der Expedition zum Kala-i-Mug (auch bekannt als »Morohashis paradoxer Planet«) teilgenommen und überhaupt alle möglichen Ecken der Welt kennengelernt, und ihre Kanten dazu. Ein sehr ruhiger, geradezu ein wenig phlegmatischer Mann mit Händen wie Schaufeln, verläßlich, solide, gründlich, so einen kriegt kein Bulldozer vom Fleck, dabei im Gesicht weiß und rosig, blaue Augen, eine Kartoffelnase und ein rotblonder Bart wie bei Ilja Muromez ...

Und es war kein Wunder, daß sich während der nächtlichen Ereignisse die Eheleute völlig unterschiedlich verhalten hatten. Oleg Olegowitsch war beim Anblick der lebenden Säcke, die durchs Fenster ins Schlafzimmer gekrochen kamen, natürlich erstaunt gewesen, hatte aber keinerlei Schrecken verspürt. Vielleicht, weil ihm sofort die kleine Filiale in Nishnaja Pescha eingefallen war, der er seinerzeit mehrere Besuche abgestattet hatte, und auch der Anblick der Ungeheuer selbst rief bei ihm kein Gefühl von Gefahr hervor. Ekel – das war es, was er vor allem empfunden hatte. Ekel und Abscheu, doch keinerlei Furcht. Er hatte sich mit den Händen gegen diese Säcke gestemmt und sie nicht ins Schlafzimmer gelassen, sie zurück in den Garten gestoßen, und es war widerlich gewesen, schlüpfrig, klebrig, und sie hatten sich unangenehm nachgiebig-elastisch unter den Handflächen angefühlt, diese Säcke, am ehesten hatten sie an die Innereien eines riesigen Tieres erinnert. Er war damals im Schlafzimmer herumgelaufen und hatte fieberhaft überlegt, womit er die Hände abwischen könnte, doch da begann auf der Veranda Sossja zu schreien, und ihm war nicht mehr nach Ekelgefühlen zumute ...

»Ja, wir alle haben uns nicht gerade glänzend aufgeführt, aber trotzdem darf man sich nicht so gehenlassen, wie es einige getan haben. Mancher kann ja immer noch nicht wieder zu sich kommen. Frolow mußten wir gleich in Sula ins Krankenhaus bringen, sie haben ihn buchstäblich stückweise vom Gleiter weggerissen, er ist völlig außer sich ... Und die Grigorjans mit den Kindern wollten nicht in Sula bleiben, sie sind alle vier in die Null-Kabine gestürzt und geradewegs nach Mirza-Tcharlé aufgebrochen. Grigorjan hat uns zum Abschied zugerufen: ›Irgendwohin, bloß recht weit weg und für immer!‹«

Sossja indes konnte die Grigorjans gut verstehen. Sie selbst hatte noch niemals ein solches Grauen empfunden. Und es ging gar nicht darum, ob diese Tiere nun gefährlich waren oder nicht. »Wenn uns allen die Angst im Nacken saß ... Misch dich nicht ein, Oleg, ich rede von uns gewöhnlichen, unvorbereiteten Leuten, nicht von solchen Donnerkerlen wie du ... Wenn uns allen die Angst im Nacken saß, dann keineswegs, weil wir uns gefürchtet hätten, aufgefressen zu werden, erdrosselt, bei lebendigem Leibe verdaut und das alles ... Nein, es war eine ganz andere Empfindung!« Sossja hatte Mühe, diese Empfindung halbwegs genau zu charakterisieren. Als brauchbarste und verständlichste von ihren Formulierungen erwies sich diese: Es war keine Angst, es war das Gefühl völliger Unvereinbarkeit, der Unmöglichkeit, mit diesen Biestern im selben Raumabschnitt zu verweilen. Am interessantesten an ihrer Erzählung war jedoch etwas ganz anderes.

Nämlich, sie waren auch noch schön, diese Ungeheuer! Sie waren in einem solchen Maße schrecklich und widerwärtig, daß sie als etwas auf seine Art Vollkommenes erschienen. Als die vollkommene Häßlichkeit. Der ästhetische Berührungspunkt des ideal Häßlichen und des ideal Schönen. Jemand hat einmal gesagt, daß ideale Häßlichkeit in uns wohl dieselben ästhetischen Empfindungen wie ideale Schönheit hervorrufen müsse. Bis vorige Nacht war ihr das immer paradox vorgekommen. Aber es war nicht paradox! Oder sei sie schon derart verdorben? ...

Sie zeigte Toivo ihre Skizzen, die sie aus dem Gedächtnis zwei Stunden nach der Panik angefertigt hatte. Sie hatte sich mit Oleg in einem leerstehenden Häuschen in Sula einquartiert, und anfangs hatte ihr Oleg Tonic zu trinken gegeben und versucht, sie mit Psychomassage wieder zu sich zu bringen, doch das half alles nichts, und da griff sie sich ein Blatt Papier, irgendeinen unmöglichen Stift, hart und ungefüge, und begann hastig, Linie für Linie, Schatten für Schatten, aufs Papier zu übertragen, was ihr als Alptraum vor Augen stand und die wirkliche Welt verdeckte ...

Nichts Besonderes war auf den Zeichnungen zu sehen. Ein Netz von Linien, bekannte Dinge sind zu erahnen: das Verandageländer, der Tisch, die Sträucher, und über allem verschwommene Schatten von unbestimmten Umrissen. Freilich, diese Zeichnungen erzeugten ein Gefühl von Unruhe, Unausgeglichenheit, Mißbehagen ... Oleg Olegowitsch fand, daß an ihnen etwas dran sei, obwohl seiner Meinung alles viel einfacher und widerwärtiger gewesen war. Übrigens stehe er der Kunst ziemlich fern. Er sei eben ein unqualifizierter Verbraucher, nicht mehr ...

Er fragte Toivo, was man herausgefunden habe. Toivo legte ihm seine Vermutungen dar: Fleming, Nishnaja Pescha, ein Embryophor neuen Typs und so weiter. Pankratow nickte zustimmend und teilte dann einigermaßen betrübt mit, schmerzlich an der ganzen Geschichte sei für ihn vor allem die ..., wie soll man sagen? Nun, die übermäßige Nervosität der Erdenbewohner heutzutage. Immerhin hatten sie wie ein Mann Fersengeld gegeben! Wenn wenigstens einer Interesse gezeigt hätte, neugierig gewesen wäre ... Toivo verteidigte die Ehre des Erdenbewohners heutzutage und erzählte von Oma Albina und von dem Jungen Kir.

Oleg Olegowitsch lebte ungewöhnlich auf. Er schlug mit

seinen schaufelförmigen Händen auf die Armlehnen des Sessels und auf den Tisch, er warf bald Toivo, bald seiner Sossja triumphierende Blicke zu und rief unter lautem Lachen: »Sieh an, der kleine Kir! So ein Prachtkerl! Ich habe immer gesagt, daß aus dem was Rechtes wird ... Aber erst unsere Albina! Von wegen zierlich-manierlich ...« Worauf Sossja mit der Erklärung herausplatzte, daran sei nichts Verwunderliches, Kinder und Alte seien schon immer vom selben Schlag gewesen ... »Und die Raumflieger!« rief Oleg Olegowitsch. »Vergiß nicht die Raumflieger, Liebste!« Sie plänkelten miteinander halb im Ernst und halb im Scherz, als sich plötzlich ein kleiner Zwischenfall ereignete.

Oleg Olegowitsch, der seiner Liebsten mit einem Lächeln bis zu den Ohren zuhörte, lächelte mit einemmal nicht mehr, und die Fröhlichkeit auf seinem Gesicht wich einem Ausdruck von Bestürzung, als hätte ihn etwas in tiefster Seele erschüttert. Toivo folgte seinem Blick und sah: In der Tür seines Cottages Nr. 7 steht an einen Pfosten gelehnt der untröstliche und enttäuschte Ernst Jürgen, nicht mehr in seinem Krabbenkrebsfangskaphander, sondern in einem weiten beigefarbenen Anzug, in einer Hand hält er eine flache Bierdose und in der anderen eine kolossale Schnitte, mit etwas Rotweißem belegt, und er führt bald die eine, bald die andere Hand zum Munde, und kaut, und schluckt, und bei alledem blickt er unablässig über den Platz zum Eingang des Klubs.

»Da ist ja auch Ernst!« rief Sossja aus. »Und du sagst ...!«

»Zum Verrücktwerden!« ließ sich Oleg Olegowitsch langsam vernehmen und sah immer noch bedrückt aus.

»Wie du siehst, ist Ernst auch nicht erschrocken«, bemerkte Sossja einigermaßen giftig.

»Ich sehe«, stimmte ihr Oleg Olegowitsch zu. Etwas wußte er von diesem Ernst Jürgen, er hatte auf gar keinen Fall erwartet, ihn nach den jüngsten Ereignissen hier zu erblicken. Ernst Jürgen hatte jetzt nichts hier zu schaffen, hatte nicht auf seiner Veranda in Malaja Pescha zu stehen, Bier zu trinken und gekochte Krabbenkrebse zu essen, sondern Ernst Jürgen hatte sich jetzt wohl ohne einen Blick zurückzuwerfen auf seinen Titan oder noch weiter davonzumachen.

Und Toivo klärte dieses Mißverständnis eilends auf und erzählte, daß sich Ernst Jürgen gestern nacht nicht in der Siedlung befunden hatte, daß Ernst Jürgen gestern nacht vielleicht auf Krabbenkrebsfang mehrere Kilometer flußabwärts gewesen war. Sossja war sehr betrübt, aber Oleg Olegowitsch atmete, wie es Toivo schien, geradezu erleichtert auf. »Das ist ja ganz was anderes!« sagte er. »Wenn Sie das gleich gesagt hätten . . .« Und obwohl ihm selbstverständlich niemand Fragen stellte, was ihn so bedrückt hatte, begann er plötzlich mit Erklärungen: Ihn habe nämlich irritiert, daß er nachts während der Panik mit eigenen Augen gesehen habe, wie Ernst Jürgen sich auf die schändlichste Weise mit den Ellenbogen an allen vorbei in die Null-Kabine gedrängt hatte. Jetzt sei ihm allerdings klar, daß er sich getäuscht habe, daß es nicht so gewesen sei und, wie man sieht, nicht so gewesen sein könne, doch im ersten Moment, als er Ernst Jürgen mit der Bierdose erblickte . . .

Es blieb unbekannt, ob ihm Sossja Glauben schenkte, Toivo jedoch glaubte ihm kein Wort. Nichts dergleichen war vorgefallen, Oleg Olegowitsch hatte keinen Ernst Jürgen während der Panik zu sehen geglaubt, sondern er, Oleg Olegowitsch, wußte von diesem Jürgen etwas ganz anderes, viel Interessanteres, aber anscheinend Ungutes, da er sich doch genierte, davon zu erzählen . . .

Und da fiel ein Schatten auf Malaja Pescha, und den Raum ringsum erfüllte ein samtenes Summen, und wie aus der Pistole geschossen kam der aufgeschreckte Basil hinter der Ecke des Pavillons hervor und warf im Laufen seinen Anorak über, aber die Sonne strahlte schon wieder über Malaja Pescha, und auf das Gras senkte sich majestätisch, ohne einen einzigen Halm zu krümmen, über und über goldschimmernd und wie ein riesiger glänzender Brotlaib, ein Pseudograv der »Puma«-Klasse herab, einer von den ganz neuen, supermodernen, und sogleich sprangen ringsum seine zahlreichen ovalen

Luken auf, und heraus ergoß sich eine langbeinige, braungebrannte, geschäftige, laute Schar, sie ergossen sich heraus und schleppten irgendwelche Kästen mit Trichteröffnungen herbei, zogen Schläuche mit wunderlichen Endstücken hinter sich her, ließen Blitz-Kontaktoren aufflammen, liefen aufgeregt durcheinander, gestikulierten, und der unter ihnen am aufgeregtesten hin und her lief, am meisten gestikulierte, Kisten herbeischleppte und Schläuche hinter sich herzog, war Lew-Duremar Tolstow, immer noch in den Sachen, an denen die eingetrocknete grüne Algenmasse klebte.

Das Arbeitszimmer des Leiters der Abteilung BV. 6. Mai '99. Gegen 13 Uhr

»Und was haben sie mit all ihrer Technik erreicht?« fragte ich.

Toivo schaute gelangweilt aus dem Fenster, sein Blick folgte der Wolkensiedlung, die gemächlich über dem südlichen Stadtrand von Swerdlowsk dahinschwebte.

»Nichts wesentliches Neues«, antwortete er. »Sie haben die wahrscheinlichste Tierart rekonstruiert. Die Analysen ergaben dasselbe wie bei der Havariegruppe. Sie haben sich gewundert, daß keine Hüllen von Embryophoren übriggeblieben sind. Sie haben über die Energetik gestaunt, steif und fest behauptet, so etwas sei unmöglich.«

»Hast du Erkundigungen eingezogen?« zwang ich mich zu fragen.

Ich möchte hier nochmals betonen, daß ich zu diesem Zeitpunkt schon alles durchschaute, alles wußte, alles verstand, aber keine Ahnung hatte, was ich mit diesem meinem Durchblick, Wissen und Verständnis anfangen sollte. Mir wollte nichts einfallen, und meine Mitarbeiter und Kollegen störten mich nur. Besonders Toivo Glumow.

Ich hätte nichts lieber getan, als ihn auf der Stelle in Urlaub zu schicken. Sie alle in Urlaub zu schicken, bis zum letzten Praktikanten, und selbst alle Nachrichtenkanäle abzuschalten, mich abzuschirmen, die Augen zu schließen und wenigstens einen Tag lang völlig allein zu sein. Um nicht mehr mein Gesicht unter Kontrolle halten zu müssen. Um nicht daran denken zu müssen, welche von meinen Worten natürlich klingen werden und welche seltsam. Um überhaupt an nichts denken zu müssen, damit im Kopfe gähnende Leere entstünde, und dann würde sich in dieser Leere die gesuchte Lösung von selbst bilden. Das war eine Art Halluzination – eine von jenen, wie sie vorkommen, wenn man einen lästigen Schmerz ertragen muß. Ich ertrug ihn schon seit fünf Wochen, meine seelische Kraft ging zur Neige, doch vorerst gelang es mir noch, mein Gesicht zu beherrschen, mein Verhalten zu steuern und durchaus angebrachte Fragen zu stellen.

»Hast du Erkundigungen eingezogen?« fragte ich Toivo Glumow.

»Erkundigungen habe ich eingezogen«, antwortete er monoton. »Bei Bürgermeyer im PV ›Embryomechanik‹. Bei Gorbazkoi. Persönlich. Und bei Fleming. Für alle Fälle. Alles in Ihrem Namen.«

»Gut«, sagte ich. »Warten wir die Antworten ab.«

Jetzt mußte ich ihm Gelegenheit geben, sich auszusprechen. Ich sah doch: Er mußte sich aussprechen. Sich vergewissern, daß die Hauptsache der Aufmerksamkeit des Chefs nicht entgangen war. Im Idealfall hatte der Chef selbst diese Hauptsache herauszuschälen und hervorzuheben, aber dazu fehlte mir schon die Kraft.

»Du willst noch etwas hinzufügen?« fragte ich.

»Ja. Das will ich.« Er schnippte ein unsichtbares Stäubchen von der Tischplatte. »Die ungewöhnliche Technologie ist nicht die Hauptsache. Die Hauptsache ist die Streubreite der Reaktionen.«

»Das heißt?« (Ich mußte ihn auch noch anstoßen!)

»Ihnen ist vielleicht aufgefallen, daß diese Ereignisse die Augenzeugen in zwei ungleiche Gruppen geteilt haben. Strenggenommen sogar in drei. Der größte Teil der Betroffenen verfiel in haltlose Panik. Der Teufel im mittelalterlichen Dorf. Völliger Verlust der Selbstbeherrschung. Die Leute sind nicht einfach aus Malaja Pescha geflohen. Die Leute sind von der Erde geflohen. Nun die zweite Gruppe: Der Zootechniker Anatoli Sergejewitsch und die Malerin Sossja Ljadowa erhielten zwar erst einen tüchtigen Schreck, fanden dann aber die Kraft, zurückzukehren, wobei die Malerin in diesen Tieren sogar eine gewisse Faszination sah. Und schließlich die alte Ballerina und der Junge Kir. Und wohl auch Pankratow, der Mann der Ljadowa. Sie hatten überhaupt keine Angst. Im Gegenteil. Die Streubreite der Reaktionen«, wiederholte er.

Ich verstand, was er von mir erwartete. Alle Schlußfolgerungen lagen auf der Hand. Jemand hatte in Malaja Pescha ein Experiment zur künstlichen Auslese veranstaltet, die Menschen nach ihren Reaktionen unterteilt, ob sie zu etwas Bestimmtem taugten oder nicht. Genauso, wie dieser Jemand vor fünfzehn Jahren eine Auslese im Subraumsektor des Eingangs 41/02 durchgeführt hatte. Und es stand außer Frage, wer dieser Jemand war, der über eine uns unbekannte Technologie verfügte. Derselbe, der sich aus einem bestimmten Grunde der Fukamisation in den Weg gestellt hatte ... Toivo hätte das alles auch selbst ausformulieren können, doch aus seiner Sicht wäre das eine Verletzung der Dienstethik und des »Shiao«-Prinzips gewesen. Solche Schlüsse zu ziehen war das Vorrecht des Leiters und Clanältesten.

Doch ich machte keinen Gebrauch von meinem Vorrecht. Dazu reichte meine Kraft nicht mehr.

»Die Streubreite«, wiederholte ich. »Überzeugend.«

Mir unterlief wohl doch ein falscher Ton, denn Toivo zog plötzlich die weißen Brauen hoch und fixierte mich geradezu.

»War das alles?« fragte ich sofort.

»Ja«, antwortete er. »Alles.«

»Gut. Warten wir auf die Expertise. Was hast du jetzt vor? Schlafengehen?«

Er holte Luft. Kaum merklich. ›Der Vorgesetzte hat es nicht für angebracht gehalten.‹ Jemand mit weniger Selbstbeherrschung hätte an seiner Stelle irgend etwas Herausforderndes gesagt. Toivo sagte: »Ich weiß nicht. Ich werde wohl noch etwas arbeiten gehen. Bei mir muß heute die Zählung fertig werden.«

»Die Walzählung?«

»Ja.«

»Gut«, sagte ich. »Wie du willst. Und morgen wirst du bitte nach Charkow reisen.«

Toivo hob die weißblonden Brauen, sagte aber nichts.

»Was das Institut der Sonderlinge ist, weißt du?« fragte ich.

»Ja. Kikin hat es mir erzählt.«

Nun war ich es, der die Brauen hochzog. In Gedanken. Hol sie alle der Teufel. Lassen sich völlig gehen. Muß ich denn jedesmal jeden einzelnen ermahnen, den Mund zu halten? Keine KomKon 2, sondern ein Kaffeekränzchen . . .

»Und was hat dir Kikin erzählt?«

»Das ist eine Filiale des Instituts für Metapsychische Forschungen. Sie untersuchen die extremalen und transextremalen Eigenschaften der menschlichen Psyche. Es wimmelt dort von sonderbaren Leuten.«

»Richtig«, sagte ich. »Morgen begibst du dich dorthin. Hör dir den Auftrag an.«

Den Auftrag formulierte ich so. Am 25. März beehrte der berühmte Hexenmeister vom Planeten Saraksch das Institut der Sonderlinge in Charkow mit seinem Besuch. Wer ist Hexenmeister? Zweifellos ein Mutant. Außerdem ist er der Herr und Gebieter aller Mutanten in den radioaktiven Dschungeln jenseits der Blauen Schlange. Er verfügt über viele erstaunliche Fähigkeiten, insbesondere ist er ein Psychokrat. Was ist ein Psychokrat? »Psychokrat« ist die Sammelbezeichnung für Wesen, die sich eine fremde Psyche unterwerfen können. Außerdem ist Hexenmeister ein Wesen von ungewöhnlicher intellektueller Potenz, einer von jenen Sapientes, denen ein Tropfen Wasser genügt, um daraus auf die Existenz von Ozeanen zu schließen. Hexenmeister war zu einem Privatbesuch auf die Erde gekommen. Aus einem bestimmten Grunde interessierte er sich vor allem just für das Institut der Sonderlinge. Vielleicht verlangte es ihn, seinesgleichen zu finden; wir wissen es nicht. Sein Besuch sollte vier Tage dauern, doch nach einer Stunde reiste er ab. Er kehrte zu sich auf den Saraksch zurück und verflüchtigte sich dort in seinen radioaktiven Dschungeln.

Bis zu diesem Punkt enthielt meine Instruktion für Toivo Glumow die Wahrheit und nichts als die Wahrheit. Der Rest waren Pseudoquasiwahrheiten.

Seit einem Monat versuchen auf meine Bitte hin unsere Progressoren auf dem Saraksch, mit Hexenmeister in Verbindung zu treten. Es gelingt ihnen nicht. Entweder haben wir Hexenmeister hier auf der Erde irgendwie gekränkt, ohne es selbst zu wissen. Oder eine Stunde hat ihm genügt, um die gesamte Information, die er über uns brauchte, zu bekommen. Oder es war überhaupt etwas spezifisch Hexenmeisterhaftes und für uns daher Unvorstellbares geschehen. Kurzum, Toivo soll sich ins Institut begeben, dort alle Materialien über die Untersuchung Hexenmeisters (falls eine solche statthatte) durchsehen, sich mit allen Mitarbeitern unterhalten, die mit ihm zu tun hatten, klären, ob sich nicht mit Hexenmeister im Institut etwas Seltsames ereignet hat, ob sich nicht jemand an irgendwelche Äußerungen Hexenmeisters über die Erde und über uns Menschen erinnert, ob er nicht irgend etwas getan hat, was damals unbeachtet blieb, jetzt aber in neuem Lichte erscheint.

»Alles klar?« fragte ich.

Wieder warf er mir einen raschen Blick zu. »Sie haben nicht gesagt, unter welchem Thema meine Dienstreise läuft.«

Nein, das war kein Funke von Inspiration. Und er hatte mich wohl kaum bei den Pseudoquasiwahrheiten ertappt. Er konnte einfach wirklich nicht begreifen, wie sich sein Chef im Besitz derart schwerwiegender Informationen über das Eindringen der verhaßten *Wanderer* mit etwas anderem verzetteln konnte. Und ich sagte: »Dasselbe Thema. ›Besuch der alten Dame‹.«

(Eigentlich traf das sogar zu. Im weitesten Sinne des Wortes. Im allerweitesten.)

Eine Zeitlang schwieg er und trommelte lautlos mit den Fingern auf den Tisch. Dann sagte er in einem Ton, als bitte er um Entschuldigung: »Ich sehe keinen Zusammenhang . . .«

»Du wirst ihn sehen«, versprach ich.

Er schwieg.

»Und wenn es keinen gibt, um so besser«, erklärte ich. »Das ist ein Hexenmeister, verstehst du? Ein richtiger Hexenmeister, ich kenne ihn. Ein richtiger Hexenmeister aus dem Märchen, mit einem sprechenden Vogel auf der Schulter und den sonstigen Accessoires. Noch dazu ein Hexenmeister von einem anderen Planeten. Ich brauche ihn ernstlich!«

»Ein möglicher Verbündeter«, sagte Toivo mit einem leicht fragenden Ton in der Stimme.

Na also, er hatte sich selbst alles erklärt. Jetzt würde er arbeiten wie besessen. Vielleicht würde er sogar Hexenmeister finden. Was übrigens zu bezweifeln war.

»Beachte«, sagte ich. »In Charkow wirst du als Mitarbeiter der Großen KomKon auftreten. Das ist keine Tarnung, die Große KomKon befaßt sich tatsächlich mit der Suche nach Hexenmeister.«

»Gut«, sagte er.

»Ja? Dann geh. Geh, geh. Grüß Assja.«

Er ging, und endlich blieb ich allein. Für ein paar selige Minuten. Bis zum nächsten Videoanruf. Und in ebendiesen seligen Minuten entschloß ich mich endgültig: Ich mußte zu Athos gehen. Unverzüglich, denn wenn er sich erst einmal zur Operation ins Krankenhaus gelegt hätte, bliebe mir in der Nähe überhaupt kein einziger Mensch, zu dem ich gehen könnte.

Dokument 5

An die KomKon 2
Swerdlowsk
z. H. Kammerer
Absender: Direktor des Biozentrums des TPV, Gorbazkoi
In Beantwortung Ihrer Anfrage vom 6. Mai d. J.

Man führt Sie an der Nase herum. So etwas kann es nicht geben. Ignorieren Sie es.

Gorbazkoi

Dokument 6

Nishnaja Pescha, 15.30 Uhr

An die KomKon 2, Kammerer.
Von Fleming.

Maxim!

Über den Vorfall in Malaja Pescha weiß ich alles. Meiner Meinung eine unglaubliche Sache, die Neid aufkommen läßt. Deine Jungs haben sehr genau die Fragen gestellt, auf die wir alle antworten müssen. Und damit befasse ich mich jetzt und lasse alles andere liegen. Wenn sich etwas aufklärt, gebe ich euch unbedingt Bescheid.

Fleming

PS. Aber womöglich hast Du über Deine Kanäle schon etwas herausbekommen? Wenn ja, dann teil es sofort mit. Die nächsten drei Tage bin ich ständig in Nishnaja Pescha.

PPS. Etwa doch die *Wanderer?* Verdammt, das wäre vielleicht ein Glücksfall!

Dokument 7

Produktionsverband »Embryomechanik«,
Direktorat Erde, Antarktische Region, Erebus
A 18/0362
O-T-Index: KC 946239
Terminal: SKC-76
Adolf A. Bürgermeyer, Generaldirektor
S-283 vom 7. Mai ’99
An die KomKon 2, Ural/Norden, BV
Terminal: SRJ-23
An den Leiter der Abteilung BV, M. Kammerer
Betr.: Ihre Anfrage vom 6. Mai ’99

Lieber Kammerer!

Zu den Sie interessierenden Eigenschaften moderner Embryophoren kann ich Ihnen folgendes mitteilen:

1. Die Gesamtmasse der hervorgebrachten Biomechanismen reicht bis 200 kg. Ihre maximale Anzahl beträgt 8 Stück. Die maximalen Ausmaße eines einzelnen Exemplars können Sie nach dem Programm 102 ASTA (M, D, DØ, K) bestimmen, dabei ist M die Masse des Ausgangsmaterials, D die Dichte des Ausgangsmaterials, DØ die Dichte der Umgebung und K die Anzahl der hervorgebrachten Mechanismen. Die Relation gilt mit hoher Genauigkeit im Temperaturbereich von 200 bis 400 K und bei Drücken zwischen 0 und 200 SE.

2. Die Entwicklungszeit eines Embryophoren ist keine charakteristische Größe, sie hängt von einer Vielzahl von Parametern ab, die völlig der Kontrolle des Initiators unterliegen. Übrigens liegt bei den schnellsten Embryophoren die Untergrenze der Entwicklungszeit im Bereich von 1 Minute.

3. Die Existenzdauer der heute bekannten Biomechanismen hängt von ihrer individuellen Masse ab. Die kritische Masse eines Biomechanismus beträgt M_0 = 12 kg. Biomechanismen, deren Masse M unterhalb von M_0 liegt, haben eine theoretisch unbegrenzte Lebensdauer. Die Existenzdauer von Biomecha-

nismen mit größerer Masse nimmt mit wachsendem Massenüberschuß exponentiell ab, so daß die Existenzdauer der massivsten Exemplare (um 100 kg) einige Sekunden nicht überschreiten kann.

4. Die Aufgabe, einen völlig zu absorbierenden Embryophoren zu schaffen, steht schon lange, befindet sich aber leider noch sehr weit von einer Lösung entfernt. Vorläufig ist selbst die vollkommenste Technologie außerstande, eine Hülle zu erzeugen, die sich restlos im Entwicklungszyklus verwerten ließe.

5. Mikroskopische Biomechanismen verfügen allgemein über eine hohe Beweglichkeit (bis zum Tausendfachen der eigenen Abmessungen pro Minute). Was die im praktischen Einsatz befindlichen Exemplare angeht, so gilt als Spitzenreiter vorläufig das Modell KS-3 »Hüpfer«, das gerichtete und stimulierte Geschwindigkeiten bis 5 m/s zu entwickeln vermag.

6. Man kann mit hundertprozentiger Gewißheit behaupten, daß jeder der gegenwärtig realisierbaren Biomechanismen heftig und eindeutig (negativ) auf das natürliche Biofeld reagiert. Das ist im genetischen Apparat eines jeglichen Biomechanismus verankert – und zwar nicht, wie viele annehmen, aus ethischen Erwägungen, sondern weil jedes natürliche Biofeld mit einer Intensität von mehr als 0,63 GD (das Biofeld eines Kätzchens) inkompensable Störungen im Signalsystem des Biomechanismus verursacht.

7. Zur Energiebilanz: Brächte ein Embryophor Biomechanismen mit den in Ihrer Anfrage beschriebenen Parametern hervor, so müßte das zweifellos zu einer stürmischen Freisetzung von Energie (einer Explosion) führen, wenn das von Ihnen geschilderte Bild überhaupt möglich wäre. Wie jedoch aus allem oben Dargelegten folgt, erscheint dieses Bild beim gegenwärtigen Stand der wissenschaftlichen und technischen Möglichkeiten als völlig phantastisch.

Hochachtungsvoll,
Bürgermeyer, Generaldirektor.

Dokument 8

Bericht Nr. 016/99
KomKon 2
Ural/Norden
Datum: 8. Mai '99
Autor: T. Glumow, Inspektor
Thema 009: »Besuch der alten Dame«
Betr.: Aufenthalt Hexenmeisters (Saraksch) in der Charkower Filiale des Instituts für Metapsychische Forschungen (Institut der Sonderlinge)

Gemäß Ihrer Anordnung gestern morgen habe ich mich in die Charkower Filiale des Instituts der Sonderlinge begeben. Der stellvertretende Filialdirektor Logowenko hatte sich bereit erklärt, mich 10.00 Uhr zu empfangen, doch wurde ich nicht gleich zu ihm vorgelassen, sondern zuerst einer Untersuchung in der Gleitfrequenzkammer WFK 8 unterzogen, die auch »Sonderlingsfang« heißt.

Wie sich zeigte, wird dieser Prozedur jeder neue Besucher der Filiale unterworfen. Ihr Ziel ist es, bei aufs Geratewohl ausgewählten Menschen »latente metapsychische Fähigkeiten«, mit anderen Worten, eine sogenannte »verdeckte Sonderlichkeit« zu entdecken.

10.25 Uhr wurde ich dem Stellvertreter des Direktors für Beziehungen zu gesellschaftlichen Organisationen vorgestellt.

Notiz zur Person:
Logowenko, Daniil Alexandrowitsch, Doktor der Psychologie, korrespondierendes Mitglied der AdMW Europas. Geboren am 17.09.'30 in Borispol. Ausbildung: Institut für Psychologie, Kiew; Fakultät für Verwaltung der Kiewer Universität; Sonderkurse in höherer und anomaler Ethologie in Split. Hauptarbeiten auf dem Gebiet Metapsychologie, hat den sog. »Logowenko-Impuls« entdeckt (auch »Mentogrammspitze T« genannt). Einer der Be-

gründer der Charkower Filiale des Instituts für Metapsychische Forschungen.

D. Logowenko erzählte mir, er selbst habe Hexenmeister am Morgen des 25. März dieses Jahres auf dem Kosmodrom Mirza-Tcharlé empfangen und ihn direkt ins Gebäude der Filiale begleitet. Dabei waren zugegen: der Abteilungsleiter der Filiale, Bohdan Haidai, und Hexenmeisters Begleiter von der KomKon 1, der uns bekannte Borja Laptew.

Nach der Ankunft in der Filiale schlug Hexenmeister das traditionelle Einführungsgespräch mit Bewirtung aus und äußerte den Wunsch, sich unverzüglich mit der Tätigkeit der Mitarbeiter und mit ihren Probanden bekannt zu machen. Daraufhin überließ D. Logowenko ihn der Fürsorge von B. Haidai und hatte seither keinen Kontakt mehr mit ihm.

Ich: Welches Ziel verfolgte Ihrer Meinung nach Hexenmeister im Institut?

Logowenko: Hexenmeister selbst hat mir darüber nichts gesagt. Die KomKon hat uns informiert, Hexenmeister habe den Wunsch geäußert, sich mit unserer Arbeit bekannt zu machen, und wir haben ihm gern die Möglichkeit dazu gegeben. Nicht völlig uneigennützig übrigens: Wir hatten darauf gerechnet, ihn selbst zu untersuchen. In unser Gesichtsfeld war noch nie ein Psychokrat von ähnlicher Macht geraten, noch dazu ein Außerirdischer.

Ich: Was hat die Untersuchung ergeben?

Logowenko: Es hat keine Untersuchung stattgefunden. Hexenmeister brach seinen Besuch für alle völlig unerwartet ab.

Ich: Was halten Sie für den Grund?

Logowenko: Wir verlieren uns alle in Mutmaßungen. Ich persönlich neige zu folgender Annahme. Ihm wurde Michel Desmonde vorgestellt; das ist ein Polymentaler. Und womöglich hat Hexenmeister an Michel etwas wahrgenommen, was uns entgangen ist und was ihn entweder derart erschreckt oder gekränkt, jedenfalls schockiert hat, daß er die Lust verlor, mit uns zu verkehren. Vergessen Sie nicht, er ist ein Psychokrat, ein Intellektueller, aber seiner Herkunft, seiner Erziehung, wenn Sie wollen, seiner Weltanschauung nach ist er ein typischer Wilder.

Ich: Ich verstehe nicht recht. Was ist ein Polymentaler?

Logowenko: Polymentalismus ist eine sehr seltene metapsychische Erscheinung, die Koexistenz von zwei oder mehr unabhängigen Bewußtseinseinheiten. Verwechseln Sie das nicht mit Schizophrenie, es handelt sich um nichts Pathologisches. Da ist zum Beispiel unser Michel Desmonde. Ein absolut gesunder, sehr angenehmer junger Mann, bei dem keinerlei Abweichungen von der Norm zu finden sind. Aber vor ungefähr zehn Jahren wurde völlig zufällig entdeckt, daß er zwei Mentogramme hat. Ein gewöhnliches, menschliches, das eindeutig mit dem früheren und gegenwärtigen Leben Michels verbunden ist. Und ein anderes, das bei einer bestimmten, genau festgelegten Tiefe der Mentoskopie zum Vorschein kommt. Es ist das Mentogramm eines Wesens, das nichts mit Michel gemein hat und in einer Welt lebt, die zu identifizieren uns trotz allen Bemühungen nicht gelungen ist. Offensichtlich handelt es sich um eine Welt ungewöhnlich hoher Drücke und Temperaturen ... Übrigens ist das nicht von Belang. Wichtig ist, daß Michel weder von dieser Welt noch von diesem Nachbarbewußtsein eine Ahnung hat und jenes Wesen weder von Michel noch von unserer Welt etwas ahnt. Ich glaube also, wir haben bei Michel ein Nachbarbewußtsein entdecken können, aber vielleicht existieren in ihm noch weitere nebeneinander, die sich unseren Untersuchungsmethoden entziehen, und die haben Hexenmeister so schockiert.

Ich: Für Sie ist die zweite Welt dieses Desmonde nicht schockierend?

Logowenko: Ich verstehe Sie. Nein. Definitiv nein. Doch ich muß Ihnen sagen, daß der Mentoskopist, der als erster einen Blick in diese Welt warf und erkannte, worum es sich handelte, schwer erschüttert war. Vor allem natürlich, weil er zu dem Schluß kam, Michel sei ein maskierter Agent irgendwelcher *Wanderer*, ein Progressor aus einer fremden Welt.

Ich: Wie hat man festgestellt, daß das nicht der Fall ist?

Logowenko: Da können Sie beruhigt sein. Zwischen dem Verhalten Michels und der Funktion des zweiten Bewußtseins besteht keinerlei Korrelation. Die benachbarten Bewußtseinseinheiten des Polymentalen stehen in keinerlei Wechselwirkung. Sie können prinzipiell nicht aufeinander einwirken, da sie in verschiedenen Räumen funktionieren. Eine grobe Analogie: Stellen Sie sich ein Schattenspiel vor. Die auf den Schirm projizierten Schatten können nicht wechselwirken. Es bleiben freilich allerlei phantastische Erwägungen, aber die sind eben nichts als phantastisch.

Damit endete mein Gespräch mit D. Logowenko, und ich wurde mit B. A. Haidai bekannt gemacht.

Notiz zur Person:

Haidai, Bohdan Archypowytsch, Magister der Psychologie. Geboren am 10.06.'55 in Seredina-Buda. Ausbildung: Institut für Psychologie, Kiew; Sonderkurse in höherer und anomaler Ethologie in Split. Hauptarbeiten auf dem Gebiet der Metapsychologie. Seit '89 Mitarbeiter der Abteilung Psychoprognostik, seit '93 Leiter des Labors für Apparatetechnik, seit '94 Leiter der Abteilung Intrapsychische Technik.

Ein Auszug aus unserer Unterhaltung:

Ich: Wofür, meinen Sie, hat sich Hexenmeister im Institut am meisten interessiert?

Haidai: Wissen Sie, ich habe den Eindruck, daß dieser Hexenmeister einfach falsch informiert war. Das ist auch kein Wunder; sogar hier auf der Erde haben viele eine unzutreffende Vorstellung von unserer Arbeit, was soll man da erst von den Progressoren sagen, mit denen Hexenmeister bei sich auf dem Saraksch zu tun hatte? Ich weiß noch, ich habe mich gleich gewundert, wieso Hexenmeister, ein Außerirdischer, auf der ganzen Erde nur unser Institut sehen wollte ... Mir scheint, es verhält sich so: Bei sich auf dem Saraksch ist er sozusagen der König der Mutanten, und das bereitet ihm sicherlich eine Menge Probleme: Sie degenerieren, sind krank, brauchen Behandlung, Unterstützung. Unsere »Sonderlinge« sind ja nun auch eine Art Mutanten, und da hat er sich gedacht, er könnte im Institut nützliche Informationen erhalten, gewiß hat er geglaubt, das sei hier so etwas wie eine Klinik.

Ich: Und als er seinen Irrtum erkannte, hat er kehrtgemacht und ist gegangen?

Haidai: Genau. Er hat sich wohl ein bißchen abrupt umgedreht und ist ein bißchen übereilt gegangen, aber es kann schließlich sein, daß sie dort solche Manieren haben.

Ich: Worüber hat er mit Ihnen gesprochen?

Haidai: Über nichts hat er mit mir gesprochen. Überhaupt habe ich seine Stimme nur einmal gehört. Ich fragte ihn, was er bei uns besichtigen wolle, und er antwortete: »Alles, was Sie mir zeigen.« Seine Stimme, muß ich sagen, ist ziemlich widerwärtig, wie bei einer zänkischen Hexe.

Ich: Apropos, in welcher Sprache haben Sie mit ihm gesprochen?

Haidai: Stellen Sie sich vor, ukrainisch!

Nach Haidais Aussage hat sich Hexenmeister im Institut nur mit drei Probanden getroffen. Ich konnte bisher mit zweien von ihnen sprechen.

Rawitsch, Marina Sergejewna, 27 Jahre alt, ausgebildet als Tierärztin, gegenwärtig Konsultant des Leningrader Werks für Embryosysteme, der Lausanner Werkstatt zur Realisation der P-Abstraktionen, des Belgrader Instituts für Laminarpositronik und des Hauptarchitekten der Jakutsker Region. Eine bescheidene, sehr schüchterne und traurige Frau. Sie verfügt über eine einzigartige und bisher unerklärte Fähigkeit (für die es noch nicht einmal eine wissenschaftliche Bezeichnung gibt). Wenn man sie vor ein exakt formuliertes und ihr verständliches Problem stellt, macht sie sich mit Feuereifer und Vergnügen an die Lösung, doch im Ergebnis erhält sie völlig unwillkürlich die Lösung eines anderen Problems, das mit der gestellten Aufgabe nichts zu tun hat und in der Regel außerhalb ihres beruflichen Interessengebietes liegt. Die Aufgabe wirkt auf ihr Bewußtsein als Katalysator zur Lösung irgendeines anderen Problems, von dem sie entweder einmal flüchtig in einer populärwissenschaftlichen Zeitschrift erfahren oder zufällig in einer Unterhaltung von Fachleuten gehört hat. Im voraus zu bestimmen, welches Problem sie im einzelnen lösen wird, ist anscheinend prinzipiell unmöglich: hier wirkt so etwas wie die klassische Unschärferelation.

Hexenmeister erschien in ihrem Kabinett, als sie gerade bei der Arbeit war. Sie erinnert sich dunkel an eine häßliche großköpfige Gestalt in Grün, und weiter hat Hexenmeister keinerlei Eindrücke in ihr hinterlassen. Nein, gesagt hat er nichts. Die üblichen Gemeinplätze über ihre »Gabe« hat Bohdan von sich gegeben, und anderer Stimmen entsinnt sie sich nicht. Nach Haidais Worten hat sich Hexenmeister ganze zwei Minuten bei ihr aufgehalten und für sie allem Anschein nach ebensowenig Interesse aufgebracht wie sie für ihn.

Michel Desmonde, 41 Jahre alt, ausgebildet als Granulationsingenieur, Berufssportler, Europameister des Jahres '88 im Tunnelhockey. Ein fröhlicher Mann, sehr zufrieden mit sich und dem Universum. Seinen Polymentalismus trägt er mit Humor und durchaus gleichgültig. Er wollte gerade zum Stadion aufbrechen, als sie Hexenmeister zu ihm brachten. Hexenmeister sah – nach Michels Worten – leidend aus und schwieg die ganze Zeit, Scherze nahm er nicht wahr, er begriff wohl nicht recht, wo er sich befand und was man ihm sagte. Es gab allerdings einen Moment – ihn würde Michel sein Lebtag nicht vergessen –, da Hexenmeister plötzlich seine großen bleichen Lider hob und Michel geradewegs in die Seele schaute, und vielleicht auch tiefer, ins Innerste jener Welt, in der jenes Geschöpf lebt, mit dem Michel einen gemeinsamen Abschnitt des mentalen Raumes teilen muß. Der Moment war unangenehm, aber auch bemerkenswert. Bald darauf entfernte sich Hexenmeister, ohne auch nur einmal den Mund aufgemacht zu haben. Und ohne sich zu verabschieden.

Susumu Hirota alias »Senrigan«, was »Der tausend Meilen weit Sehende« heißt, 83 Jahre alt, Religionshistoriker, Professor am Lehrstuhl für Religionsgeschichte an der Universität Bangkok. Mit ihm zu sprechen ist mir nicht gelungen. Er wird erst morgen oder übermorgen ins Institut zurückkehren. Nach Haidais Meinung hat dieser Hellseher bei Hexenmeister ausgeprägtes Mißfallen erregt. Jedenfalls trifft es zu, daß Hexenmeisters Abgang gerade während des Treffens mit ihm erfolgte.

Nach den Worten der Augenzeugen sah dieser Abgang so aus: Eben noch hatte Hexenmeister mitten im mentoskopischen Kombinat gestanden und zugehört, wie ihm Haidai einen Vortrag über die ungewöhnlichen Fähigkeiten »Senrigans« hielt, wobei ihn »Senrigan« von Zeit zu Zeit mit der Enthüllung neuer Einzelheiten aus seinem, des Vortragenden, Privatleben unterbrach, als sich plötzlich dieser grüne Gnom ohne ein Wort, ohne sein Verhalten mit einer Geste oder einem Blick anzukündigen, jäh umwandte, dabei mit dem Ellenbogen Borja Laptew anstieß und schnellen Schritts, ohne auch nur eine Sekunde lang innezuhalten, durch die Korridore zum Ausgang der Filiale ging. Ende.

In der Filiale ist Hexenmeister von mehreren Menschen gesehen worden: wissenschaftlichen Mitarbeitern, Laboranten, Verwaltungspersonal. Niemand von ihnen wußte, wen er vor sich hatte. Und nur zwei Neulinge im Institut schenkten Hexenmeister besondere Aufmerksamkeit, von seinem Äußeren beeindruckt. Von ihnen war nichts Wesentliches zu erfahren.

Des weiteren habe ich mich mit Boris Laptew getroffen. Hier der wichtigste Teil unseres Gesprächs:

Ich: Du bist der einzige Mensch, der die ganze Zeit über vom Abflug vom Saraksch bis zur Rückkehr auf den Saraksch mit Hexenmeister zusammen gewesen ist. Ist dir nicht irgend etwas Seltsames aufgefallen?

Boris: Das ist vielleicht eine Frage! Weißt du, das ist wie in der Geschichte, wo sie das Kamel fragen, warum es einen krummen Hals hat, und es antwortet: »Und was ist bei mir gerade?«

Ich: Trotzdem, versuch dich an sein Verhalten die ganze Zeit über zu erinnern. Irgend etwas muß ja doch passiert sein, daß er derart ausschlug!

Boris: Hör mal, ich kenne Hexenmeister seit zwei von unseren Jahren. Er ist unerschöpflich. Ich habe längst aufgegeben und versuche nicht mehr, mir einen Reim auf ihn zu machen. Was soll ich dir also sagen? Er hatte an dem Tag einen Anfall von Depression, wie ich es nenne. Von Zeit zu Zeit überfällt es ihn ohne ersichtliche Ursache. Er wird schweigsam, und wenn er schon den Mund aufmacht, dann nur, um irgendeine Gemeinheit, irgend etwas Giftiges zu sagen. So war es auch an dem Tag. Während wir beide auf dem Wege vom Saraksch waren, stand alles zum Besten, er ließ Aphorismen hören, riß Witze über mich, sang sogar ein bißchen ... Doch schon in Mirza-Tcharlé verdüsterte er sich plötzlich, mit Logowenko hat er kaum gesprochen, und als wir zusammen mit Haidai durchs Institut gingen, wurde er finsterer als eine Gewitterwolke. Ich hatte sogar Angst, er würde jeden Augenblick jemanden verletzen, doch da hat er wohl selbst gespürt, daß es so nicht weitergehen konnte, und sich sicherheitshalber aus dem Staube gemacht. Und dann hat er den ganzen Weg bis zum Saraksch über geschwiegen ..., bloß in Mirza-Tcharlé hat er sich umgedreht, wie zum Abschied, und mit so einem widerwärtig dünnen Stimmchen gezischt: »Sieht die Berge und den Wald, sieht bis in den Himmel bald, nur die Mücke sieht er nicht, die ihn in die Nase sticht.«

Ich: Was bedeutet das?

Boris: Irgendwelche Kinderverse. Von früher.

Ich: Und wie hast du ihn verstanden?

Boris: Ja überhaupt nicht. Verstanden habe ich, daß er der ganzen Welt gram war, es fehlte nicht viel, und er hätte zu beißen begonnen. Verstanden habe ich, daß ich besser den Mund halte. Und so haben wir beide bis zum Saraksch geschwiegen.

Ich: Und das war alles?

Boris: Und das war alles. Unmittelbar vor der Landung hat er noch so etwas vor sich hin gemurmelt – auch ohne jeden Bezug. Wir würden also warten, bis die Blinden den Sehenden erblickten. Und als wir zur Blauen Schlange kamen, machte er winke-winke, und, wie es so schön heißt, der Dschungel verschluckte ihn. Er hat sich nicht bedankt, wohlgemerkt, und niemanden zu sich eingeladen.

Ich: Weiter kannst du nichts sagen?

Boris: Was willst du von mir? Ja, etwas hat ihm auf der Erde gründlich mißfallen. Was es war – das mitzuteilen, hat er sich nicht herabgelassen. Ich sage dir doch: Er ist ein unerklärliches und unberechenbares Wesen. Vielleicht hat die Erde auch gar nichts damit zu tun. Vielleicht hat er einfach an dem Tag plötzlich Bauchschmerzen bekommen – im weitesten Sinne des Wortes natürlich, im allerweitesten, kosmischen Sinne ...

Ich: Hältst du das für einen Zufall – in den Kinderversen sieht jemand etwas auf der eigenen Nase nicht, und dann das über die Blinden und den Sehenden?

Boris: Weißt du, über die Blinden und Sehenden – da haben sie auf dem Saraksch in Pandea so eine Redensart: »Wenn der Blinde den Sehenden erblickt.« Im Sinne von »wenn Ostern und Pfingsten auf einen Tag fallen«. Offensichtlich wollte er von etwas Bestimmtem sagen, daß es nie geschehen wird. Die Verschen aber – das hat er so dahergesagt, aus purer Bosheit. Er hat sie mit offensichtlichem Spott rezitiert, ich weiß nur nicht, wem der Spott galt. Durchaus möglich, daß er diesen ermüdend prahlerischen Japaner gemeint hat.

Vorläufige Schlußfolgerungen:

1. Es ist mir nicht gelungen, irgendwelche Angaben zu er-

halten, die der Suche nach Hexenmeister auf dem Saraksch dienlich sein könnten.

2. Ich kann keinerlei Empfehlungen zum weiteren Fortgang der Suche machen.

T. Glumow

*

Am Abend des 6. Mai empfing mich unser Präsident, Athos-Sidorow. Ich nahm die interessantesten Unterlagen mit, doch das Wesen der Sache wie auch meine Vorschläge legte ich ihm mündlich dar. Er war schon schrecklich krank, sein Gesicht war erdfarben, und er litt unter Atemnot. Ich hatte zu lange mit meinem Besuch gezögert: Er brachte nicht einmal mehr die Kraft auf, sich richtig zu wundern. Er sagte, er wolle sich die Unterlagen ansehen, nachdenken und sich am nächsten Tag mit mir in Verbindung setzen.

Am 7. Mai saß ich den ganzen Tag in meinem Arbeitszimmer und wartete auf seinen Anruf. Es kam keiner. Abends teilte man mir mit, daß er einen überaus schweren Anfall gehabt hatte, sie hatten ihn gerade noch rechtzeitig wegbringen können, und jetzt lag er im Krankenhaus. Und wieder lastete alles auf mir allein, und so schwer, daß die armen Knochen meiner Seele knackten.

Am 8. Mai erhielt ich – unter anderem – Toivos Bericht über seinen Besuch im Institut der Sonderlinge. Ich hakte auf meiner Liste seinen Namen ab, gab seinen Bericht in den Registrator und machte mich daran, mir einen Auftrag für den kleinen Petja Silezki auszudenken. Bis zu dem Tag waren von meinen Leuten nur er und Soja Morosowa nicht im Institut gewesen.

Etwa zur selben Zeit unterhielt sich in seinem Arbeitszimmer Toivo Glumow mit Grischa Serossowin. Ich gebe im folgenden eine Rekonstruktion ihres Gesprächs, hauptsächlich, um die Geisteshaltungen zu demonstrieren, die damals meine

Mitarbeiter beherrschten. Nur qualitativ. Das quantitative Verhältnis war unverändert: auf der einen Seite Toivo allein, auf der anderen alle übrigen.

Abteilung BV, Arbeitszimmer D.
8. Mai '99. Abends

Grischa Serossowin kam wie gewohnt ohne anzuklopfen herein, blieb auf der Schwelle stehen und fragte: »Darf man?«

Toivo legte die »Bewegung auf der Vertikale« (das Werk des anonymen C. Oxoview) beiseite und musterte Grischa mit schiefem Kopf. »Man darf. Aber ich gehe bald nach Hause.«

»Sandro ist wieder nicht da?«

Toivo blickte auf Sandros Tisch. Der Tisch war leer und makellos sauber. »Ja. Seit drei Tagen.«

Grischa setzte sich an Sandros Tisch und schlug die Beine übereinander. »Und wo hast du dich gestern herumgetrieben?« fragte er.

»In Charkow.«

»Ach, du bist auch in Charkow gewesen?«

»Wer noch?«

»Ja fast alle. Im letzten Monat ist fast die ganze Abteilung in Charkow gewesen. Hör mal, Toivo, weswegen ich hier bin. Du hast dich doch mit den ›plötzlichen Genies‹ befaßt?«

»Ja. Aber das ist lange her. Im vorvorigen Jahr.«

»Erinnerst du dich an Soddy?«

»Ja. Bartholomew Soddy. Der Mathematiker, der Beichtiger geworden ist.«

»Genau der«, sagte Grischa. »Im Resümee gibt es einen Satz. Ich zitiere: ›Den vorliegenden Angaben zufolge hat B. Soddy kurz vor der Metamorphose eine persönliche Tragödie durchgemacht.‹ Wenn du das Resümee zusammengestellt hast, dann habe ich zwei Fragen. Was war das für eine Trägödie, und woher hast du diese Angaben?«

Toivo streckte die Hand aus und rief sein Programm auf das Terminal. Das Einlesen der Daten war beendet, das Programm rechnete bereits. Ohne Hast machte sich Toivo daran, seinen Tisch aufzuräumen. Grischa wartete geduldig. Er kannte das schon.

»Wenn dort steht: ›Den vorliegenden Angaben zufolge‹«, sagte Toivo, »dann heißt das, daß ich diese Angaben von Big Bug erhalten habe.«

Er verstummte. Grischa wartete noch ein Weile, wechselte die Stellung seiner übereinandergeschlagenen Beine und erklärte: »Ich habe keine Lust, mit diesem Kleinkram zu Big Bug zu gehen. Nun gut, ich versuche, ohne das auszukommen ... Hör mal, Toivo, findest du nicht, daß unser Big Bug in letzter Zeit irgendwie nervös ist?«

Toivo zuckte mit den Schultern. »Mag sein«, sagte er. »Dem Präsidenten geht es sehr schlecht. Gorbowski, heißt es, liegt im Sterben. Und er kennt sie ja alle. Und das sehr gut.«

Grischa meinte nachdenklich: »Übrigens, mit Gorbowski bin ich auch bekannt, stell dir vor. Du weißt ..., aber damals warst du noch nicht bei uns ... Kamillo hatte Selbstmord begangen. Der letzte aus dem Teufelsdutzend. Freilich, der Fall der Teufelsbrüder ist für dich auch nur ... leerer Schall. Ich zum Beispiel habe seinerzeit nie davon gehört ... Was den Selbstmord, oder genauer gesagt, die Selbstzerstörung dieses unglücklichen Kamillo angeht, so stand die Tatsache selbst nie in Zweifel. Aber unverständlich war: Warum? Das heißt, es war klar, daß es für ihn kein Zuckerlecken war, die letzten hundert Jahre seines Lebens hatte er völlig allein verbracht ... Wir beide können uns solch eine Einsamkeit gar nicht vorstellen ... Aber das meine ich nicht. Big Bug schickte mich damals zu Gorbowski, weil, wie sich herausstellte, Gorbowski seinerzeit diesem Kamillo nahegestanden und sogar irgendwie versucht hatte, sein Freund zu werden ... Hörst du mir eigentlich zu?«

Toivo nickte mehrmals. »Ja«, sagte er.

»Weißt du, wie du aussiehst?«

»Weiß ich«, sagte Toivo. »Wie einer, der angestrengt über eine eigene Angelegenheit nachdenkt. Das hast du mir schon gesagt. Mehrere Male. Ein Klischee. Hab ich recht?«

Statt einer Antwort riß Grischa aus der Brusttasche einen Stift und warf ihn geradewegs nach Toivos Kopf – wie einen Speer, quer durchs ganze Zimmer. Toivo griff den Stift mit zwei Fingern ein paar Zentimeter vor seinem Gesicht aus der Luft und sagte: »Schlapp.«

»Schlapp«, schrieb er mit dem Stift auf einen Zettel vor sich.

»Sie schonen mich, mein Herr«, ließ er sich vernehmen. »Aber ich brauche keine Schonung. Sie bekommt mir nicht.«

»Du verstehst, Toivo«, sagte Grischa eindringlich, »ich weiß, daß du eine gute Reaktion hast. Keine blendende, nein, doch die gute, solide Reaktion eines Profis. Aber wie du aussiehst ... Du mußt begreifen, als dein Subaks-Trainer halte ich es einfach für meine Pflicht, von Zeit zu Zeit zu überprüfen, ob du imstande bist, auf die Umwelt zu reagieren oder ob du in Wirklichkeit in Katalepsie verfallen bist ...«

»Ich bin heute doch müde geworden«, sagte Toivo. »Gleich ist das Programm durchgelaufen, und ich gehe nach Hause.«

»Und was hast du da?« fragte Grischa.

»Ich habe da«, schrieb Toivo auf den Zettel und sagte: »Ich habe da Wale. Ich habe da Vögel. Ich habe da Lemminge, Ratten, Wühlmäuse. Ich habe da dieser Kleinen viel.«

»Und was machen sie bei dir?«

»Bei mir kommen sie um. Oder laufen weg. Sie sterben, weil sie sich auf den Strand werfen, sich ertränken, von den Orten wegfliegen, wo sie seit Jahrhunderten gelebt haben.«

»Warum?«

»Das weiß niemand. Vor zwei, drei Jahrhunderten war das eine gewöhnliche Erscheinung, obwohl auch damals niemand begriff, warum es geschah. Dann gab es das lange Zeit nicht. Und jetzt hat es wieder begonnen.«

»Erlaube mal«, wandte Grischa ein. »Das ist natürlich alles schrecklich interessant, doch was geht es uns an?«

Toivo schwieg, und ohne die Antwort abzuwarten, fragte Grischa: »Du meinst, daß es mit den *Wanderern* zu tun haben kann?«

Toivo betrachtete den Stift sorgsam von allen Seiten, wobei er ihn zwischen den Fingern drehte, faßte ihn an der Spitze und blickte wer weiß warum ins Licht. »Alles, was wir nicht zu erklären vermögen, kann mit den *Wanderern* zu tun haben.«

»Eine geschliffene Formulierung«, bemerkte Grischa anerkennend.

»Oder auch nichts mit ihnen zu tun haben«, fügte Toivo hinzu. »Wo kriegst du solche schönen Sachen her? Dem Anschein nach ein Stift. Was könnte banaler sein? Aber deinen Stift anzusehen macht Freude ... Weißt du was«, sagte er, »schenk ihn mir. Und ich schenke ihn Assja. Ich möchte ihr eine Freude machen. Wenigstens mit etwas.«

»Und ich mache dir wenigstens mit etwas eine Freude«, sagte Grischa.

»Und du machst mir wenigstens mit etwas eine Freude.«

»Nimm ihn«, meinte Grischa. »Behalt ihn. Verschenk ihn, bring ihn dar, schwindel irgendwas zusammen. Du hättest ihn selbst für die Liebste entworfen, nächtelang daran gearbeitet.«

»Danke«, erwiderte Toivo und steckte den Stift in die Tasche.

»Doch beachte!« Grischa hob den Finger. »Hier um die Ecke, in der Rotahornstraße, steht ein Automat und preßt genau solche Stifte.«

Toivo nahm den Stift wieder hervor und begann ihn zu mustern. »Trotzdem«, sagte er. »Du hast diesen Automaten in der Rotahornstraße bemerkt, mir aber wäre nicht eingefallen, ihn zu beachten ...«

»Dafür hast du die Unordnung in der Welt der Wale bemerkt!«

»Der Wale«, schrieb Toivo auf den Zettel. »Ach ja, apropos«, sprach er langsam. »Du – mit deiner frischen, unvoreingenommenen Sicht –, was meinst du? Was muß passiert sein, daß eine Herde Wale, zahm, mit Liebe gehegt und gepflegt, sich plötzlich wie vor Jahrhunderten, in der bösen alten Zeit, ins flache Küstenwasser wirft, um zu sterben? Schweigend, ohne auch nur um Hilfe zu rufen, zusammen mit ihren Jungen ... Kannst du dir irgendeinen Grund für diese Selbstmorde vorstellen?«

»Und warum haben sie sich früher auf den Strand geworfen?«

»Warum sie es früher getan haben, ist auch unbekannt. Aber damals konnte man wenigstens etwas vermuten. Die Wale litten unter Parasiten, sie wurden von Schwertwalen und Kalmaren angegriffen, auch von Menschen ... Es gab sogar die Annahme, sie brächten sich zum Zeichen des Protests um ... Aber heute!«

»Und was sagen die Fachleute?«

»Die Fachleute haben eine Anfrage an die KomKon 2 geschickt: Stellt die Ursache für die neuerlichen Selbstmorde der Walartigen fest.«

»Hm ... klar. Und was sagen die Hirten?«

»Mit denen hat überhaupt alles angefangen. Die Hirten behaupten, daß der blanke Horror die Wale in den Tod treibt. Und die Hirten begreifen nicht, vermögen sich nicht vorzustellen, wovor sich die Wale heutzutage fürchten könnten.«

»Tja ...«, meinte Grischa. »Es sieht so aus, als ginge es hier wirklich ohne die *Wanderer* nicht ab.«

»Nicht ab«, schrieb Toivo auf, zog einen Rahmen um die Worte, dann noch einen und begann, den Raum zwischen den Linien auszumalen.

»Obwohl andererseits«, fuhr Grischa fort, »das alles schon da war, wieder und wieder und wieder. Wir verlieren uns in Mutmaßungen, schieben alles auf die *Wanderer*, verrenken uns die Gehirne, und dann schauen wir hin – hoppla, wer zeigt sich denn da Bekanntes am Ereignishorizont? Wer ist denn da so elegant, mit dem selbstgefälligen Lächeln des

Herrgotts am Abend des sechsten Schöpfungstages? Wessen wohlbekannter schneeweißer Spitzbart ist das denn? Mister Fleming, Sir! Wie kommen Sie hierher, Sir? Wollen Sie nicht die Güte haben, vor die Schranken zu treten? Im Weltrat, vors Außerordentliche Tribunal!«

»Gib zu, das wäre nicht die übelste Variante«, bemerkte Toivo.

»Fürwahr! Obwohl ich manchmal den Eindruck habe, daß ich lieber mit einem Dutzend *Wanderer* zu tun hätte als mit dem einen Fleming. Aber das liegt wohl daran, daß die *Wanderer* beinahe hypothetische Wesen sind, während Fleming mit seinem Spitzbart eine durchaus reale Bestie ist. Deprimierend real mit seinem schneeweißen Spitzbart, mit seinem Nishnaja Pescha, mit seinen wissenschaftlichen Banditen, mit seinem hundertmal verfluchten Weltruhm!«

»Ich sehe, dir macht sein Spitzbart besonders zu schaffen ...«

»Sein Spitzbart macht mir gerade nicht zu schaffen«, entgegnete Grischa giftig. »Gerade an seinem Spitzbart kriegen wir ihn zu packen. Aber woran packen wir die *Wanderer*, wenn sich herausstellt, daß doch sie dahinterstecken?«

Toivo schob den Stift akkurat in die Tasche, stand auf und trat ans Fenster. Mit den Augenwinkeln sah er, daß Grischa ihn aufmerksam beobachtete, daß er das übergeschlagene Bein auf den Boden gestellt und sich sogar ein wenig vorgebeugt hatte. Es war still, nur auf dem Terminal piepte es leise im Takt der einander abwechselnden Zwischentabellen auf dem Displayschirm.

»Oder hoffst du, daß sie es doch nicht sind?« fragte Grischa.

Eine Zeitlang gab Toivo keine Antwort, dann aber sprach er plötzlich, ohne sich umzuwenden: »Jetzt hoffe ich das schon nicht mehr.«

»Das heißt?«

»Sie sind es.«

Grischa kniff die Augen zusammen. »Das heißt?«

»Ich bin überzeugt, daß die *Wanderer* auf der Erde sind, und zwar aktiv.«

(Grischa erzählte später, daß er in diesem Moment einen sehr unangenehmen Schock erlebte. Bei ihm stellte sich ein Gefühl der Unwirklichkeit des Geschehens ein. Es lag dabei alles an der Persönlichkeit Toivo Glumows: Toivos Worte waren sehr schwer mit Toivos Persönlichkeit in Einklang zu bringen. Diese Worte konnten kein Scherz sein, denn Toivo machte nie Scherze über die *Wanderer.* Die Worte konnten kein vorschneller Schluß sein, denn Toivo äußerte nie vorschnelle Schlüsse. Und wahr konnten diese Worte in gar keinem Falle sein, weil sie in gar keinem Falle wahr sein konnten. Freilich, Toivo konnte sich irren ...)

Grischa fragte mit angespannter Stimme: »Weiß Big Bug Bescheid?«

»Ich habe ihm alle Fakten vorgetragen.«

»Und?«

»Vorläufig, wie du siehst, nichts«, sagte Toivo.

Grischa entspannte sich und lehnte sich wieder in den Sessel zurück. »Du hast dich einfach geirrt«, sagte er erleichtert.

Toivo schwieg.

»Hol dich der Teufel!« rief Grischa plötzlich aus. »Wohin hast du mich mit deinen finsteren Phantasien gebracht! Das war ja eben wie eine eiskalte Dusche für mich!«

Toivo schwieg. Er hatte sich wieder zum Fenster hin abgewandt. Grischa begann zu krächzen, faßte sich an die Nasenspitze und vollführte damit, das ganze Gesicht gerunzelt, einige Kreisbewegungen. »Nein«, sagte er. »Ich kann nicht so sein wie du, das ist es. Ich kann nicht. Das ist zu ernst. Alles in mir wird davon abgestoßen. Das ist schließlich keine Privatangelegenheit: Ich für mich glaube es, und ihr anderen alle – wie es euch beliebt. Wenn ich soweit gekommen bin, daran zu glauben, dann muß ich alles andere hinwerfen, alles opfern, was ich habe, auf alles übrige verzichten ..., wie einer, der ins Kloster geht, verdammt nochmal! Aber unser Leben enthält ja doch mehrere Varianten! Wie kann man es da ganz und gar in irgendeine einzige Form pressen . . . Obwohl mich natürlich manchmal die Scham überkommt und die Furcht, und dann schaue ich mit besonderer Hochachtung auf dich . . . Aber manchmal – wie jetzt zum Beispiel – könnte ich bei deinem Anblick aus der Haut fahren . . ., bei deiner Selbstkasteiung, deiner Besessenheit bis zur Selbstaufgabe . . . Und dann möchte ich ironisch sein, mich über dich lustig machen, alles mit einem Scherz beiseite schieben, was du vor uns auftürmst . . .«

»Hör mal«, sagte Toivo, »was willst du von mir?«

Grischa verstummte. »In der Tat«, brachte er dann hervor. »Was will ich eigentlich von dir? Ich weiß nicht.«

»Aber ich weiß es. Du willst, daß alles gut ist und mit jedem Tag immer besser wird.«

»Oh!« Grischa hob den Finger.

Er hatte noch etwas sagen wollen, leichthin, um das Gefühl der peinlichen Intimität zu verwischen, das in den letzten Minuten zwischen ihnen aufgekommen war, doch da ertönte das Signal für das Ende des Programmdurchlaufs, und auf den Tisch kam in kurzen Stößen das Papierband mit den Ergebnissen gekrochen.

Toivo sah es vollständig durch, Zeile für Zeile, legte es akkurat an den Faltstellen zusammen und steckte es in den Schlitz des Kollektors.

»Nichts von Interesse?« erkundigte sich Grischa einigermaßen teilnahmsvoll.

»Wie soll ich sagen . . .«, murmelte Toivo. Jetzt dachte er wirklich angestrengt über etwas anderes nach. »Wieder das Frühjahr '81.«

»Was – wieder?«

Toivo ließ die Fingerspitzen über die Terminalsensoren huschen, er startete den nächsten Programmzyklus.

»Im März des Jahres '81«, sagte er, »wurde zum erstenmal nach zwei Jahrhunderten Pause wieder ein Fall von Massenselbstmord von Grauwalen verzeichnet.«

»So«, sagte Grischa ungeduldig. »In welchem Sinne ›wieder‹?«

Toivo stand auf. »Das ist eine lange Geschichte«, erklärte er. »Du kannst später das Resümee lesen. Gehen wir nach Hause.«

Toivo Glumow zu Hause.
8. Mai ’99. Am späten Abend

Zu Abend aßen sie im Zimmer, das der Sonnenuntergang mit Purpur füllte.

Assja war nicht bei bester Laune. Der Paschkowski-Gärstoff, der geradewegs von der Pandora in das Delikateßkombinat geliefert wurde (in den lebenden Taschen der Biocontainer, die mit Terrakotta-Rauhreif überzogen waren und aus denen die Hornhäkchen der Verdampfer wie Stacheln ragten, je sechs Kilogramm des wertvollen Gärstoffs pro Tasche), dieser Gärstoff spielte wieder einmal verrückt. Sein Geschmacks-Geruch war eigenmächtig in die Klasse Sigma gerutscht, und die Bitterkeit hatte den letzten zulässigen Grad erreicht. Der Rat der Experten war gespalten. Der Magister verlangte, bis zur Klärung die Produktion der auf dem ganzen Planeten berühmten »Alapaitschiki« einzustellen, Bruno hingegen – ein dreister Schwätzer, ein Lausejunge – hatte erklärt: Wieso denn? Noch nie im Leben hatte er es gewagt, sich gegen den Magister zu mucksen, aber heute hatte er plötzlich eine Rede vom Stapel gelassen. Die gewöhnlichen Kunden würden die Veränderung im Geschmack einfach nicht bemerken, und was die Kenner betreffe, so lasse er sich den Kopf abschlagen, wenn nicht mindestens jeder fünfte von so einer Geschmacksvariation begeistert wäre ... Wer konnte schon seinen abgeschlagenen Kopf gebrauchen? Doch er hatte Zustimmung gefunden! Und jetzt war unklar, was werden sollte ...

Assja machte das Fenster weit auf, setzte sich aufs Fensterbrett und blickte hinab in den zwei Kilometer tiefen blaugrünen Abgrund.

»Ich fürchte, ich werde auf die Pandora fliegen müssen«, sagte sie.

»Für lange?« fragte Toivo.

»Ich weiß nicht. Kann sein, für lange.«

»Und wozu eigentlich?« erkundigte sich Toivo vorsichtig.

»Verstehst du, die Sache ist die ... Der Magister meint, daß wir hier auf der Erde alles überprüft haben, was möglich ist. Also ist etwas auf der Plantage nicht in Ordnung. Vielleicht hat sich dort ein neuer Stamm entwickelt ... Oder vielleicht passiert etwas beim Transport ... Wir wissen es nicht.«

»Einmal bist du mir schon auf die Pandora geflogen«, ließ sich Toivo mißmutig vernehmen. »Bist für eine Woche geflogen und dann drei Monate dort klebengeblieben.«

»Was soll ich denn tun?«

Toivo kratzte sich mit dem Fingernagel an der Wange und räusperte sich. »Ich weiß nicht, was du tun sollst ... Ich weiß, daß drei Monate ohne dich schrecklich sind.«

»Und zwei Jahre ohne mich? Als du dort gesessen hast, auf diesem Planeten ..., wie heißt er doch gleich ...«

»Das mußte kommen! Wie lange das her ist! Ich war damals jung, ich war damals dumm ... Ich war damals Progressor! Ein Mann wie aus Eisen – Muskeln, Maske, Kinn! Hör mal, soll doch lieber deine Sonja fliegen. Sie ist jung, hübsch, vielleicht heiratet sie dort?«

»Natürlich, Sonja fliegt auch. Und weiter hast du keine Ideen?«

»Hab ich. Soll der Magister fliegen. Er hat diese Suppe eingebrockt, also soll er nun auch fliegen.«

Assja blickte ihn nur an.

»Ich nehme das zurück«, sagte Toivo rasch. »Ein Irrtum. Fehlkalkulation.«

»Er darf nicht einmal Swerdlowsk verlassen! Er hat doch eine Allergie der Geschmacksnerven! Er ist seit einem Vierteljahrhundert nicht aus seinem Viertel herausgekommen!«

»Ich will es mir merken«, konstatierte Toivo entschieden. »Für immer. Kommt nicht wieder vor. Ich hab geschwafelt. Blödsinn abgelassen. Mag Bruno fliegen.«

Assja versengte ihn noch ein paar Sekunden lang mit einem Blick voller Entrüstung, dann wandte sie sich ab und schaute wieder aus dem Fenster. »Bruno wird nicht fliegen«, sagte sie ärgerlich. »Bruno wird sich jetzt mit diesem seinem neuen Geschmacksbukett befassen. Er will es fixieren und standardisieren . . .« Sie schielte zu Toivo hinüber und begann zu lachen. »Aha! Die Trübsal hat dich! ›Drei Monate . . . Ohne dich . . .‹«

Toivo stand sofort auf, ging durchs Zimmer und setzte sich zu Assjas Füßen auf den Boden, den Kopf an ihre Knie gelehnt.

»Du brauchst sowieso Urlaub«, sagte Assja. »Du könntest dort auf die Jagd gehen . . . Das ist schließlich die Pandora! Du könntest in die Dünen fahren . . . Dir unsere Plantage ansehen . . . Du hast ja gar keine Ahnung, was das ist – die Paschkowski-Plantage!«

Toivo schwieg und drückte seine Wange nur noch stärker an ihre Knie. Da verstummte auch sie, und eine Zeitlang ruhte die Unterhaltung. Dann fragte Assja: »Ist bei dir was im Gange?«

»Wie kommst du darauf?«

»Weiß nicht. Ich seh's.«

Toivo atmete tief aus, stand vom Boden auf und setzte sich auch aufs Fensterbrett.

»Du siehst richtig«, erklärte er mürrisch. »Es ist was im Gange. Bei mir.«

»Was denn?«

Toivo musterte mit zusammengekniffenen Augen die schwarzen Wolkenbänder, die das kupferfarbene und purpurne Abendrot durchschnitten. Die Wälder, die sich schwarzblau am Horizont türmten. Die schmalen schwarzen Vertikalen der Tausendgeschosser mit den abstehenden Trauben der Wohnviertel. Die kupfern schimmernde riesige Kuppel des Forums zur Linken und die unwahrscheinlich glatte Oberfläche des Runden Meeres zur Rechten. Und die schwarzen piepsenden Mauersegler, die wie Speere aus dem hängenden Garten des Viertels darüber herabschossen und im Laub des hängenden Gartens des Viertels darunter verschwanden.

»Was ist im Gange?« fragte Assja.

»Du bist erstaunlich schön«, sagte Toivo. »Du hast Zobelbrauen. Ich weiß nicht genau, was diese Worte bedeuten, aber sie meinen etwas sehr Schönes. Dich. Du bist nicht einmal bloß schön, du bist wunderschön. Liebreizend. Und deine Sorgen sind lieb. Und deine Welt ist lieb. Sogar dein Bruno ist lieb, wenn man es recht betrachtet ... Und überhaupt ist die Welt schön, wenn du es wissen willst ... ›Die Welt ist wie ein Blümlein fein, denn wir sind versorgt vom Glück mit Herzen fünf und Lebern drei'n, und von Nieren gar neun Stück ...‹ Ich weiß nicht, was das für Verse sind. Sie sind mir plötzlich in den Sinn gekommen, und ich hatte Lust, sie aufzusagen ... Und eins will ich dir sagen, merk es dir! Es kann durchaus passieren, daß ich in Kürze zu dir auf die Pandora geflogen komme. Weil nicht mehr viel fehlt, und er schickt mich in Urlaub. Oder überhaupt zum Teufel. Das lese ich in seinen nußbraunen Augen. Deutlich wie auf dem Display. Und jetzt wäre ein Tee ganz gut.«

Assja blickte ihn durchdringend an. »Klappt es nicht?« fragte sie.

Toivo wich ihrem Blick aus und machte eine unbestimmte Bewegung mit der Schulter.

»Weil du von Anfang an ganz falsch herangegangen bist«, sagte Assja voller Eifer. »Weil die Aufgabe von Anfang an falsch gestellt war! Man darf eine Aufgabe nicht so stellen, daß einen kein Ergebnis befriedigt. Deine Hypothese war von Anbeginn fehlerhaft – weißt du noch, was ich dir gesagt habe? Wenn du die *Wanderer* tatsächlich entdecken würdest, wärst du dann etwa froh? Und jetzt beginnst du zu begreifen, daß sie nicht da sind, und wieder paßt es dir nicht – du hast dich geirrt, hast eine falsche Hypothese geäußert, und jetzt sieht es aus, als hättest du eine Niederlage erlitten, obwohl du in Wirklichkeit gar nichts verloren hast . . .«

»Ich habe ja nie mit dir gestritten«, erwiderte Toivo ergeben. »Ich bin rundum schuld, das ist nun mal mein Schicksal . . .«

»Siehst du, jetzt ist auch er von eurer Idee enttäuscht . . . Ich glaube natürlich nicht, daß er dich hinauswerfen wird, was faselst du nur für Unsinn, er mag dich doch und schätzt dich, das wissen schließlich alle . . . Aber wirklich, man kann doch nicht so viele Jahre verschwenden – und wofür eigentlich? Ihr habt ja im Grunde nichts als eine bloße Idee. Niemand bestreitet, daß die Idee ziemlich interessant ist, daß sie für jedermann ein Nervenkitzel ist, aber doch nicht mehr! Im Grunde ist es einfach eine Inversion der längst bekannten menschlichen Praxis – einfach Progressorentum umgekehrt, weiter nichts . . . Wenn wir jemandem die Geschichte begradigen, kann also auch jemand versuchen, das mit unserer Geschichte zu tun . . . Warte, hör zu! Erstens vergeßt ihr, daß nicht jede Inversion eine Entsprechung in der Realität hat. Die Grammatik ist eins, die Realität etwas anderes. Deshalb sah das bei euch anfangs interessant aus, aber jetzt wirkt es nur noch . . ., na ja, unanständig eben . . . Weißt du, was mir gestern einer von unseren Leuten gesagt hat? Er hat gesagt: ›Wir, sehen Sie, sind nicht von der KomKon, die kann man nur beneiden. Wenn sie auf ein wirklich ernstes Rätsel stoßen, schreiben sie es fix der Tätigkeit der *Wanderer* zu, und fertig!‹«

»Wer hat das eigentlich gesagt?« fragte Toivo finster.

»Was macht das für einen Unterschied? Da fängt bei uns der Gärstoff an, verrückt zu spielen. Wozu sollen wir nach den Ursachen suchen? Alles klar: die *Wanderer!* Die blutige Hand der Superzivilisation! Und sei nicht böse, bitte. Sei nicht böse! Dir gefallen solche Witze nicht, aber du kriegst sie auch fast nie zu hören. Ich aber höre sie andauernd. Was mich allein das ›Sikorsky-Syndrom‹ kostet . . . Und das ist schon kein Witz mehr. Das ist schon eine Verurteilung, meine Lieben! Das ist eine Diagnose!«

Toivo hatte sich schon wieder in Gewalt. »Aber ja«, sagte er, »das mit dem Gärstoff ist ein Gedanke. Das ist doch ein BV! Warum habt ihr es nicht gemeldet?« erkundigte er sich streng. »Kennt ihr keine Ordnung? Da werden wir euren Magister gleich – vor die Schranken!«

»Für dich ist das alles Spaß«, sagte Assja ärgerlich. »Wohin man blickt – lauter Spaßvögel!«

»Gut so!« fiel Toivo ein. »Freuen muß man sich! Wenn es wirklich losgeht, wird keinem mehr nach Scherzen zumute sein . . .«

Assja schlug sich mißmutig mit der Faust aufs Knie. »Ach du, Himmel! Was verstellst du dich denn vor mir? Du willst keine Witze reißen, dir ist nicht danach zumute, und das kann einen an euch besonders aufbringen! Ihr habt um euch herum eine verbiesterte düstere Welt aufgebaut, eine Welt der Bedrohungen, eine Welt der Angst und Verdächtigungen . . . Warum? Woher? Woher nehmt ihr diese kosmische Misanthropie?«

Toivo schwieg sich aus.

»Vielleicht, weil alle eure ungeklärten BVs Tragödien sind? Aber ein BV ist ja immer eine Tragödie! Rätselhaft oder verständlich, aber ebendarum ist es ja ein BV! Stimmt's?«

»Nein«, sagte Toivo.

»Wie – gibt es andere BVs, glückliche?«

»Mitunter.«

»Zum Beispiel?« erkundigte sich Assja, während ihr die Galle hochstieg.

»Laß uns lieber Tee trinken«, schlug Toivo vor.

»Nein, nenn mir doch bitte ein Beispiel für ein glückliches, freudiges, lebensbejahendes besonderes Vorkommnis.«

»Gut«, versprach Toivo. »Aber danach trinken wir Tee. Abgemacht?«

»Ach du«, sagte Assja.

Sie schwiegen.

Unten leuchteten durch das dichte Laub der Gärten, durch die graublaue Dämmerung hindurch verschiedenfarbige Feuerchen auf. Und die Funken der Feuer sprühten über die schwarzen Säulen der Tausendgeschosser.

»Ist dir der Name Goujon bekannt?« fragte Toivo.

»Selbstverständlich.«

»Und Soddy?«

»Erst recht!«

»Was meinst du, wodurch zeichnen sich diese Leute aus?«

»Was ich meine! Nicht ich meine, sondern jeder weiß, daß Goujon ein bemerkenswerter Komponist und Soddy ein großer Beichtiger ist ... Und was meinst du?«

»Ich meine, daß etwas ganz anderes an ihnen bemerkenswert ist«, sagte Toivo. »Albert Goujon war bis zu seinem fünfzigsten Lebensjahr ein brauchbarer Agrophysiker, aber auch nicht mehr, ohne jedes musikalische Talent. Und Bartholomew Soddy befaßte sich vierzig Jahre lang mit Schattenfunktionen und war ein trockener, pedantischer, menschenscheuer Mann. Das ist es, wovon *ich meine*, daß es diese Leute besonders bemerkenswert macht.«

»Was willst du damit sagen? Was findest du daran bemerkenswert? Menschen mit verborgenem Talent, die lange und hartnäckig gearbeitet haben – und dann schlug die Quantität in Qualität um ...«

»Da war keine Quantität, Assja, das ist es ja eben. Nur die Qualität wechselte plötzlich. Radikal. Binnen einer Stunde. Explosionsartig.«

Assja schwieg eine Weile, ihre Lippen bewegten sich, und dann fragte sie mit unsicherer Ironie: »Soll das etwa heißen, die *Wanderer* haben sie inspiriert, ja?«

»Das habe ich nicht gesagt. Du wolltest Beispiele für glückliche, lebensbejahende BVs hören. Bitte sehr. Ich kann noch ein Dutzend Namen nennen, allerdings weniger bekannte.«

»Gut. Und warum befaßt ihr euch eigentlich damit? Was geht euch das eigentlich an?«

»Wir befassen uns mit allen Besonderen Vorkommnissen.«

»Deswegen frage ich ja: Was ist an diesen Vorkommnissen Besonderes?«

»Im Rahmen der bestehenden Vorstellungen sind sie unerklärlich.«

»Was ist auf der Welt nicht alles unerklärlich!« rief Assja aus. »Das Readertum ist auch unerklärlich, wir haben uns bloß daran gewöhnt . . .«

»Das, woran wir uns gewöhnt haben, halten wir ja auch nicht für unerklärlich. Wir befassen uns nicht mit Erscheinungen, Assja. Wir befassen uns mit Vorkommnissen, Ereignissen. Etwas ist nie dagewesen, nicht in tausend Jahren, und dann ist es plötzlich geschehen. Warum ist es geschehen? Unverständlich. Wie ist es zu erklären? Die Fachleute zucken mit den Schultern. Da merken wir es uns vor. Verstehst du, Assja, du klassifizierst die BVs falsch. Wir unterteilen sie nicht in glückliche und tragische, sondern in geklärte und ungeklärte.«

»Glaubst du etwa, jedes ungeklärte BV berge eine Gefahr in sich?«

»Ja. Auch die glücklichen.«

»Was kann denn bedrohlich sein an der ungeklärten Verwandlung eines durchschnittlichen Agrophysikers in einen genialen Musiker?«

»Ich habe mich nicht ganz genau ausgedrückt. Nicht das BV ist bedrohlich. Selbst die geheimnisvollsten BVs sind in der Regel völlig harmlos. Manchmal sogar komisch. Bedrohlich kann die Ursache des BV sein. Der Mechanismus, der dieses BV hervorgebracht hat. Denn man kann die Frage so stellen: Warum hatte jemand ein Interesse daran, einen Agrophysiker in einen Musiker zu verwandeln?«

»Ja, vielleicht ist es einfach eine statistische Fluktuation!«

»Vielleicht. Das ist es ja gerade, daß wir es nicht wissen . . . Nebenbei, sieh einmal, wohin es dich verschlagen hat. Sag doch bitte, was ist an deiner Erklärung besser als an unserer? Eine statistische Fluktuation, per definitionem unvorhersagbar und unlenkbar, oder die *Wanderer*, die natürlich auch kein leichter Brocken sind, bei denen man aber wenigstens im Prinzip hoffen kann, daß man sie zu fassen bekommt. Freilich, ›eine statistische Fluktuation‹ klingt weitaus solider, wissenschaftlicher, unvoreingenommener, nicht wie diese gemeinen, jedem zum Halse heraushängenden, billig-romantischen und banal-legendären ...«

»Wart, mach dich nicht lustig, bitte«, sagte Assja. »Niemand leugnet ja deine *Wanderer.* Davon rede ich doch gar nicht ... Du hast mich ganz aus dem Konzept gebracht ... Und das machst du immer! Mich genauso wie deinen Maxim, und dann läufst du geknickt herum und willst getröstet werden ... Ja, was ich sagen wollte: Schön, mögen sich die *Wanderer* tatsächlich in unser Leben einmischen. Darum geht es nicht. Wieso ist das schlecht? Das ist es, was ich dich frage! Warum macht ihr aus ihnen Schreckgespenster? Das ist es, was ich nicht verstehen kann! Und niemand versteht das ... Warum es gut war, als *du* die Geschichte anderer Welten begradigt hast, aber wenn sich jemand anschickt, *deine* Geschichte zu begradigen ... Schließlich weiß heute jedes Kind, daß die Superintelligenz unbedingt gut ist!«

»Die Superintelligenz ist supergut«, sagte Toivo.

»Und? Dann erst recht!«

»Nein«, sagte Toivo. »Kein ›dann erst recht‹. Was gut ist, wissen wir, und auch das nicht sehr sicher. Aber was supergut ist ...«

Assja schlug sich wieder mit der Faust aufs Knie. »Ich verstehe es nicht! Unbegreiflich! Woher nimmst du diese Annahme einer Bedrohung? Erklär's, bring's mir bei!«

»Ihr alle versteht unsere Lage völlig falsch«, sagte Toivo schon recht böse. »Niemand glaubt, daß die *Wanderer* den Menschen Böses wollen. Das ist wirklich außerordentlich unwahrscheinlich. Etwas anderes fürchten wir, etwas anderes! Wir fürchten, daß sie hier Gutes tun werden, wie *sie* es verstehen!«

»Das Gute ist immer gut!« erklärte Assja nachdrücklich.

»Du weißt genau, daß das nicht stimmt. Oder weißt du es vielleicht wirklich nicht? Aber ich habe es dir doch erklärt. Ich war ganze drei Jahre lang Progressor, ich habe Gutes getan, nur Gutes, nichts als Gutes, und Gott, wie haben sie mich gehaßt, diese Leute! Und sie hatten auf ihre Weise recht. Denn da waren Götter gekommen, ohne um Erlaubnis zu fragen. Niemand hatte sie gerufen, aber sie hatten sich hereingedrängt und angefangen, Gutes zu tun. Eben jenes Gute, das immer gut ist. Und sie hätten es heimlich getan, weil sie von vornherein wußten, daß die Sterblichen ihre Ziele nicht begreifen würden, und wenn sie sie begriffen, würden sie sic nicht akzeptieren ... So sieht die moralisch-ethische Struktur dieser verteufelten Situation aus! Binsenweisheiten, die wir jedoch nicht auf uns selbst anzuwenden vermögen. Warum? Ja weil wir keine Vorstellung haben, was uns die *Wanderer* bieten können. Die Analogie klappt nicht! Doch ich weiß zweierlei. Sie sind ungebeten gekommen – das zum einen. Sie sind heimlich gekommen – das zum anderen. Und wenn es so ist, dann gehen sie also davon aus, daß sie besser als wir wissen, was uns gut tut – zum einen –, und sie sind von vornherein davon überzeugt, daß wir ihre Ziele entweder nicht begreifen oder nicht akzeptieren werden – zum zweiten. Und ich weiß nicht, wie du dazu stehst, aber ich will das nicht. Ich will nicht! Und basta!« sagte er entschieden. »Genug. Ich bin ein müder, unfreundlicher, bekümmerter Mann, der sich die Last einer unbeschreiblichen Verantwortung aufgeladen hat. Ich habe das Sikorsky-Syndrom, bin ein Psychopath und verdächtige jeden. Ich liebe niemanden, ich bin ein Ungeheuer, ein Dulder, ein Monomane, man muß mich schonen, Mitleid mit mir fühlen ..., auf Zehenspitzen um mich herumgehen, mich auf die liebe Schulter küssen, mit Witzen erfreuen ... Und mit Tee. Mein Gott, bekomme ich denn heute wirklich keinen Tee mehr?«

Ohne ein Wort zu sagen, glitt Assja vom Fensterbrett und ging Tee kochen. Toivo machte sich auf dem Sofa lang. Durchs Fenster drang an der Grenze der Hörbarkeit das Summen irgendeines exotischen Musikinstruments. Ein riesiger Schmetterling kam plötzlich hereingeflogen, vollführte einen Kreis überm Tisch und setzte sich auf den Bildschirm des Visors, die flauschigen schwarzen Flügel mit dem Muster darauf ausgebreitet. Ohne aufzustehen, wollte Toivo die Hand zum Servicepult ausstrecken, reichte jedoch nicht bis hin und ließ den Arm sinken.

Assja kam mit einem Tablett herein, goß Tee in die Gläser und setzte sich neben ihn.

»Schau«, flüsterte Toivo und wies mit den Augen auf den Schmetterling.

»Ist der schön«, erwiderte Assja ebenfalls flüsternd.

»Ob er vielleicht hier bei uns wohnen will?«

»Nein, will er nicht«, sagte Assja.

»Wieso denn! Weißt du noch, die Kasarjanows hatten eine Libelle . . .«

»Die hat nicht bei ihnen gewohnt. Sie war nur so zu Besuch . . .«

»Mag also auch der zu Besuch bleiben. Wir werden ihn Brashnik nennen.«

*

Ich will natürlich nicht behaupten, daß das Gespräch zwischen ihnen am späten Abend des 8. Mai wörtlich genau so verlief. Doch daß sie überhaupt viel über diese Themen sprachen, sich stritten, verschiedener Meinung waren – das weiß ich sicher. Und daß keiner von ihnen dem anderen etwas zu beweisen vermochte, weiß ich ebenso sicher.

Assja war selbstverständlich nicht imstande, dem Manne ihren universellen Optimismus zu vermitteln. Ihr Optimismus erwuchs aus der ganzen Atmosphäre, die sie umgab, aus den Menschen, mit denen sie zusammenarbeitete, aus dem Wesen ihrer Arbeit selbst, die schmackhaft war und gut. Toivo indes weilte jenseits dieser optimistischen Welt, in einer Welt ständiger Sorge und Wachsamkeit, wo sich Optimismus von einem Menschen auf den anderen nur schwer übertragen läßt, unter günstigen Umständen und nicht für lange.

Doch auch Toivo brachte es nicht fertig, die Frau zu seinem

Gesinnungsgenossen zu machen, sie mit seinem Gefühl von einer sich nähernden Gefahr anzustecken. Seinen Überlegungen fehlte es an Konkretheit. Sie waren abstrakt, konstruiert. Sie waren eine Weltanschauung, für die Assja keinerlei Bestätigung fand, eine Art Berufskrankheit. Es war ihm nicht gelungen, Assja »Angst einzuflößen«, ihr etwas von seinem Ekel, seinem Zorn, seinem Haß beizubringen ...

Deshalb traf sie der Sturm so getrennt und unvorbereitet, als hätte es diese Diskussionen, die Streitgespräche und erbitterten Versuche, einander zu überzeugen, nie gegeben.

Am Morgen des 9. Mai begab sich Toivo abermals nach Charkow, um sich doch noch mit dem Hellseher Hirota zu treffen und den Fall um den Besuch Hexenmeisters endgültig abzuschließen.

Dokument 9

Bericht Nr. 017/99
KomKon 2
Ural/Norden
Datum: 9. Mai '99
Autor: T. Glumow, Inspektor
Thema 009: »Besuch der alten Dame«
Betr.: Ergänzung zu Bericht Nr. 016/99

Susumu Hirota alias Senrigan empfing mich 10.45 Uhr in seinem Arbeitszimmer. Er ist ein nicht eben großer, rüstiger Greis (dabei sieht er wesentlich älter aus, als er ist). Er ist von seiner »Gabe« ziemlich eingenommen, nutzt jede Gelegenheit, um diese »Gabe« vorzuführen: Ihre Frau hat Ärger auf Arbeit ... auf die Pandora wird sie unbedingt fliegen, machen Sie sich keine Hoffnung, daß es ohne das abgeht ... den Stift hier hat Ihnen ein Freund geschenkt, aber Sie haben vergessen, ihn Ihrer Frau zu geben ... Und so weiter in der Art. Ziemlich unangenehm, muß ich sagen. Der »Exodus« Hexenmeisters stellt sich nach Hirotas Worten so dar: »Er bekam es offensichtlich mit der Angst zu tun, daß ich ihm gleich ein wohlgehütetes Geheimnis entreißen würde, und da hat er sein Heil in der Flucht gesucht. Er ahnte ja nicht, daß er mir als leerer, weiß schimmernder Bildschirm ohne einen einzigen Kontrast erschien, ist er doch ein Wesen aus einer anderen Welt . . .«

T. Glumow

Dokument 10

Wichtig!
Bericht Nr. 018/99
KomKon 2
Ural/Norden
Datum: 9. Mai '99
Autor: T. Glumow, Inspektor
Thema 009: »Besuch der alten Dame«
Betr.: Interesse im Institut der Sonderlinge für die Zeugen der Vorgänge in Malaja Pescha

Im Laufe meiner Unterredung mit dem diensthabenden Dispatcher des Instituts der Sonderlinge am 9. Mai ereignete sich 11.50 Uhr folgender Vorfall:

Während er sich mit mir unterhielt, las der diensthabende Dispatcher Temirkanow gleichzeitig sehr schnell und routiniert die Angaben des Registrators ab und übertrug sie auf das Terminal des Rechners. Diese Daten erschienen in dem Maße, wie sie eingingen, auf dem Kontrolldisplay und hatten folgende Form: Familienname, Vorname, Vatersname; Alter (offensichtlich); Name eines Ortes (Geburtsort? Wohnort? Arbeitsort?); Beruf; dazu ein sechsstelliger Index. Ich beachtete den Display nicht, bis darauf plötzlich erschien:

KUBOTIJEWA ALBINA MILANOWNA 96
BALLERINA ARCHANGELSK 001507.

Dann folgten zwei Namen, die mir nichts sagten, und darauf:

KOSTENEZKI KIR 12 SCHÜLER PETROSAWODSK 001507.

Zur Erinnerung: Diese beiden sind als Zeugen der Vorgänge in Malaja Pescha erfaßt, vgl. meinen Bericht Nr. 015/99 vom 7.5. d. J.

Anscheinend verlor ich für ein paar Sekunden die Selbstbeherrschung, denn Temirkanow erkundigte sich, was mich so in Erstaunen versetzt habe. Ich fing mich und erklärte, ich habe mich über den Namen von Albina Kubotijewa gewundert, der Ballerina, von der mir meine Eltern, eingeschworene Ballettfans, viel erzählt hätten; es komme mir seltsam vor, hier ihren Namen zu sehen; habe etwa Albina die Große auch noch ein metapsychisches Talent? Temirkanow lächelte und gab zur Antwort, das sei nicht ausgeschlossen. Seinen Worten zufolge laufen auf den Registratoren sämtlicher Institutsfilialen pausenlos Informationen über Personen ein, die für die Metapsychologen von Interesse sein könnten. Der überwiegende Anteil der Informationen stammt von den Terminals der Kliniken, Krankenhäuser, Medpunkte und sonstigen medizinischen Einrichtungen, die mit Standard-Psychoanalysatoren ausgerüstet sind. Allein in der Charkower Filiale kommen pro Tag Hunderte von Namen verschiedener Kandidaten zusammen, doch praktisch sind das alles Windeier: die »Sonderlinge« machen gerade den hunderttausendsten Teil eines Prozents aus der Gesamtmasse der Kandidaten aus.

In der entstandenen Situation hielt ich es für richtig, das Gesprächsthema zu wechseln.

T. Glumow

Arbeitsfonogramm
Datum: 10. Mai '99
Gesprächsteilnehmer: M. Kammerer, Leiter der Abteilung BV; T. Glumow, Inspektor
Thema 009: »Besuch der alten Dame«
Betr.: Das Institut der Sonderlinge als möglicher Gegenstand des Themas 009

KAMMERER: Interessant. Du hast aber auch ein waches Auge, Junge. Also, natürlich hast du auch eine Version parat. Laß hören.

GLUMOW: Die Schlußfolgerung oder die Logik?

KAMMERER: Die Logik bitte.

GLUMOW: Am einfachsten wäre die Annahme, daß irgendein Enthusiast der Metapsychologie die Namen von Albina und Kir nach Charkow gemeldet hat. Wenn er Zeuge der Ereignisse in Malaja Pescha war, mag ihn die Anomalität ihrer beider Reaktionen überrascht haben, und er hat seine Beobachtung den kompetenten Leuten mitgeteilt. Ich habe kalkuliert, daß mindestens drei Menschen das tun konnten. Basil Newerow, der Mann vom Havariedienst. Oleg Pankratow, der Lektor und ehemalige Astroarchäologe. Und seine Frau Sossja Ljadowa, die Malerin. Freilich waren sie keine Zeugen im strengen Sinne des Wortes, doch in diesem Fall hat das nichts zu sagen ... Sie ohne Ihre Erlaubnis zu befragen, habe ich nicht riskiert, obwohl ich glaube, daß es durchaus möglich wäre – direkt bei ihnen zu klären, ob sie die Information ans Institut gegeben haben oder nicht ...

KAMMERER: Es gibt einen einfacheren Weg.

GLUMOW: Ja, den Dienstweg. Eine Anfrage ans Institut richten. Doch genau dieses Verfahren taugt nichts, und zwar aus folgendem Grund: Wenn es ein wohlmeinender Enthusiast war, dann klärt sich alles auf, und es ist nichts mehr zu bereden. Aber ich schlage vor, eine andere Variante in Erwägung zu ziehen. Nämlich: Da waren keine wohlmeinenden Enthusiasten im Spiel, sondern es war eigens ein Beobachter vom Institut der Sonderlinge an Ort und Stelle.

Pause.

Glumow: Nehmen wir an, daß sich in Malaja Pescha ein eigens vom Institut der Sonderlinge entsandter Beobachter befand. Das würde bedeuten, daß dort ein bestimmtes psychologisches Experiment durchgeführt wurde – mit dem Ziel, Menschen in, sagen wir: normale und ungewöhnliche zu sortieren. Zum Beispiel, um in der Folge bei diesen ungewöhnlichen die sogenannte »Sonderlichkeit« zu suchen. In dem Falle gibt es zwei Möglichkeiten. Entweder ist das Institut der Sonderlinge ein gewöhnliches Forschungszentrum, es arbeiten dort gewöhnliche Wissenschaftler, und sie führen gewöhnliche Experimente durch, die zwar in ethischer Beziehung recht fraglich sind, aber letzten Endes zum Nutzen der Wissenschaft dienen. Doch dann ist unverständlich, wieso sie über eine Technologie verfügen, die selbst die in der Perspektive absehbaren Möglichkeiten unserer Embryomechanik und unserer Biokonstruktion bei weitem übertrifft.

Pause.

Glumow: Oder das Experiment in Malaja Pescha ist nicht von Menschen veranstaltet worden, wie wir anfangs glaubten. In welchem Lichte erscheint dann das Institut der Sonderlinge?

Pause.

Glumow: Dann ist dieses Institut in Wirklichkeit überhaupt kein Institut, die »Sonderlinge« dort sind keine »Sonderlinge«, und das Personal befaßt sich in Wahrheit mit ganz etwas anderem als Metapsychologie.

Kammerer: Womit denn? Womit befassen sie sich dort und wer sind sie?

Glumow: Also halten Sie meine Überlegungen abermals für nicht überzeugend?

Kammerer: Im Gegenteil, mein Junge. Im Gegenteil! Sie sind sogar zu überzeugend, deine Überlegungen. Aber ich möchte, daß du deine Idee geradezu, trocken und unzweideutig formulierst. Wie im Bericht.

GLUMOW: Bittesehr. Das sogenannte Institut der Sonderlinge ist in Wirklichkeit ein Werkzeug der *Wanderer*, um Menschen nach einem mir noch unbekannten Merkmal zu sortieren. Ende.

KAMMERER: Und folglich ist Danja Logowenko, der Stellvertreter des Direktors dort, mein alter Freund . . .

GLUMOW: *(unterbricht ihn):* Nein! Das wäre zu phantastisch. Aber vielleicht ist Ihr Danja Logowenko schon längst aussortiert? Seine langjährige Bekanntschaft mit Ihnen ist keine Garantie dagegen. Er ist aussortiert und arbeitet für die *Wanderer*. Wie auch das gesamte Personal des Instituts, ganz zu schweigen von den »Sonderlingen« . . .

Pause.

GLUMOW: Sie befassen sich seit mindestens zwanzig Jahren mit dem Aussortieren. Als genug Aussortierte zusammen waren, haben sie das Institut organisiert, dort ihre Gleitfrequenzkammern installiert und lassen unter dem Vorwand der Suche nach »Sonderlingen« bis zu zehntausend Menschen im Jahr durchlaufen . . . Und wir wissen ja noch gar nicht, wieviel solcher Einrichtungen es auf dem ganzen Planeten unter den unterschiedlichsten Etiketten gibt . . .

Pause.

GLUMOW: Und Hexenmeister ist keineswegs aus dem Institut heim auf den Saraksch davongelaufen, weil man ihn gekränkt oder er Bauchschmerzen bekommen hätte. Er hat hier die *Wanderer* gewittert! Wie unsere Wale, wie die Lemminge . . . »Wenn die Blinden den Sehenden erblicken« – da sind wir gemeint, Sie und ich. »Sieht die Berge und den Wald«, nur das Nächstliegende nicht – da sind auch wir gemeint, Big Bug!

Pause.

GLUMOW: Kurzum, wir können anscheinend zum erstenmal in der Geschichte einen *Wanderer* zu fassen kriegen.

KAMMERER: Ja. Und das alles begann mit zwei Namen, die

du zufällig auf dem Display bemerkt hast. Bist du übrigens sicher, daß das ein Zufall war? *(Hastig:)* Gut, gut, lassen wir das. Was schlägst du vor?

GLUMOW: Ich?

KAMMERER: Ja. Du.

GLUMOW: Also wenn Sie mich fragen ... Die ersten Schritte liegen meiner Meinung nach auf der Hand. Vor allem muß man dort die *Wanderer* feststellen und die Aussortierten entlarven. Eine geheime mentoskopische Beobachtung organisieren, und wenn nötig, auch eine allgemeine zwangsweise Mentoskopie mit maximaler Tiefe durchführen ... Ich nehme an, sie sind darauf gefaßt und werden ihr Gedächtnis blockieren ... Das macht nichts, gerade das wird ein Indiz sein ... Schlimmer ist es, wenn sie ein falsches Gedächtnis vortäuschen können ...

KAMMERER: Schön. Das reicht. Du bist ein Prachtkerl, bravo, du hast gute Arbeit geleistet. Und jetzt höre, was ich anweise. Stell für mich Listen der folgenden Personen zusammen: Erstens, Personen mit einer Inversion des »Pinguin-Syndroms« – alle, die von den Medizinern bis zum heutigen Tag registriert worden sind. Zweitens, Personen, die keine Fukamisation durchgemacht haben ...

GLUMOW: *(unterbricht ihn):* Das sind mehr als eine Million Menschen!

KAMMERER: Nein, ich meine die Personen, die den Empfang der »Reifeimpfung« verweigert haben, das sind zwanzigtausend. Du wirst zu tun haben, aber wir müssen für alle Fälle gewappnet sein. Drittens: Sammle alle unsere Angaben über Verschollene und stell sie auf einer Liste zusammen.

GLUMOW: Darunter auch die, die später wieder aufgetaucht sind?

KAMMERER: Besonders die. Damit befaßt sich Sandro, ich werde ihn dir zuarbeiten lassen. Das ist alles.

GLUMOW: Eine Liste der Inversanten, eine Liste der Verweigerer, eine Liste der Wiederaufgetauchten. Klar. Und trotzdem, Big Bug ...

KAMMERER: Sprich.

GLUMOW: Und trotzdem hätte ich gern Ihre Erlaubnis, mich mit Newerow und dem Paar aus Malaja Pescha zu unterhalten.

KAMMERER: Um ein reines Gewissen zu haben?

GLUMOW: Ja. Womöglich war da doch ein wohlmeinender Enthusiast ...

KAMMERER: Genehmigt. *(Nach einer kleinen Pause:)* Interessant, was wirst du wohl tun, wenn sich herausstellt, daß da ein gewöhnlicher wohlmeinender Enthusiast war ...

*

Jetzt habe ich dieses Fonogramm noch einmal abgehört. Meine Stimme war damals jung, gewichtig, selbstsicher, die Stimme eines Menschen, der Schicksale lenkt, für den es weder in der Vergangenheit noch in Gegenwart und Zukunft Geheimnisse gibt, eines Menschen, der weiß, was er tut und daß er rundum recht hat. Jetzt finde ich es geradezu frappierend, was ich damals für ein großartiger Komödiant und Heuchler war. Denn in Wahrheit waren meine Nerven schon hauchdünn und kurz vorm Zerreißen. Ich hatte einen fertigen Aktionsplan, ich wartete auf die Zustimmung des Präsidenten, doch sie kam und kam nicht, ich nahm mir immer wieder vor und konnte mich dann doch nicht dazu durchringen, ohne diese Zustimmung zu Komow zu gehen.

Und bei alledem erinnere ich mich deutlich, welch gewaltige Befriedigung ich an jenem Morgen empfand, als ich Toivo Glumow anhörte und ihn dabei beobachtete. Denn das war wahrlich seine Sternstunde. Fünf Jahre lang hatte er sie gesucht, die Nichtmenschen, die insgeheim auf seine Erde eingedrungen waren, hatte sie trotz allen Mißerfolgen gesucht, fast im Alleingang, durch nichts und von niemandem aufgemuntert, von der herablassenden Haltung der geliebten Frau gepeinigt, hatte er sie gesucht und schließlich doch gefunden. Er hatte recht behalten. Er war, wie sich nun zeigte, scharfsinniger gewesen als alle, geduldiger als alle, ernsthafter als alle diese geistreichen Köpfe, leichtgewichtigen Philosophen, intellektuellen Strauße.

Freilich bin ich es, der ihm dieses Triumphgefühl zuschreibt. Ich nehme an, daß er in jenem Moment nichts empfand als brennende Ungeduld – den Gegner recht bald an der Gurgel zu packen. Denn nachdem ihm der unumstößliche Beweis gelungen war, daß sich sein Gegner auf der Erde befand und aktiv Einfluß nahm, ahnte er damals noch nicht, was er da eigentlich wirklich bewiesen hatte.

Ich aber wußte es. Und dennoch – als ich ihn an jenem Morgen betrachtete, war ich von ihm begeistert, war ich stolz auf ihn, ergötzte ich mich an ihm; er hätte mein Sohn sein können, und ich wäre froh gewesen, so einen Sohn zu haben.

Wenn ich ihn mit Arbeit überhäufte, so vor allem, um ihn im Arbeitszimmer einzuschließen, ihn an den Schreibtisch zu fesseln. Die Antwort aus dem Institut stand immer noch aus, und die Arbeit an den Listen mußte ohnehin getan werden.

Dokument 12

Bericht Nr. 019/99
KomKon 2
Ural/Norden
Datum: 10. Mai '99
Autor: T. Glumow, Inspektor
Thema 009: »Besuch der alten Dame«
Betr.: Die Information über die Ereignisse in Malaja Pescha wurde von O. O. Pankratow ans Institut der Sonderlinge gegeben

Gemäß Ihrer Anordnung habe ich mit B. Newerow, O. Pankratow und S. Ljadowa Gespräche geführt, um herauszufinden, ob einer von ihnen das Institut der Sonderlinge über das anomale Verhalten einiger Personen während der Vorgänge in Malaja Pescha in der Nacht zum 6. Mai d. J. informiert hat.

1. Das Gespräch mit dem Mitarbeiter des Havariedienstes Basil Newerow fand gestern gegen Mittag über Video statt. Es war nicht von operativem Interesse. B. Newerow hat zweifellos erst durch mich von der Existenz des Instituts der Sonderlinge erfahren.

2. Oleg Olegowitsch Pankratow und seine Frau Sossja Ljadowa traf ich am Rande der Regionalkonferenz der Hobby-Astroarchäologen in Syktywkar. Im Verlauf einer zwanglosen Unterhaltung bei einer Tasse Kaffee ging Oleg Olegowitsch aktiv und mit Vergnügen auf das von mir begonnene Gespräch über die Wunder im Institut der Sonderlinge ein und teilte aus eigenem Antrieb, ohne von mir im geringsten darauf gelenkt zu werden, folgende Fakten mit:

Er ist schon seit vielen Jahren ein Aktivist des Instituts der Sonderlinge und verfügt sogar über einen eigenen Index als selbständiger und dauernder Lieferant von Informationen;

gerade seinen Bemühungen ist es zu verdanken, daß solch bemerkenswerte Phänomene wie Rita Gluskaja (das »Schwarze Auge«), Lebey Malang (ein Psychoparamorpher) und Konstantin Mowson (der »Fünfte Herr der Fliegen«) ins Blickfeld der Metapsychologen geraten sind;

er ist mir sehr dankbar für die Mitteilung über die erstaunliche Albina und den frappierenden Kir, die ich ihm so freundlich an jenem Tag in Malaja Pescha gemacht habe und die er sogleich an das Institut weitergegeben hat;

er ist bisher dreimal im Institut gewesen, und zwar auf den alljährlichen Aktivistenkonferenzen, mit Daniil Alexandrowitsch Logowenko ist er nicht persönlich bekannt, doch er schätzt ihn sehr als einen hervorragenden Gelehrten.

3. Im Zusammenhang mit dem oben Dargelegten bin ich der Ansicht, daß mein Bericht Nr. 018/99 für das Thema 009 nicht von Belang ist.

T. Glumow

Dokument 13

An den Leiter der Abteilung BV, M. Kammerer
Antrag von Inspektor T. Glumow

Da es für mich notwendig ist, meine Frau auf einer längeren Dienstreise auf die Pandora zu begleiten, bitte ich um die Gewährung eines Urlaubs von sechs Monaten.

10.05.'99
T. Glumow

Entscheidung: Nicht genehmigt. Führen Sie weiterhin den Auftrag aus.

M. Kammerer, 10. Mai '99

Abteilung BV, Arbeitszimmer D. 11. Mai '99

Am Morgen des 11. Mai las Toivo, nachdem er in düsterer Stimmung zur Arbeit gekommen war, meine Entscheidung. Anscheinend hatte er sich über Nacht ein wenig beruhigt. Ohne zu protestieren oder auf seinem Wunsch zu beharren, setzte er sich in seinem Zimmer D hin und machte sich daran, eine Liste der Inversanten aufzustellen; bald schon hatte er ihrer sieben beisammen, doch waren nur zwei beim Namen genannt, während die übrigen als »Patient S., Servomechaniker«, »Theodor P., Ethnolinguist« und dergleichen registriert waren.

Gegen Mittag erschien im Zimmer D Sandro Mtbewari, abgekämpft, gelb und zerzaust. Nachdem er an seinem Tisch Platz genommen hatte, erklärte er Toivo ohne jede Vorrede und die in solchen Fällen (wenn er von einer längeren Aktion zurückkehrte) bei ihm üblichen Witze, er stelle sich ihm laut Befehl von Big Bug zur Verfügung, würde aber zuvor gern den Bericht über seine Dienstreise zu Ende schreiben. »Was ist denn passiert?« fragte Toivo, von seinem Anblick überrascht und aufgestört. Passiert sei ihm, antwortete Sandro gereizt, eine Geschichte, von der nicht klar sei, ob er sie in den Bericht aufnehmen solle, und wenn ja, unter welchem Vorzeichen.

Und sogleich machte er sich ans Erzählen, wobei er Mühe hatte, die richtigen Worte zu finden, sich in Einzelheiten verlor und sich immer wieder krampfhaft über sich selbst lustig machte.

Heute morgen war er aus der Null-Kabine des kleinen Kurorts Rosalinda (unweit von Biarritz) getreten, hatte an die fünf Kilometer auf einem verlassenen steinigen Pfad zwischen Weinbergen hinter sich gebracht und sich gegen zehn Uhr am Ziel gefunden: Unter ihm lag das Val des Roses. Der Pfad führte hinab zum Gehöft »Bon Vent«, dessen Spitzdach aus dem üppigen Grün ragte. Sandro vermerkte automatisch die Zeit – es war eine Minute vor zehn, wie er auch kalkuliert hatte. Bevor er mit dem Abstieg zum Gehöft begann, setzte er sich auf einen runden schwarzen Feldstein und schickte sich an, die Kiesel aus den Sandalen zu schütteln. Es war schon sehr heiß, der erhitzte Stein brannte ihn durch die Shorts hindurch, und er hätte für sein Leben gern etwas getrunken.

Offensichtlich war das der Moment, da ihm schlecht wurde. Die Ohren begannen ihm zu klingen, und der Sonnentag schien zu verblassen. Es kam ihm so vor, als folge er dem Pfade abwärts, als gehe er, ohne die Beine unter sich zu spüren, vorbei an einer lustig anzusehenden Laube, die er von oben nicht bemerkt hatte, an einem Gleiter mit aufgeklappter Triebwerkshaube und zerlegtem Motor (als hätte jemand ganze Blöcke herausgenommen), vorbei an einem riesigen zottigen Hund, der im Schatten lag und ihn mit heraushängender roter Zunge gleichmütig musterte. Dann war er die Stufen zu einer Veranda hinaufgestiegen, die ganz von Rosen umwuchert war. Dabei hörte er deutlich die Stufen knarren, fühlte aber gleichsam noch immer nicht die eigenen

Beine. In der Tiefe der Veranda stand ein Tisch, auf dem sich irgendwelche unbegreiflichen Gegenstände türmten, und über den Tisch gelehnt stand, die Arme breit auf die Ränder der Tischplatte gestützt, der Mann, um den es ihm ging.

Dieser Mann hob die kleinen, unter grauen Brauen versteckten Augen zu ihm, und sein Gesicht spiegelte einen leichten Verdruß. Sandro stellte sich vor und begann, fast ohne die eigene Stimme zu hören, seine Legende aufzutischen, doch er hatte noch keine zehn Sätze hervorgebracht, als der Mann schrecklich die Stirn runzelte und etwas sagte wie: »Ausgerechnet jetzt, wo du mir gar nicht paßt«, worauf Sandro zu sich kam, aus völliger geistiger Abwesenheit wieder auftauchte, schweißüberströmt und mit der rechten Sandale in der Hand. Er saß auf dem Stein, der heiße Granit brannte ihn durch die Shorts hindurch, und es war immer noch eine Minute vor zehn. Vielleicht mochten fünfzehn Sekunden vergangen sein, mehr nicht.

Er zog die Schuhe an, wischte sich den Schweiß vom Gesicht, und da kam es anscheinend wieder über ihn. Abermals folgte er dem Pfade abwärts, ohne die Beine unter sich zu spüren, die Welt sah aus wie durch einen neutralen Lichtfilter betrachtet, und im Kopf ging ihm ein einziger Gedanke herum: Ausgerechnet jetzt, wo ich ihm gar nicht passe ... Und wieder kam links die lustig anzusehende Laube vorbei (auf dem Fußboden lag eine Puppe, der beide Arme und ein Bein fehlten), und der Gleiter kam vorbei (an der Seite prangte die Zeichnung eines frechen Teufelchens), und ein zweiter Gleiter war da, etwas weiter weg, auch mit offener Haube, der Hund aber hatte die Zunge hereingenommen und döste vor sich hin, den schweren Kopf auf die Pfoten gelegt. (Irgendwie sonderbar, dieser Hund, ja und war das überhaupt ein Hund?) Die knarrenden Stufen. Die Kühle der Veranda. Und wieder blickte der Mann unter den grauen Brauen hervor, legte das ganze Gesicht in Falten und sagte in gespielt drohendem Ton, wie man mit einem übermütigen Kind spricht: »Was hab ich dir gesagt? Es paßt nicht! Kusch!« Und abermals kam Sandro zu sich, doch diesmal saß er nicht mehr auf dem Stein, sondern daneben im trockenen stachligen Gras, und ihm war übel.

Was ist denn heute nur mit mir los? dachte er voll Angst und Verdruß und versuchte, sich zusammenzureißen. Die Welt sah immer noch blaß aus, und die Ohren klangen ihm, doch gleichzeitig hatte sich Sandro jetzt völlig unter Kontrolle. Es war fast genau zehn Uhr, er hätte sehr gern etwas getrunken, doch Schwäche fühlte er nicht mehr, und er mußte zu Ende führen, weswegen er hierhergekommen war. Er stand auf und sah im selben Moment, wie aus dem dichten Grün unten ebenjener Mann auf den Pfad trat und stehenblieb, den Blick auf Sandro gerichtet, und gleich nach ihm kam aus dem Dickicht ebenjener zottige Hund, verharrte zu Füßen des Mannes und blickte ebenfalls zu Sandro herauf, und Sandro vermerkte beiläufig, daß das überhaupt kein Hund war, sondern ein junger Kopfler. Und Sandro hob eine Hand, ohne selbst zu wissen, wozu – vielleicht zum Gruß, vielleicht auch, um sich bemerkbar zu machen –, doch jener Mann wandte sich von ihm ab, die Welt vor Sandros Augen aber wurde schwarz und stürzte schräg nach links unten.

Als er erneut zu sich kam, fand er sich auf einer Bank wieder, ringsum erstreckte sich das Kurstädtchen Rosalinda, und neben ihm stand dieselbe Null-Kabine, durch die er hierher gelangt war. Nach wie vor war ihm etwas übel, und es verlangte ihn zu trinken, doch die Welt war klar und freundlich, und die Uhr zeigte 42 Minuten nach zehn. Die sorglosen eleganten Leute, die vorübergingen, begannen ihn beunruhigt zu mustern und den Schritt zu verhalten, und plötzlich rollte ein Kellnerkyber heran und servierte ihm ein hohes reifbeschlagenes Glas mit irgendeiner Spezialität . . .

Nachdem er sich alles angehört hatte, schwieg Toivo eine Zeitlang, dann sagte er, sorgfältig die Worte wählend: »Das mußt du unbedingt in den Bericht aufnehmen.«

»Angenommen«, sagte Sandro. »Aber mit welchem Akzent?«

»Wie du mir's erzählt hast, so schreibst du's auf.«

»Ich habe es dir so erzählt, als wäre mir vor Hitze schlecht geworden und alles eine Halluzination gewesen.«

»Also bist du nicht sicher, daß es eine war?«

»Woher soll ich das wissen? Aber ich könnte dasselbe auch so erzählen, als wäre ich unter Hypnose geraten und die Halluzination gezielt hervorgerufen worden . . .«

»Meinst du, daß das der Kopfler getan hat?«

»Ich weiß nicht. Vielleicht. Doch eher nein. Er war zu weit von mir entfernt, an die siebzig Meter mindestens . . . Und er war auch zu jung für so was . . . Außerdem, wieso sollte er?«

Sie schwiegen beide. Dann fragte Toivo: »Was hat Big Bug gesagt?«

»Der hat mich gar nicht zu Wort kommen lassen, mich keines Blickes gewürdigt. ›Ich habe zu tun, geh und hilf Glumow.‹«

»Sag mal«, erkundigte sich Toivo, »bist du sicher, daß du also gar nicht zu diesem Haus hinuntergekommen bist?«

»Es gibt gar nichts, dessen ich sicher wäre. Nur, daß mit diesen ›van Winkles‹ etwas ganz und gar faul ist. Ich befasse mich seit Anfang des Jahres mit ihnen, und von Klarheit keine Spur. Im Gegenteil, mit jedem Fall wird es immer undurchsichtiger. Aber so was wie heute ist natürlich noch nicht passiert, das ist schon ganz was Besonderes . . .«

Toivo preßte hervor: »Aber du begreifst doch, wonach das aussieht, falls dir das tatsächlich geschehen ist?« Er stutzte. »Halt! Und der Registrator? Was hast du auf dem Registrator?«

Sandro erwiderte mit durch und durch schicksalergebenem Ausdruck: »Auf dem Registrator habe ich nichts. Wie sich herausstellte, war er ausgeschaltet.«

»Also, weißt du!«

»Ich weiß. Bloß, daß ich mich genau erinnere, wie ich ihn, bevor ich aufgebrochen bin, nachgeladen und eingeschaltet habe.«

Dokument 14

Bericht Nr. 047/99
KomKon 2
Ural/Norden
Datum: 4.–11. Mai '99
Autor: S. M. Mtbewari, Inspektor
Thema 101: »Rip van Winkle«
Betr.: Ergebnisse der Inspektion zur »Gruppe der Achtziger«

Ich erhielt Ihre Anweisung zur Inspektion am Morgen des 4. Mai. Mit der Ausführung habe ich unverzüglich begonnen.

4. Mai, bis 22.40 Uhr:

Astangow, Juri Nikolajewitsch. Unter der eingetragenen Adresse nicht anzutreffen. Hat keine neue Adresse im GGI hinterlassen. Die Befragung von Verwandten, Freunden und Bekannten, die dienstlich mit ihm zu tun hatten, erbrachte keine Resultate. Allgemeine Antwort: Wir können nichts sagen, hatten in den letzten Jahren keinen Kontakt, da er seit seiner Rückkehr im Jahre '95 noch menschenscheuer geworden ist als früher, vor seinem Verschwinden. Nach Überprüfung anhand des Kosmodromnetzes, des erdnahen Null-T und der Systeme von BeG (Betrieben mit erhöhter Gefährdung): nichts. Vermutung: J. Astangow hat sich, wie schon voriges Mal, »zur Vollendung seines neuen philosophischen Systems in den Urwald des Amazonasbeckens zurückgezogen«. (Es wäre interessant, mit jemandem zu sprechen, der seine früheren philosophischen Systeme kennt. Obwohl es die Ärzte bestreiten, halte ich ihn für verrückt.)

6. Mai, bis 23.30 Uhr:

Leyère, Fernand. Ich wurde von ihm 11.05 Uhr unter der eingetragenen Adresse empfangen. Ich legte ihm meine Legende dar, worauf wir uns bis 12.50 Uhr unterhielten. F. Leyère erklärte, er fühle sich hervorragend, leide unter keinerlei Krankheitssymptomen, verspüre keinerlei Folgen seiner Amnesie der Jahre '89 bis '91 und sehe daher keinen Anlaß, sich einer Mentoskopie zu unterziehen. Zu seinen Angaben aus dem Jahre '91 könne er nichts hinzufügen, da er sich nach wie vor an nichts erinnere. Die Transmantialtechnik interessiere ihn längst nicht mehr, und er befasse sich seit mehreren Jahren mit der Erfindung und Untersuchung mehrdimensionaler Spiele. Er sprach mit mir entgegenkommend, aber zerstreut. Dann wurde er plötzlich lebhaft: Ihm war in den Sinn gekommen, mir das Spiel »Schnipp-schnapp-schnurr« beizubringen. Damit trennten wir uns. (Ich habe nachgefragt: F. Leyère ist ein bedeutender Spezialist auf dem Gebiet mehrdimensionaler Spiele geworden, man nennt ihn den »Spielmeister für Professoren«.)

Tuul, Albert Oskarowitsch. Unter der eingetragenen Adresse nicht anzutreffen. Neue Adresse im GGI: Venusborg (Venus). Unter dieser Adresse ebenfalls nicht anzutreffen. Angaben der Venusregistratur: A. Tuul ist nie auf der Venus erschienen. Im Jahre '97 hat er seiner Mutter mitgeteilt, er wolle bei den Fährtensuchern im Lager »Chius« (Planet Kala-i-Mug) arbeiten. Seither erhält sie von ihm ziemlich regelmäßig Nachrichten (zuletzt im März d. J.). Bei den Nachrichten handelt es sich um umfangreiche Briefe, in denen ausführlich und recht literarisch von der Suche nach Spuren der »Wechselbalg«-Zivilisation erzählt wird. Angaben des Lagers »Chius«: A. Tuul ist nie dort gewesen, ruft aber ziemlich regelmäßig über Null-Verbindung einen Ausgräber der Gruppe, J. Kapustin, an, der fest davon überzeugt ist, daß sein guter Freund A. Tuul unter der eingetragenen Adresse auf der Erde wohnt. Zum letztenmal hat Kapustin mit Tuul am 1. Januar d. J. gesprochen. Überprüfung anhand des Kosmodromnetzes: Tuul war seit '96 (dem Jahr seines Wiederauftauchens) mehrfach im Fernen Raum, ist zuletzt im Oktober '98 vom Kurort (Pandora) zurückgekehrt. Überprüfung anhand des erdnahen Null-T: Er hat seit '96 mehrmals den Mond, die »Orangerie« und die GOS besucht. Überprüfung anhand der Systeme von BeG: Er hat von Dezember '96 bis Oktober '97 im Abyssallaboratorium »Tuscarora 16« als Gastronom gearbeitet. Vermutung: A. Tuul ist ein äußerst leichtfertiger Mensch mit geringem Niveau des sozialen Verantwortungsbewußtseins, aus dem Zwischenfall im Jahre '89 hat er keine Lehren gezogen und ist nach wie vor nicht bereit, einer solchen Lappalie wie einer genauen persönlichen Adresse die mindeste Bedeutung beizumessen.

8. Mai, bis 22.10 Uhr:

Bagrationi, Mauricius Amasaspowitsch. Unter der eingetragenen Adresse nicht anzutreffen. Im GGI keine neue Adresse. Nahe Verwandte, mit denen er regelmäßige Beziehungen pflegen könnte, fehlen wegen seines fortgeschrittenen Alters. Die beruflichen Kontakte sind vor einem Vierteljahrhundert abgerissen. Seine beiden alten Freunde, die wir durch die Untersuchung seines Verschwindens im Jahre '81 kennen, sind unter den eingetragenen Adressen nicht anzutreffen, ihr Aufenthaltsort konnte bisher nicht ermittelt werden. Überprüfung anhand des Kosmodromnetzes, des erdnahen Null-T und der Systeme von BeG: nichts. Angaben des Gerontologischen Zentrums: Man sucht ihn schon seit vielen Jahren zum Zweck der Untersuchung, jedoch vergeblich. Vermutung: ein nicht registrierter Unglücksfall. Ich hielte es für richtig, seine Freunde ausfindig zu machen, um sie in Kenntnis zu setzen.

Tschang, Martin. Unter der eingetragenen Adresse nicht anzutreffen. Neue Adresse im GGI: Basis »Matrix« (Secunda, EN 7113). Im Januar '83 vom Institut für Biokonfigurationen (London) als Interpretator dienstlich zur »Matrix« entsandt. Befindet sich gegenwärtig (seit Dezember '98) in einem längeren Urlaub, Aufenthaltsort unbekannt. Überprüfung anhand des Kosmodromnetzes, des erdnahen Null-T und der Systeme der BeG: seit Dezember '98 – nichts. Daher merkwürdig: S. Van, M. Tschangs Nachbar unter der eingetragenen Adresse, behauptet, ihn im März dieses Jahres gesehen zu haben; er habe mit eigenen Augen gesehen, wie M. Tschang mit dem Gleiter in seinem Garten landete und ohne ins Haus zu gehen mit der Demontage dieses Gleiters begann – S. Vans Gruß habe er nur flüchtig erwidert, einem Gespräch sei er ausgewichen; S. Van habe sich seinen eigenen Angelegenheiten gewidmet und, als er nach ein paar Stunden zurückkehrte, weder M. Tschang noch den Gleiter vorgefunden, seither seien sie nicht wieder aufgetaucht. Diese Geschichte ist insofern interessant, als auch das Geheimnis um das erste Verschwinden M. Tschangs gerade damit zusammenhängt, daß die Registratoren des Kosmodromnetzes weder seine Abreise noch seine Ankunft verzeichnet haben. Frage: Gibt es vielleicht Organismen, deren genetischer Code von den existierenden Registrationssystemen nicht wahrgenommen oder nicht identifiziert wird? Vorschlag: In Anbetracht der Tatsache, daß M. Tschang im Krakauer Regenerationsinstitut wegen einer Regeneration beider Beine als Patient registriert und in all den Jahren seit der Regeneration kein einziges Mal in Kraków zur Dispensairebehandlung erschienen ist, sollte die Leitung der Basis »Matrix« davon in Kenntnis gesetzt werden, daß ein weiteres Fernbleiben von der Behandlung für M. Tschang zu ernsten Komplikationen führen kann; die Mitteilung liegt mir vor, im Institut ist man über M. Tschangs verantwortungsloses Verhalten ziemlich beunruhigt.

9. Mai, bis 21.30 Uhr:

Okigbo, Cyprian. Er empfing mich unter der eingetragenen Adresse 10.15 Uhr. Er begrüßte mich freundlich, entgegenkommend, obwohl er aussah wie jemand, der mit den Gedanken woanders ist. Er ließ mich im Wohnzimmer Platz nehmen, gab mir ein Glas Kokosmilch in die Hand, hörte sich meine Legende an und sagte: »Mein Gott, das ist ja gar nicht komisch!«, worauf er sich mit besorgtem Gesichtsausdruck ins Innere des Hauses zurückzog. Ich wartete eine Stunde lang auf ihn, dann nahm ich das Haus in Augenschein. Ich konnte niemanden entdecken. Im Arbeitszimmer, in beiden Schlafräumen und in der Mansarde standen die Fenster offen, doch es gab darin keine Spuren. In der Werkstatt (?) hingegen waren die Fenster fest verschlossen und von Metalljalousien verdeckt, und es war unerträglich kalt (vielleicht unter minus fünf Grad, das Wasser im Aquarium hatte sich mit einer Eisdecke überzogen). Dabei fehlte jede Spur von einer Kühlanlage. Der Kittel, in dem mich C. Okigbo empfangen hatte, lag im Arbeitszimmer auf dem Fußboden. Ich wartete noch zwei Stunden auf den Hausherrn, dann befragte ich die Nachbarn. Nichts von Bedeutung: C. Okigbo ist ein verschlossener Mensch, Gäste empfängt er nicht, sitzt fast die ganze Zeit zu Hause, den Garten hat er verwildern lassen, aber sonst ist er freundlich, er mag kleine Kinder sehr, besonders im Krabbelalter, und kann gut mit ihnen umgehen. Vermutung: Vielleicht ist es mir nur so vorgekommen, als habe C. Okigbo mich empfangen? (Vgl. meine Nr. 048/99.)

11. Mai, bis 10.45 Uhr:

Beim Versuch, festzustellen, ob sich Emile Far Ale unter der eingetragenen Adresse aufhält, erlitt ich einen Anfall von Übelkeit mit Halluzinationen. Da ich nicht imstande bin, zu entscheiden, ob mich das nur persönlich angeht oder auch für den Fall von Interesse ist, lege ich den Vorgang gesondert im Bericht Nr. 048/99 dar.

Sandro Mtbewari

*

Ich habe bis heute nicht erfahren, welchen Eindruck die Ergebnisse der Inspektion Sandro Mtbewaris auf Toivo Glumow machten. Ich glaube, er war erschüttert. Und es waren weniger die Ergebnisse an sich, die ihn erschütterten, als vielmehr der Gedanke, daß er sich in solch einem Grade erlaubt hatte, die wahrhaft unglaubliche Macht des Gegners zu unterschätzen.

Ich bekam Toivo weder am 11. noch am 12. oder 13. zu sehen. Das müssen schwere Tage für ihn gewesen sein, als er sich an seine neue Rolle gewöhnte – die Rolle des Aljoscha Popowitsch aus der russischen Folklore, vor dem anstatt des verheißenen Unreinen Götzenbildes plötzlich der boshafte Gott Loki selbst auftauchte. Doch all diese Tage dachte ich an ihn und über ihn nach, denn für mich hatte der Morgen des 11. mit zwei Dokumenten begonnen.

Dokument 15

Der Präsident
an den Leiter der Abteilung BV

11.05.'99

Lieber Big Bug!

Es ist nichts zu machen, ich muß mich operieren lassen. Aber alles hat ja auch seine gute Seite. Meine Pflichten übernimmt zusätzlich zu seinen bisherigen (ich glaube, von heute an) G. Komow. Ich habe ihm alle Ihre Unterlagen übergeben. Ich will nicht verhehlen, daß er ihnen skeptisch gegenübersteht. Doch er kennt mich und er kennt Sie. Jetzt ist er vorbereitet, so daß Sie gute Chancen haben, ihn zu überzeugen, vor allem, wenn Sie über die neuen Materialien verfügen, die zu beschaffen Sie vorhatten. Und dann werden Sie es nicht nur mit einem Sektorenpräsidenten der KK 2 zu tun haben, sondern zugleich mit einem einflußreichen Mitglied des Weltrates. Ich wünsche Ihnen Erfolg, und Sie können mir welchen wünschen.

Athos

Dokument 16

Mak!

1. Glumow, Toivo Alexandrowitsch, wurde heute unter Kontrolle genommen. (Registriert 8.05 Uhr.)

2. Ebenfalls seit heute sind unter Kontrolle:
Kaskazi, Artek, 18, Schüler. Teheran. 7.05.
Mauki, Charles, 63, Seetechniker. Odessa. 8.25.

11. Mai '99
Laborant

*

Es ist gewiß seltsam, doch ich habe fast keine Erinnerung an meine Gefühle beim Empfang der überraschenden Mitteilung Laborants. Ich entsinne mich nur einer Empfindung – als hätte ich einen unerwarteten und sogar heimtückischen Schlag ins Gesicht erhalten, ganz unvermittelt, ohne Grund und ohne Zweck, aus dem Hinterhalt, zu einem Zeitpunkt, wo man nicht darauf gefaßt ist, sondern etwas völlig anderes erwartet. Ein kindliches, bis zu Tränen reichendes Gekränktsein – das ist alles, woran ich mich erinnere, nur das ist geblieben von der Zeit, als ich wohl eine Stunde lang mit offenem Munde dasaß und blicklos vor mich hinstarrte.

Sicherlich gingen mir damals sinnlose Gedanken an Untreue, an Verrat durch den Kopf. Sicherlich empfand ich Wut, Verdruß und grausame Enttäuschung darüber, daß da ein bestimmter Aktionsplan ausgearbeitet war, in dem jeder seinen Platz hatte, und jetzt klaffte in diesem Plan eine Lücke, die sich nicht schließen ließ. Und natürlich Kummer, verzweifelten Kummer über den Verlust eines Freundes, eines Gleichgesinnten, eines Sohnes.

Am ehesten aber war das eine zeitweilige Geistestrübung, ein Chaos – nicht einmal von Gefühlen, sondern von Gefühlssplittern.

Dann kam ich halbwegs zu mir und begann erneut zu überlegen – kühl und methodisch, wie ich in meiner Lage zu überlegen hatte.

Der Wind der Götter bringt den Sturm, doch er füllt auch die Segel.

Durch kühle und methodische Überlegung fand ich an jenem bewölkten Morgen in meinem Plan doch noch einen neuen Platz für den neuen Toivo Glumow. Und dieser neue Platz erschien mir damals nicht weniger wichtig, sondern unvergleichlich wichtiger als der alte. Mein Plan gewann eine Fernperspektive; jetzt hieß es nicht mehr, sich zu verteidigen, sondern anzugreifen.

Am selben Tage setzte ich mich mit Komow in Verbindung, und er bestellte mich für den folgenden Tag, den 12. Mai, zu sich.

Am 12. Mai empfing er mich früh morgens im Arbeitszimmer des Präsidenten. Ich legte ihm alle bis dahin gesammelten Materialien vor. Die Unterredung dauerte fünf Stunden. Mein Plan wurde mit geringfügigen Korrekturen bestätigt. (Ich will nicht behaupten, daß es mir damals völlig gelungen sei, Komows Skepsis zu zerstreuen, doch sein Interesse hatte ich zweifellos geweckt.)

Am selben 12. Mai blieb ich, in mein Zimmer zurückgekehrt, nach dem Brauch der hontianischen Infiltratoren ein paar Minuten lang sitzen, die Spitzen der Zeigefinger an den Schläfen, und gab mich erhabenen Gedanken hin, dann rief ich Grischa Serossowin zu mir und erteilte ihm einen Auftrag. 18.05 Uhr teilte er mir mit, daß der Auftrag erfüllt sei. Es blieb nur noch abzuwarten.

Am Morgen des 13. rief Danja Logowenko an.

Dokument 17

Arbeitsfonogramm
Datum: 13. Mai '99
Gesprächsteilnehmer: M. Kammerer, Leiter der Abteilung BV; D. Logowenko, Stellvertreter des Direktors der Charkower Filiale des IMF
Thema: – – –
Betr.: – – –

Logowenko: Guten Morgen, Maxim, ich bin es.

Kammerer: Grüß dich. Was sagst du dazu?

Logowenko: Ich sage, daß du es geschickt angestellt hast.

Kammerer: Es freut mich, daß es dir gefallen hat.

Logowenko: Ich kann nicht sagen, daß es mir besonders gefallen hätte, aber ich muß meinem alten Freund Anerkennung zollen.

Pause.

LOGOWENKO: Ich fasse das alles so auf, daß du dich mit mir treffen und Klartext reden willst.

KAMMERER: Ja. Aber nicht ich. Und vielleicht nicht mit dir.

LOGOWENKO: Das Gespräch wird mit mir stattfinden müssen. Aber wenn du es nicht führst, wer dann?

KAMMERER: Komow.

LOGOWENKO: Oho! Also hast du dich doch entschlossen ...

KAMMERER: Komow ist momentan mein unmittelbarer Vorgesetzter.

LOGOWENKO: Ach so ... Gut. Wo und wann?

KAMMERER: Komow will, daß an dem Gespräch Gorbowski teilnimmt.

LOGOWENKO: Leonid Andrejewitsch? Aber der liegt doch schon im Sterben ...

KAMMERER: Eben. Soll er das alles hören. Aus deinem Munde.

Pause.

LOGOWENKO: Ja. Anscheinend ist es wirklich an der Zeit, sich auszusprechen.

KAMMERER: Morgen 15.00 Uhr bei Gorbowski. Du kennst sein Haus? Bei Krāslava, an der Daugava.

LOGOWENKO: Ja, ich kenne es. Bis morgen. Hast du noch was?

KAMMERER: Nein. Bis morgen.

(Das Gespräch dauerte von 9.02 Uhr bis 9.04 Uhr.)

*

Es ist bemerkenswert, daß die Gruppe »Menten« bei all ihrer hartnäckigen Gründlichkeit mich nie wegen Daniil Alexandrowitsch Logowenko belästigt hat. Dabei waren Danja und ich seit unvordenklichen Zeiten miteinander bekannt, seit den glorreichen Sechzigern, als ich, damals ein junger und verteufelt energischer KomKon-Mann, einen Psychologie-Sonderkursus an der Kiewer Universität absolvierte, wo Danja, damals ein junger und verteufelt energischer Metapsychologe, mich bei den praktischen Übungen anleitete, an den Abenden aber machten wir beide mit wahrlich verteufelter Energie den bezaubernden und verteufelt launischen Kiewer Mädchen den Hof. Er hob mich offensichtlich aus den übrigen Kursusteilnehmern hervor, wir wurden Freunde und trafen uns in den ersten Jahren regelmäßig, kann man sagen. Dann trennten uns unsere Beschäftigungen, wir trafen uns immer seltener und seit Beginn der achtziger Jahre überhaupt nicht mehr (bis zu der Teestunde am Vorabend der Ereignisse). Er hatte großes Unglück im Familienleben, und jetzt ist klar, warum. Er war überhaupt sehr unglücklich, was ich von mir keineswegs sagen kann.

Überhaupt neigt jeder, der sich ernsthaft mit der Epoche der Großen Offenbarung befaßt, zu der Annahme, er wisse genau, wer Daniil Logowenko war. Welch ein Irrtum! Was weiß man über Newton, wenn man auch seine gesamten Werke gelesen haben mag? Ja, Logowenko hat eine überaus wichtige Rolle bei der Großen Offenbarung gespielt. Der »Logowenko-Impuls«, das »Logowenkosche T-Programm«, die »Logowenko-Deklaration«, das »Logowenko-Komitee« . . .

Aber welches Schicksal Logowenkos Frau hatte, wissen Sie das?

Und auf welche Weise er in die Kurse in höherer und anomaler Ethologie in der Stadt Split geriet?

Und warum er im Jahre '66 aus der Masse der Kursusteilnehmer M. Kammerer besonders hervorhob, den energischen, vielversprechenden KomKon-Mann?

Und was D. Logowenko über die Große Offenbarung dachte – nicht, was er gelegentlich äußerte, was er deklarierte, kundtat, sondern was er in der Tiefe seiner nichtmenschlichen Seele dachte und empfand?

Solche Fragen gibt es viele. Einige davon könnte ich, wie ich glaube, genau beantworten. Über andere vermag ich nur Vermutungen anzustellen. Auf die übrigen aber gibt es keine Antwort und wird es nie eine geben.

Dokument 18

Bericht Nr. 020/99
KomKon 2
Ural/Norden
Datum: 13. Mai '99
Autor: T. Glumow, Inspektor
Thema 009: »Besuch der alten Dame«
Betr.: Vergleich der Liste von Personen mit Inversion des »Pinguin-Syndroms« mit der Liste »Thema«

Auf Ihre Anordnung hin habe ich nach allen mir zugänglichen Quellen eine Liste der Fälle von Inversion des »Pinguin-Syndroms« aufgestellt. Insgesamt habe ich 12 Fälle entdeckt, von denen 10 identifiziert werden konnten. Ein Vergleich der Liste von identifizierten Inversanten mit der Liste »T« ergab eine Überschneidung bei folgenden Personen:

1. Kriwoklykow, Iwan Georgijewitsch, 65 Jahre alt, Psychiater, Basis »Lemboy« (EN 2105).

2. Pakkala, Alf-Christian, 31 Jahre alt, Bauoperator, BK Alaska, Anchorage.

3. Io, Nike, 48 Jahre alt, Spinnfaser-Designerin, Kombinat »Irrawaddy«, Pyapon.

4. Tuul, Albert Oskarowitsch, 59 Jahre alt, Gastronom, Aufenthaltsort unbekannt (s. Nr. 047/99 von S. Mtbewari).

Der Anteil von Überschneidungen beider Listen erscheint mir erstaunlich hoch. Die Tatsache, daß A. O. Tuul praktisch in drei Listen auftaucht, ist noch frappierender.

Ich halte es für notwendig, Ihre Aufmerksamkeit auf die vollständige Liste der Personen mit Inversion des »Pinguin-Syndroms« zu lenken. Die Liste liegt bei.

T. Glumow

»Leonidsheim« (Krāslava, Lettland). 14. Mai '99. 15.00 Uhr

Bei Krāslava war die Daugava nicht besonders breit, dafür floß sie schnell und klar. Trockener Sand gab einem schmalen Streifen Strand seine gelbe Farbe, dann stieg der Sandhang steil zu den Föhren an. Auf dem grau-weiß karierten Oval der Landeplattform, die übers Wasser ragte, brüteten unter der Sonne die aufs Geratewohl abgestellten verschiedenfarbigen Flyer. Es waren ihrer drei – altmodische schwere Maschinen, wie sie heute höchstens noch von alten Leuten benutzt werden, die im vorigen Jahrhundert geboren sind.

Toivo streckte die Hand aus, um die Tür des Gleiters aufzuschlagen, doch ich sagte zu ihm: »Laß das. Warte.«

Ich schaute hinauf, dorthin, wo zwischen den Föhren cremefarben die Wände des Häuschens hervorschienen und woher eine uralt aussehende, mit der Zeit grau gewordenes Holz imitierende Treppe im Zickzack den Hang abwärts führte. Auf der Treppe kam langsam jemand in Weiß herab – ein schwerfälliger, fast kubischer, anscheinend sehr alter Mann, der sich mit der Rechten ans Geländer klammerte, Stufe für Stufe, wobei er jedesmal einen Fuß neben den anderen stellte, ehe er den nächsten Schritt abwärts tat, und ein Sonnenreflex zitterte auf seinem großen blanken Schädel. Ich hatte ihn erkannt. Es war August Johann Bader, Planetenerkunder und Fährtensucher. Die Ruine eines heroischen Zeitalters.

»Wir werden warten, bis er unten ist«, sagte ich. »Ich möchte ihm nicht begegnen.«

Ich wandte mich ab und blickte in die entgegengesetzte Richtung, übern Fluß ans andere Ufer, und auch Toivo wandte sich taktvoll ab, und so blieben wir sitzen, bis das schwere Knarren der Stufen zu hören war und das pfeifende, angestrengte Atmen zu uns drang und noch irgendwelche unangebrachten Geräusche, die wie abgehacktes Schluchzen klangen; dann war der Greis am Gleiter vorbeigegangen, mit den Sohlen über die Plaste schlurfend, er tauchte in meinem Blickfeld auf, und ich sah ihm unwillkürlich ins Gesicht.

Aus der Nähe erschien mir dieses Gesicht völlig unbekannt. Es war vom Leid verunstaltet. Die weichen Wangen hingen herab und zitterten, der Mund stand willenlos offen, aus den verquollenen Augen rannen Tränen.

Gebeugt näherte sich Bader einem altertümlichen gelbgrünen Flyer, dem ältesten der drei, mit irgendwelchen idiotischen Beulen am Heck, mit den häßlichen Visierschlitzen des altmodischen Autopiloten, mit ramponierten Seitenborden, mit stumpf gewordenen vernickelten Haltegriffen – er näherte sich, schlug die Tür zurück und stieg, vielleicht keuchend, vielleicht auch schluchzend, in die Kabine.

Lange Zeit geschah nichts. Der Flyer stand mit offener Tür da, und der Greis darin sammelte sich entweder vor dem Start, oder er weinte dort, den kahlen Kopf auf den abgegriffenen ovalen Steuerknüppel gesenkt. Dann endlich erschien eine braune Hand, die aus einer weißen Manschette hervorragte, und schlug die Tür zu. Die altertümliche Maschine hob unverhofft leicht und vollkommen lautlos von der Plattform ab und verschwand über dem Fluß zwischen den abschüssigen Ufern.

»Das war Bader«, sagte ich. »Er hat Abschied genommen . . . Gehen wir.«

Wir stiegen aus dem Gleiter und begannen, die Treppe hinaufzugehen.

Ohne mich zu Toivo umzuwenden, sagte ich: »Laß die Gefühle beiseite. Du gehst zum Rapport. Es wird eine sehr wichtige dienstliche Unterredung. Nimm dich zusammen.«

»Eine dienstliche Unterredung – wunderbar«, antwortete Toivo in meinem Rücken. »Ich habe aber den Eindruck, daß jetzt nicht die Zeit für dienstliche Unterredungen ist.«

»Du irrst ich. Gerade jetzt ist die Zeit dazu. Und was Bader betrifft ... Denk jetzt nicht daran. Denk an die Sache.«

»Gut«, erwiderte Toivo ergeben.

Gorbowskis Häuschen, »Leonidsheim«, war durchweg ein Standardbau der Architektur vom Beginn des Jahrhunderts: die Lieblingswohnung der Raumfahrer, Tiefseearbeiter, Erdmanteldurchquerer, bei denen sich die Sehnsucht nach einer ländlichen Umgebung angehäuft hat – ohne Werkstatt, ohne Viehhof, ohne Küche, doch dafür mit einem Energieanbau zur Versorgung der persönlichen Null-Anlage, die Gorbowski als einem Mitglied des Weltrates zustand. Ringsum aber standen Föhren, Heidekrautdickicht, es roch nach erwärmten Nadelzweigen, und Bienen summten schläfrig in der reglosen Luft.

Wir betraten die Veranda und gingen durch die weit offenstehende Tür ins Haus. Im Wohnzimmer, wo die Fenster dicht zugezogen waren und nur eine Stehlampe neben dem Sofa brannte, saß ein Mann, die Beine übereinandergeschlagen, und betrachtete im Schein der Lampe eine Karte oder ein Mentoschema. Es war Komow.

»Guten Tag«, sagte ich, während sich Toivo schweigend verbeugte.

»Guten Tag, guten Tag«, erwiderte Komow gleichsam ungeduldig. »Kommen Sie 'rein, setzen Sie sich. Er schläft. Ist eingeschlafen. Dieser vermaledeite Bader hat ihn mit seinem Gerede völlig geschafft ... Sie sind Glumow?«

»Ja«, sagte Toivo.

Komow musterte ihn eingehend, voller Neugier. Ich hustete, und sofort fing sich Komow. »Ihre Mutter ist nicht zufällig Maja Toivowna Glumowa?« fragte er.

»Ja«, antwortete Toivo.

»Ich hatte die Ehre, mit ihr zusammenzuarbeiten«, sagte Komow.

»Ja?« antwortete Toivo.

»Ja. Hat Sie es Ihnen nicht erzählt? Die Operation ›Arche‹ . . .«

»Ja, ich kenne diese Geschichte«, gab Toivo zur Antwort.

»Womit befaßt sich Maja Toivowna jetzt?«

»Mit Xenotechnologie.«

»Wo? Bei wem?«

»An der Sorbonne. Ich glaube, bei Saligny.«

Komow nickte. Er schaute immer wieder Toivo an. Seine Augen funkelten. Anscheinend rief der Anblick des erwachsenen Sohns von Maja Glumowna bei ihm lebhafte Erinnerungen wach. Abermals hustete ich, und sogleich wandte sich Komow mir zu. »Wir müssen ein wenig warten. Ich möchte ihn nicht wecken. Er lächelt im Schlaf. Träumt von etwas Schönem . . . Hol der Teufel Bader mit seinem Geflenne!«

»Was sagen die Ärzte?« erkundigte ich mich.

»Immer wieder dasselbe. Lebensüberdruß. Dagegen gibt es keine Medikamente . . . Das heißt, es gibt welche, aber er will sie nicht nehmen. Er hat das Interesse am Leben verloren, das ist es. Wir können das nicht verstehen . . . Immerhin ist er über anderthalb Jahrhunderte . . . Aber sagen Sie bitte, Glumow, was macht Ihr Vater?«

»Ich sehe ihn fast nie«, sagte Toivo. »Er ist jetzt wohl Hybridisator. Ich glaube, auf der Jaila.«

»Und Sie selbst . . .«, setzte Komow an, doch er verstummte, weil aus dem Innern des Hauses eine schwache, etwas heisere Stimme drang: »Gennadi! Wer ist dort bei Ihnen? Sie sollen hereinkommen . . .«

»Gehen wir«, sagte Komow, während er aufsprang.

Die Fenster im Schlafzimmer standen weit offen. Gorbowski lag auf dem Sofa, bis ans Kinn in eine karierte Decke gehüllt, und er wirkte unmöglich lang, hager und zum Heulen erbärmlich. Seine Wangen waren eingefallen, die berühmte schuhförmige Nase verknöchert, die tief eingesunkenen Augen traurig und matt. Als wollten sie nichts mehr sehen, doch sie mußten, also sahen sie.

»Ah, Mäxchen . . .«, murmelte Gorbowski, als er mich erblickte. »Du siehst immer noch so . . . blendend aus . . . Ich freue mich, dich zu sehen, ich freue mich . . .«

Das war nicht wahr. Er freute sich nicht, Mäxchen zu sehen. Und es gab nichts, worüber er sich freute. Sicherlich glaubte er freundlich zu lächeln, doch in Wirklichkeit zeigte sein Gesicht eine Grimasse gequälter Liebenswürdigkeit. Man spürte in ihm eine unendliche und herablassende Geduld. Als denke Leonid Andrejewitsch gerade: Da ist noch jemand gekommen . . ., na ja, sehr lange kann es nicht dauern . . ., dann gehen sie wieder, wie alle vor ihnen gegangen sind, und lassen mich in Ruhe . . .

»Und wer ist das?« erkundigte sich Gorbowski, wobei es ihm offensichtlich Mühe machte, die Apathie zu überwinden.

»Das ist Toivo Glumow«, sagte Komow. »Von der KomKon, Inspektor. Ich habe Ihnen gesagt . . .«

»Ja-ja-ja . . .«, sagte Gorbowski träge. »Ich erinnere mich, Sie haben's gesagt. ›Besuch der alten Dame‹ . . . Setzen Sie sich, Toivo, setzen Sie sich, mein Junge . . . Ich höre Ihnen zu . . .«

Toivo setzte sich und schaute mich fragend an.

»Leg deinen Standpunkt dar«, sagte ich. »Und begründe ihn.«

Toivo begann: »Ich werde jetzt ein Theorem formulieren. Die Formulierung stammt nicht von mir. Doktor Bromberg hat sie vor fünf Jahren aufgestellt.

Also das Theorem. Zu Beginn der achtziger Jahre hat eine Superzivilisation, die wir der Kürze halber die *Wanderer* nennen wollen, mit aktiver Progressorentätigkeit auf unserem Planeten begonnen. Eins der Ziele dieser Tätigkeit ist die Auslese. Mit unterschiedlichen Methoden sondern die *Wanderer* aus der Masse der Menschheit jene Individuen aus, die nach gewissen, den *Wanderern* bekannten Kriterien geeignet sind . . . zum Beispiel, geeignet für den Kontakt. Oder für die weitere Vervollkommnung der Art. Oder sogar zur Umwandlung in *Wanderer*. Mit Sicherheit haben die *Wanderer* auch andere

Ziele, von denen wir nichts ahnen, aber daß sie sich bei uns mit Auslese befassen, daß sie Menschen aussortieren – das ist mir jetzt völlig klar, und das werde ich jetzt zu beweisen versuchen.«

Toivo verstummte. Komow musterte ihn eindringlich. Gorbowski schien zu schlafen, doch seine über der Brust gefalteten Finger kamen immer wieder in Bewegung und zeichneten verwickelte Muster in die Luft.

»Fahren Sie fort, mein Junge«, ließ sich Gorbowski vernehmen.

Toivo fuhr fort. Er erzählte vom »Pinguin-Syndrom«: Mit Hilfe eines bestimmten »Siebes«, das sie im Sektor 41/02 errichtet hatten, sonderten die *Wanderer* anscheinend die Menschen aus, die an einer verdeckten Kosmophobie leiden, und hoben die verkappten Kosmophilen hervor. Er erzählte von den Ereignissen in Malaja Pescha: Dort hatten die *Wanderer* mittels einer offensichtlich außerirdischen Biotechnik ein Experiment zur Aussonderung der Xenophoben und zur Auslese der Xenophilen veranstaltet. Er erzählte vom Kampf um die »Novelle«. Anscheinend hatte die Fukamisation entweder die Auslesearbeit der *Wanderer* behindert oder gedroht, in den künftigen Menschengenerationen die von den *Wanderern* benötigten Eigenschaften zum Erlöschen zu bringen, und irgendwie hatten sie eine Kampagne zur Abschaffung der Fukamisationspflicht organisiert und mit Erfolg durchgeführt. Jahrelang war die Zahl der »Aussortierten« (wir wollen sie so nennen) immer weiter angewachsen, das konnte nicht unbemerkt bleiben, wir mußten diese »Aussortierten« einfach bemerken, und wir haben sie bemerkt. Die Fälle von Verschwinden in den achtziger Jahren . . ., die plötzliche Verwandlung gewöhnlicher Leute in Genies . . ., die eben erst von Sandro Mtbewari entdeckten Menschen mit phantastischen Fähigkeiten . . . und schließlich das sogenannte Institut der Sonderlinge in Charkow, zweifellos ein Zentrum für die Aktivitäten der *Wanderer*, die auf ein Erkennen potentieller »Aussortierer« zielen . . .

»Sie geben sich nicht einmal besondere Mühe, sich zu tarnen«, sagte Toivo. »Anscheinend fühlen sie sich jetzt so stark, daß sie schon keine Entdeckung mehr fürchten. Vielleicht meinen sie, daß wir bereits nichts mehr zu ändern vermögen. Ich weiß nicht ... Das ist eigentlich alles. Ich möchte nur hinzufügen, daß in unser Blickfeld natürlich nur ein winziger Bruchteil vom ganzen Spektrum ihrer Aktivität geraten ist. Das muß man berücksichtigen. Und ich halte es für meine Pflicht, abschließend Doktor Bromberg die gebührende Reverenz zu erweisen, der schon vor fünf Jahren, ohne im Grunde irgendeine positive Information zu besitzen, buchstäblich all die Erscheinungen *deduziert* hat, die wir jetzt beobachten – sowohl die Entstehung von Massenphobien als auch das plötzliche Auftreten von Talenten bei Menschen und sogar Unregelmäßigkeiten im Verhalten von Tieren, zum Beispiel Walen.«

Toivo wandte sich mir zu. »Ich bin fertig.«

Ich nickte. Alle schwiegen.

»Die *Wanderer*, die *Wanderer«*, Gorbowski sang es beinahe. Wie er jetzt dalag, hatte er sich die Decke bis an die Nase gezogen. »Ausgerechnet die; solange ich mich entsinnen kann, seit meiner Kindheit, so lange sind diese *Wanderer* im Gespräch ... Aus irgendeinem Grunde können Sie sie ganz und gar nicht leiden, Toivo, mein Junge. Warum?«

»Ich kann keine Progressoren leiden«, antwortete Toivo beherrscht und fügte sogleich hinzu: »Leonid Andrejewitsch, ich war ja selber Progressor ...«

»Niemand liebt die Progressoren«, murmelte Gorbowski. »Nicht einmal sie selbst ...« Er atmete tief aus und schloß wieder die Augen. »Ehrlich gesagt, ich sehe hier überhaupt kein Problem. Das sind alles scharfsinnige Interpretationen, weiter nichts. Geben Sie Ihre Unterlagen, sagen wir, den Pädagogen, und die werden ihre eignen, nicht minder scharfsinnigen Interpretationen entwickeln. Die Tiefseearbeiter haben ihre eigenen ..., sie haben ihre eigenen Mythen, ihre eigenen *Wanderer* ... Seien Sie nicht gekränkt, Toivo, aber schon die Erwähnung Brombergs hat mich stutzig gemacht . . .«

»Übrigens, alle Arbeiten Brombergs über den Monokosmos sind verschwunden . . .«, warf Komow leise ein.

»Ja, es hat natürlich nie welche gegeben!« Gorbowski kicherte schwach. »Sie haben Bromberg nicht gekannt. Das war ein giftiger Greis mit einer unglaublichen Phantasie. Mäxchen hat ihm seine beunruhigte Anfrage geschickt. Bromberg, der bis dahin nie auch nur einen Gedanken an diese Themen verschwendet hatte, setzte sich in einen bequemen Sessel, fixierte seinen Zeigefinger und saugte im Handumdrehen die Hypothese vom Monokosmos heraus. Das kostete ihn einen Abend. Und am nächsten Morgen hatte er es schon wieder vergessen . . . Er besaß ja nicht nur eine großartige Phantasie, sondern war dazu noch ein Kenner verbotener Wissenschaft, in seinem Schädel steckte ja eine unvorstellbare Menge von unvorstellbaren Analogien . . .«

Kaum war Gorbowski verstummt, sagte Komow: »Habe ich Sie recht verstanden, Glumow, daß Sie behaupten, auf der Erde seien jetzt *Wanderer* anwesend? Als Lebewesen, meine ich. Als Personen . . .«

»Nein«, gab Toivo zur Antwort. »Das behaupte ich nicht.«

»Habe ich Sie recht verstanden, Glumow, daß Sie behaupten, auf der Erde lebten und wirkten bewußte Agenten der *Wanderer?* ›Aussortierte‹, wie Sie sie nennen . . .«

»Ja.«

»Können Sie Namen nennen?«

»Ja. Mit einem bestimmten Wahrscheinlichkeitsgrad.«

»Nennen Sie welche.«

»Albert Oskarowitsch Tuul. Der mit fast vollständiger Sicherheit. Cyprian Okigbo. Martin Tschang. Emile Far Ale. Auch fast mit Sicherheit. Ich kann noch ein Dutzend Namen nennen, die aber schon mit weniger Gewißheit.«

»Hatten Sie Umgang mit einem von ihnen?«

»Ich glaube, ja. Im Institut der Sonderlinge. Ich glaube,

dort gibt es viele davon. Aber wer es im einzelnen ist, kann ich noch nicht genau sagen.«

»Sie meinen also, daß ihre Erkennungsmerkmale Ihnen nicht bekannt sind?«

»Natürlich. Äußerlich unterscheiden sie sich in nichts von unsereins. Doch deduzieren kann man sie. Zumindest mit ziemlich hoher Wahrscheinlichkeit. Im Institut der Sonderlinge, davon bin ich überzeugt, muß es aber eine Apparatur geben, mit deren Hilfe sie ihresgleichen unfehlbar, mit Sicherheit feststellen.«

Komow warf mir einen raschen Blick zu. Toivo bemerkte es und sagte herausfordernd: »Jawohl! Ich meine, daß wir jetzt nicht lange fackeln sollten! Wir müssen gewisse Errungenschaften des höheren Humanismus zurückstellen! Wir haben es mit Progressoren zu tun, und wir müssen uns wie Progressoren verhalten!«

»Nämlich?« erkundigte sich Komow und beugte sich vor.

»Das gesamte Arsenal unserer operativen Methodik! Von der Entsendung von Agenten bis zur zwangsweisen Mentoskopie, von ...«

Und da stieß Gorbowski ein langes Stöhnen hervor, und wir alle wandten uns erschrocken zu ihm um. Komow sprang sogar auf. Doch nichts Schlimmes war mit Leonid Andrejewitsch geschehen. Er lag in unveränderter Haltung da, nur die Grimasse geheuchelter Liebenswürdigkeit auf seinem hageren Gesicht war einer Grimasse angewiderten Ärgers gewichen.

»Womit habt ihr mich hier nur überfallen?« ließ er sich mit quengelnder Stimme vernehmen. »Immerhin erwachsene Menschen, keine Schulkinder, keine Studenten ... Schämt ihr euch denn wirklich nicht? Das ist es, warum ich alle diese Gespräche über die *Wanderer* nicht mag ... und nie gemocht habe! Denn sie enden allemal mit solchen verschreckten Räuberpistolen! Wann werdet ihr denn alle begreifen, daß diese Dinge einander ausschließen ... Entweder sind die *Wanderer* eine Superzivilisation, und dann haben sie mit uns nichts zu schaffen, es sind Wesen mit einer anderen Geschichte, mit anderen Interessen, sie befassen sich nicht mit Progressorentätigkeit, und überhaupt befaßt sich im ganzen Weltall nur unsere Menschheit allein damit, weil wir so eine Geschichte haben, weil uns unsere Vergangenheit leid tut ... Wir können sie nicht verändern und versuchen wenigstens anderen zu helfen, wenn wir uns seinerzeit schon nicht selbst helfen konnten ... Da kommt unser ganzes Progressorentum her! Die *Wanderer* aber, selbst wenn ihre Vergangenheit unserer ähnlich war, haben sie so weit hinter sich gelassen, daß sie sich nicht einmal mehr daran erinnern, wie wir uns nicht an die Qualen des ersten Hominiden erinnern, der sich abmühte, aus einem Gesteinsbrocken eine Steinaxt zu machen ...« Er schwieg eine Weile. »Für eine Superzivilisation ist es ebenso absurd, sich mit Progressorentum zu befassen, wie für uns, jetzt Lehrgänge zur Ausbildung von Dorfküstern einzurichten ...«

Abermals verstummte er und schwieg sehr lange, wobei er den Blick von einem Gesicht zum anderen schweifen ließ. Ich schielte zu Toivo hinüber. Toivo hatte die Augen abgewandt und zuckte mehrere Male mit der rechten Schulter, als wolle er zu verstehen geben, daß er einige Gegenargumente habe, es jedoch nicht für angebracht halte, sie hier anzuführen. Komow wiederum blickte, die dichten schwarzen Brauen hochgezogen, beiseite.

»Äch-chä-chä-chä ...«, krächzte Gorbowski. »Ich habe es nicht geschafft, euch zu überzeugen. Gut, dann werde ich euch jetzt beleidigen. Wenn sogar so ein grüner Junge wie unser lieber Toivo es fertiggebracht hat, diese Progressoren ... äh ... ans Licht zu ziehen, ja was zum Teufel sind das denn dann für *Wanderer?* Denkt doch nur selbst! Sollte etwa eine Superzivilisation ihre Arbeit nicht so organisieren können, daß ihr nichts bemerken würdet? Und wenn ihr schon etwas bemerkt habt, was zum Teufel ist das dann für eine Superzivilisation? Die Wale sind ihnen durchgedreht, also müssen die *Wanderer* schuld sein! – Geht mir aus den Augen, laßt mich in Ruhe sterben!«

Wir standen alle auf. Komow erinnerte mich halblaut: »Warten Sie im Wohnzimmer.«

Ich nickte.

Toivo verbeugte sich verwirrt vor Gorbowski. Der Greis beachtete ihn nicht. Er schaute verärgert zur Decke, und seine grauen Lippen bewegten sich lautlos.

Ich ging mit Toivo hinaus. Hinter mir schloß ich fest die Tür und hörte, wie sich mit einem schwachen Schnalzen das System der akustischen Isolation einschaltete.

Im Wohnzimmer setzte sich Toivo sogleich breitbeinig auf das Sofa unter die Stehlampe, legte die Hände auf die Knie und erstarrte. Mich schaute er nicht an. Ihm stand der Sinn nicht nach mir.

(Früh am Morgen hatte ich zu ihm gesagt: »Du kommst mit. Du wirst vor Komow und Gorbowski sprechen.« – »Wozu?« hatte er verdutzt gefragt. – »Ja, glaubst du etwa, daß wir ohne den Weltrat auskommen?« – »Aber warum ich?« – »Weil ich schon gesprochen habe. Jetzt bist du an der Reihe.« – »Gut«, hatte er gesagt und die Lippen zusammengepreßt. Er war ein Kämpfer, Toivo Glumow. Er wich nie zurück. Man konnte ihn höchstens verwerfen.)

Und nun hatte man ihn verworfen. Ich betrachtete ihn aus der Ecke hervor.

Eine Zeitlang saß er starr da, dann blätterte er gedankenlos in den auf dem niedrigen Tischchen ausgebreiteten Mentoschemata, die von den vielfarbigen Markierungen der Ärzte übersät waren. Danach stand er auf und begann, durch das dunkle Zimmer von einer Ecke in die andere zu gehen, die Hände auf dem Rücken.

Im Haus herrschte eine undurchdringliche Stille. Weder die Stimmen aus dem Schlafzimmer waren zu hören noch das Rauschen des Waldes hinter den dicht zugezogenen Fenstern. Er hörte nicht einmal die eigenen Schritte.

Leonid Andrejewitschs Wohnzimmer war spartanisch eingerichtet. Die Stehlampe (mit offensichtlich selbstgemachtem Schirm), das große Sofa darunter und das niedrige Tischchen.

In der entfernteren Ecke ein paar Sitzmöbel aus eindeutig unirdischer Produktion und für eindeutig unirdische Hintern bestimmt. In der anderen Ecke etwas, was entweder eine exotische Pflanze oder ein altertümlicher Hutständer war. Und kleine Bilder in durchsichtigen Rahmen, das größte von den Ausmaßen eines Albumblatts.

Toivo trat näher und machte sich daran, sie zu betrachten. Es waren Kinderzeichnungen. Wasserfarben, Gouache. Zeichenstift. Kleine Häuschen und daneben große Mädchen, denen die Fichten bis ans Knie reichten. Hunde (oder Kopfler?). Ein Tachorg. Irgendeine kosmische Vorrichtung – vielleicht ein phantastisches Raumschiff, vielleicht ein Hangar ... Toivo atmete geräuschvoll aus und kehrte auf das Sofa zurück. Ich beobachtete ihn eindringlich.

Ihm standen Tränen in den Augen. Er dachte schon nicht mehr an den verlorenen Kampf. Dort hinter der Tür lag Gorbowski im Sterben – dort starb eine Epoche, eine lebende Legende. Der Sternenfahrer. Der Planetenerkunder. Der Entdekker von Zivilisationen. Der Schöpfer der Großen KomKon. Das Mitglied des Weltrates. Großväterchen Gorbowski ... Vor allem das – Großväterchen Gorbowski. Gerade das – Großväterchen Gorbowski. Er war wie aus einem Märchen: immer gut und darum immer im Recht. So war seine Epoche gewesen, daß die Güte immer siegte. »Von allen möglichen Lösungen wähle die gütigste.« Nicht die vielversprechendste, nicht die rationalste, nicht die fortschrittlichste und natürlich schon gar nicht die effektivste – die gütigste! Er hatte diese Worte niemals ausgesprochen, und er zog sehr bissig über jene von seinen Biographen her, die ihm diese Worte zuschrieben, und er hatte gewiß niemals in diesen Worten gedacht, dennoch lag das ganze Wesen seines Lebens gerade in ihnen. Und natürlich waren die Worte kein Rezept, nicht jedem ist es vergönnt, gütig zu sein, das ist ebenso ein Talent wie Musikalität oder Hellsehen, nur seltener. Und zum Weinen war einem, weil der gütigste von allen Menschen im Sterben lag. Und auf dem Stein würde stehen: »Er war der Gütigste.«

Ich glaube, genau das war es, was Toivo dachte. Alles, worauf ich in der weiteren Zukunft rechnete, beruhte auf der Annahme, daß Toivo genau das dachte.

Es vergingen dreiundvierzig Minuten.

Die Tür wurde unvermittelt weit aufgerissen. Alles war wie im Märchen. Oder wie im Kino. Gorbowski, unvorstellbar lang in seinem gestreiften Schlafanzug, hager, fröhlich, trat mit unsicheren kleinen Schritten ins Wohnzimmer und zog die karierte Decke hinter sich her, die mit einer Franse an einem seiner Knöpfe hängengeblieben war.

»Aha, du bist noch hier!« sprach er mit freudiger Genugtuung, an den sprachlosen Toivo gewandt. »Es kommt alles noch, mein Junge! Es kommt noch! Du hast recht!«

Und nachdem er diese rätselhaften Worte gesprochen hatte, strebte er leicht schwankend zum nächsten Fenster und zog den Vorhang beiseite. Es wurde blendend hell, wir blinzelten, Gorbowski aber drehte sich um und fixierte Toivo, der bei der Wandleuchte in der Haltung »Stillgestanden« erstarrt war. Ich schaute auf Komow. Komow strahlte unverhohlen, daß die zuckerweißen Zähne blitzten, zufrieden wie ein Kater, der einen Goldfisch gekrallt hat. Er sah aus wie ein Bursche in fröhlicher Runde, der gerade einen prima Witz losgelassen hatte. Und so war es auch tatsächlich.

»Nicht übel, nicht übel!« ließ sich Gorbowski vernehmen. »Sogar ausgezeichnet!«

Den Kopf zur Seite geneigt, kam er auf Toivo zu, musterte ihn von Kopf bis Fuß, trat an ihn heran und legte ihm die Hand auf die Schulter.

»Na, ich denke, du wirst mir die Heftigkeit verzeihen, mein Junge«, sagte er. »Aber ich hatte ja auch recht ... Und die Heftigkeit – die kommt von der Reizbarkeit. Sterben, sage ich dir, ist eine ekelhafte Beschäftigung. Vergiß es.«

Toivo schwieg. Er begriff natürlich nichts. Komow hatte sich das alles ausgedacht und es arrangiert. Gorbowski wußte genau so viel, wie Komow ihm mitzuteilen für nötig gehalten hatte. Ich konnte mir gut vorstellen, was für ein Gespräch jetzt bei ihnen im Schlafzimmer stattgefunden hatte. Aber Toivo Glumow begriff nichts.

Ich faßte ihn am Arm und sagte zu Gorbowski: »Leonid Andrejewitsch, wir gehen jetzt.«

Gorbowski nickte. »Gehen Sie, natürlich. Danke. Sie haben mir sehr geholfen. Wir sehen uns noch, und öfter.«

Als wir auf die Vortreppe hinaustraten, sagte Toivo: »Vielleicht erklären Sie mir, was das alles bedeutet?«

»Du siehst doch: Er hat es sich anders überlegt mit dem Sterben.«

»Warum?«

»Eine dumme Frage, Toivo, entschuldige bitte . . .«

Toivo schwieg eine Weile und sagte dann: »Ich bin ja auch ein Dummkopf. Das heißt, ich habe mich noch nie im Leben derart dumm gefühlt . . . Vielen Dank für Ihre Mühe, Big Bug.«

Ich machte nur »hm«. Schweigend stiegen wir die Treppe zum Landeplatz hinab. Jemand kam uns ohne Eile entgegen.

»Schön«, sagte Toivo. »Aber die Arbeit am Thema soll ich fortsetzen?«

»Natürlich.«

»Aber man hat mich ausgelacht!«

»Im Gegenteil. Du hast einen sehr guten Eindruck gemacht.«

Toivo brummte irgend etwas vor sich hin. Die Plattform am Ende des ersten Treppenabsatzes erreichten wir zugleich mit dem Mann, der uns entgegenkam. Es war der Stellvertreter des Direktors der Charkower Filiale des IMF, Daniil Alexandrowitsch Logowenko, rotwangig und sehr besorgt.

»Grüß dich«, sagte er zu mir. »Habe ich mich zu sehr verspätet?«

»Nicht zu sehr«, antwortete ich. »Er erwartet dich.«

Und da zwinkerte D. A. Logowenko Toivo auf höchst verschwörerische Weise zu, worauf er weiter die Treppe hinanschritt, nun schon sichtlich in Eile. Toivo, die Augen unfreundlich zusammengekniffen, blickte ihm nach.

Dokument 19

Vertraulich!
Nur für Mitglieder des Präsidiums des Weltrates!
Ex. Nr. 115
Aufzeichnung einer Unterredung in »Leonidsheim« (Krāslava, Lettland) am 14. Mai '99
Teilnehmer: L. A. Gorbowski, Mitglied des Weltrates; G. J. Komow, Mitglied des Weltrates, amtierender Präsident des Sektors Ural/Norden der KK 2; D. A. Logowenko, Stellvertreter des Direktors der Charkower Filiale des IMF

Komow: Das heißt, Sie unterscheiden sich faktisch in nichts von einem gewöhnlichen Menschen?

Logowenko: Der Unterschied ist gewaltig, aber ... Jetzt, da ich hier sitze und mich mit Ihnen unterhalte, unterscheide ich mich von Ihnen nur durch das Bewußtsein, daß ich anders bin als Sie. Das ist eins meiner Niveaus ..., ein ziemlich ermüdendes übrigens. Es bereitet mir Mühe, doch ich bin es ja gewohnt, aber die meisten von uns haben sich dieses Niveaus schon für immer entwöhnt ... Also auf diesem Niveau kann man den Unterschied nur mit Hilfe einer Spezialapparatur feststellen.

Komow: Sie wollen sagen, daß auf den anderen Niveaus ...

Logowenko: Ja. Auf den anderen Niveaus ist alles anders. Ein anderes Bewußtsein, eine andere Physiologie ..., eine andere Gestalt sogar ...

Komow: Also sind sie auf den anderen Niveaus schon keine Menschen mehr?

Logowenko: Wir sind überhaupt keine Menschen. Lassen Sie sich nicht davon verwirren, daß wir von Menschen geboren und gezeugt worden sind ...

Gorbowski: Entschuldigen Sie bitte, Daniil Alexandrowitsch. Könnten Sie uns nicht vielleicht etwas vorführen ...? Verstehen Sie mich richtig, ich möchte Sie nicht kränken, aber vorläufig ... sind das alles nur Worte ... Ja? Irgendein anderes Niveau, wenn es Ihnen keine Umstände macht, ja?

LOGOWENKO *(belustigt):* Bitte sehr ...

(Es ertönen leise Geräusche, die an ein Pfeifen mit ineinander übergehenden Trillern erinnern, ein unverständlicher Ausruf, das Klingen zerbrechenden Glases.)

LOGOWENKO: Entschuldigen Sie, ich dachte, sie sei unzerbrechlich.

(Etwa zehn Sekunden Pause.)

LOGOWENKO: Ist sie das?

GORBOWSKI: N-nein ... Ich glaube ... Nein, nein, das ist nicht die richtige. Die richtige steht dort auf dem Fensterbrett ...

LOGOWENKO: Einen Moment ...

GORBOWSKI: Nicht nötig, bemühen Sie sich nicht, Sie haben mich überzeugt. Danke.

KOMOW: Ich habe nicht verstanden, was geschehen ist. Ist das ein Trick? Ich würde ...

(Im Fonogramm folgt eine Lücke von 12 Minuten und 23 Sekunden Dauer.)

LOGOWENKO: ... ganz anderer.

KOMOW: Und was hat die Fukamisation damit zu tun?

LOGOWENKO: Die Enthemmung des Hypothalamus führt zur Zerstörung des dritten Impulssystems. Wir konnten das nicht zulassen, solange wir nicht gelernt hatten, es wiederherzustellen.

KOMOW: Und Sie haben die Kampagne zur Einführung der Gesetzesnovelle veranstaltet ...

LOGOWENKO: Strenggenommen, haben Sie die Kampagne veranstaltet. Aber auf unsere Initiative hin natürlich.

KOMOW: Und das »Pinguin-Syndrom«?

LOGOWENKO: Ich verstehe nicht.

KOMOW: Na ja, diese Phobien, die Sie mit Ihren Experimenten hervorgerufen haben ... Kosmophobie, Xenophobie ...

LOGOWENKO: Ah, ich verstehe, ich verstehe. Sehen Sie, es gibt mehrere Wege und Methoden, bei einem Menschen das dritte Impulssystem aufzuspüren. Ich selbst bin für die apparativen Verfahren, aber meine Kollegen ...

Komow: Das heißt, das ist Ihr Werk?

Logowenko: Selbstverständlich! Wir sind schließlich noch sehr wenige, unsere Rasse erschaffen wir eigenhändig, eben jetzt, aus dem Stegreif. Ich räume ein, daß Ihnen einige unserer Methoden amoralisch vorkommen, sogar grausam ... Aber Sie müssen zugeben, daß wir es niemals zu Aktionen mit unumkehrbaren Folgen haben kommen lassen.

Komow: Angenommen. Wenn wir die Wale außer Betracht lassen.

Logowenko: Verzeihen Sie. Nicht »angenommen«, sondern wir haben es tatsächlich nicht dazu kommen lassen. Was nun die Walartigen angeht ...

(Im Fonogramm folgt eine Lücke von 2 Minuten und 12 Sekunden Dauer.)

Komow: ... anderes von Interesse. Sehen Sie, Leonid Andrejewitsch, unsere Jungs sind einer falschen Fährte gefolgt, aber in allem außer der Interpretation hatten sie recht.

Logowenko: Wieso »außer«? Ich weiß nicht, wer Ihre »Jungs« sind, aber Maxim Kammerer hat uns absolut genau deduziert. Ich weiß immer noch nicht, wie er an eine Liste sämtlicher Menten herangekommen ist, die in den letzten drei Jahren initiiert wurden ...

Gorbowski: Entschuldigen Sie, sagten Sie »Menten«?

Logowenko: Wir haben noch keine allgemein anerkannte Bezeichnung für uns selbst. Die meisten benutzen den Terminus »Metanthropus«, sozusagen »Jenseits-Mensch«. Manche nennen sich »Mysiten«. Ich ziehe die Bezeichnung »Menten« vor. Erstens klingt darin das Wort »Menschen« an, zweitens war einer der ersten Menten Pawel Mentow, das ist unser Adam. Außerdem gibt es das lateinische »Mens«, »mental« ...

Komow: »Der Geist«, »geistig« ...

Logowenko: Ja. Durch den Geist wirkend. In unserem Falle mehr noch – ihn spielen lassend. Und dann ist da auch der Name Mentor; aber das paßt schon weniger ... Also, Maxim hat sich eine Liste der Menten beschafft und sie mir sehr geschickt vorgeführt, um mir zu verstehen zu geben, daß wir für euch schon kein Geheimnis mehr sind. Offen gesagt, ich habe mich erleichtert gefühlt. Das war ein direkter Anlaß, endlich Verhandlungen aufzunehmen. Denn ich hatte ja schon seit einem Monat jemandes Hand an meinem Puls gefühlt, hatte versucht, ihn, Maxim, zu identifizieren .. .

Komow: Gedanken können Sie also nicht lesen? Denn die Reader . . .

(Im Fonogramm folgt eine Lücke von 9 Minuten und 44 Sekunden Dauer.)

Logowenko: . . . stören. Und nicht nur darum. Wir sind davon ausgegangen, daß das Geheimnis vor allem in eurem Interesse gewahrt werden muß, im Interesse der Menschheit. Ich wünschte, daß in dieser Frage bei uns völlige Klarheit bestünde. Wir sind keine Menschen. Wir sind Menten. Verfallen Sie nicht in einen Fehler. Wir sind nicht das Ergebnis einer biologischen Revolution. Wir sind erschienen, weil die Menschheit ein bestimmtes Niveau der soziotechnologischen Organisation erreicht hat. Im menschlichen Organismus das dritte Impulssystem zu entdecken wäre schon vor hundert Jahren möglich gewesen, aber initiieren kann man es erst seit Beginn unseres Jahrhunderts, und einen Menten auf der Spirale der psychophysiologischen Entwicklung zu halten, ihn von Niveau zu Niveau bis ans Ende zu führen . . ., das heißt in Ihren Begriffen, einen Menten zu erziehen – das ist erst vor ganz kurzer Zeit möglich geworden . . .

Gorbowski: Moment, Moment! Also ist dieses dritte Impulssystem doch in jedem menschlichen Organismus vorhanden?

Logowenko: Leider nicht, Leonid Andrejewitsch. Eben darin besteht die Tragik. Das dritte Impulssystem tritt mit einer Wahrscheinlichkeit von höchstens eins zu hunderttausend auf. Am ehesten ist es das Ergebnis einer sehr weit zurückliegenden Mutation.

KOMOW: Ein Hunderttausendstel ist gar nicht so wenig, wenn man es auf unsere Milliarden umrechnet ...

LOGOWENKO: Und daher die Geheimhaltung. Verstehen Sie mich recht. Neunzig Prozent der Menten interessieren sich nicht im geringsten für die Geschicke der Menschheit und überhaupt für die Menschheit. Aber es gibt eine Gruppe von solchen wie ich. Wir wollen nicht vergessen, daß wir Fleisch von eurem Fleische sind und dieselbe Heimat haben, und wir zerbrechen uns schon seit vielen Jahren die Köpfe, wie man die Folgen mildern kann ... Denn faktisch sieht es ganz so aus, als zerfalle die Menschheit in zwei Arten. Und niemals werdet ihr das Gefühl der Erniedrigung bei dem Gedanken loswerden, daß einer von euch weit über die Grenze hinausgegangen ist, die hunderttausend nicht überwinden können. Dieser Eine aber wird niemals das Schuldgefühl deswegen loswerden. Und was das Schlimmste ist – der Riß geht mitten durch Familien, durch Freundschaften ...

KOMOW: Also verliert der Mentanthropus seine früheren emotionalen Bindungen?

LOGOWENKO: Das ist individuell sehr unterschiedlich. Und nicht so einfach, wie Sie denken. Das typischste Modell für das Verhältnis eines Menten zu einem Menschen ist das Verhältnis eines lebenserfahrenen und vielbeschäftigten Erwachsenen zu einem sympathischen, doch über alle Maßen aufdringlichen Kleinkind. Und nun stellen Sie sich die Beziehungen vor: ein Ment und sein Vater, ein Ment und sein bester Freund, ein Ment und sein Lehrer ...

GORBOWSKI: Ein Ment und seine Freundin ...

LOGOWENKO: Das sind Tragödien, Leonid Andrejewitsch. Echte Tragödien.

KOMOW: Ich sehe, Sie nehmen sich die Situation zu Herzen. Wäre es dann nicht vielleicht einfacher, mit all dem aufzuhören? Letzten Endes liegt das auch in Ihrer Hand ...

LOGOWENKO: Meinen Sie nicht, daß das amoralisch wäre?

KOMOW: Und meinen Sie nicht, daß es amoralisch ist, die Menschheit in einen Schockzustand zu versetzen? In der Massenpsyche einen Minderwertigkeitskomplex zu erzeugen, die Jugend vor die Tatsache zu stellen, daß sie am Ende ihrer Möglichkeiten ist!

LOGOWENKO: Deshalb bin ich ja zu Ihnen gekommen – um einen Ausweg zu suchen.

KOMOW: Da gibt es nur einen Ausweg. Ihr müßt die Erde verlassen.

LOGOWENKO: Entschuldigung. Wer sind »wir«?

KOMOW: Ihr, die Metanthropen.

LOGOWENKO: Gennadi Jurjewitsch, ich wiederhole: Die überwiegende Mehrheit der Menten lebt nicht auf der Erde. All ihre Interessen, ihr ganzes Leben liegen außerhalb der Erde. Zum Teufel, Sie leben doch auch nicht im Bett! Und ständig mit der Erde verbunden sind nur die Geburtshelfer wie ich und die Anthropopsychologen ... und noch ein paar Dutzend der unglücklichsten von uns – jene, die sich nicht von den Verwandten und Geliebten losreißen können!

GORBOWSKI: Ah!

LOGOWENKO: Was haben Sie gesagt?

GORBOWSKI: Nichts, nichts, ich höre aufmerksam zu.

KOMOW: Sie wollen also sagen, daß sich die Interessen der Metanthropen und der Erdenmenschen im Grunde nicht überschneiden?

LOGOWENKO: Ja.

KOMOW: Ist eine Zusammenarbeit möglich?

LOGOWENKO: Auf welchem Gebiet?

KOMOW: Das wissen Sie besser.

LOGOWENKO: Ich fürchte, ihr könnt uns nicht von Nutzen sein. Und was uns betrifft ... Wissen Sie, es gibt einen alten Witz. Unter den gegebenen Umständen klingt er ziemlich grausam, aber ich will ihn anführen. »Man kann einem Bären das Radfahren beibringen, aber bringt das dem Bären Nutzen und Vergnügen?« Verzeihen Sie, um Himmels willen. Aber Sie haben es selbst gesagt: Unsere Interessen überschneiden sich nirgends. (Pause.) Natürlich, angenommen, der Erde und der Menschheit droht irgendwann eine Gefahr, dann werden wir ohne zu zögern und mit unserer ganzen Kraft zu Hilfe kommen.

Komow: Wenigstens dafür danke.

(Eine lange Pause, man hört eine Flüssigkeit glucksen, Glas an Glas klirren, dumpfe Schluckgeräusche, ein Krächzen.)

Gorbowski: Hm-ja, das ist eine ernste Herausforderung an unseren Optimismus. Aber wenn man es sich überlegt, hat die Menschheit schon schlimmere Herausforderungen angenommen ... Und überhaupt begreife ich Sie nicht, Gennadi. Sie haben so leidenschaftlich für den vertikalen Progreß geworben. Da haben Sie ihn – den vertikalen Progreß! In reinster Form! Nachdem sich die Menschheit über die blühende Ebene unter den klaren Sternen ausgebreitet hatte, ist sie mit einemmal emporgeschossen. Natürlich nicht in der ganzen Masse, doch warum bekümmert Sie das derart? Das ist immer so gewesen. Und es wird gewiß immer so sein ... Die Menschheit ist stets in Gestalt ihrer besten Vertreter in die Zukunft aufgebrochen. Wir sind stets stolz auf die Genies gewesen und waren nicht traurig, daß wir eben nicht dazugehören. Und wenn uns Daniil Alexandrowitsch immer wieder predigt, daß er kein Mensch, sondern ein Ment sei, so ist das alles eine Frage der Bezeichnung ... Trotz allem seid ihr Menschen, mehr noch: Erdenmenschen, da könnt ihr machen, was ihr wollt. Ihr seid einfach noch grün und unerfahren.

Komow: Sie, Leonid Andrejewitsch, verblüffen mich mitunter geradezu mit Ihrem Leichtsinn.

Gorbowski: Was sind Sie, mein Bester, doch für ein ... Hitzkopf. Das ist doch der Fortschritt. In seiner ganzen Pracht. Wo haben Sie jemals einen Fortschritt ohne Schock, ohne Bitterkeit, ohne Erniedrigung gesehen? Ohne solche, die weit vorauseilen, und solche, die zurückbleiben?

Komow: Das fehlte gerade! »Und sie, die dereinst mich vernichten, empfängt noch mein Hymnus als Gruß ...«

Gorbowski: Hier paßt wohl eher etwas in der Art wie ... ähm ... »Und sie, die voraus mir enteilen, begleitet mein Hymnus als Gruß.«

Logowenko: Gennadi Jurjewitsch, wenn Sie erlauben, will ich Sie zu trösten versuchen. Außer dem dritten Impulssystem haben wir im Organismus des Homo sapiens noch das vierte, niederfrequente System entdeckt und ein fünftes, das bislang keinen Namen hat. Was die Initiation dieser Systeme ergeben kann, vermögen wir – sogar wir! – nicht einmal zu vermuten. Und ebensowenig, wie viele es davon noch im Menschen gibt ... (Pause.) Was soll man machen! Wir haben sechs wissenschaftlich-technische Revolutionen hinter uns, zwei technologische Konterrevolutionen, zwei Krisen ... Da fängt man wohl oder übel an, sich weiterzuentwickeln.

Gorbowski: Eben. Wenn wir fein still dasitzen würden wie die Tagoraner oder die Leonidaner – nichts würde uns Kummer machen. Wir hatten schließlich die Wahl, ob wir auf die Technik setzen wollten oder nicht!

Komow: Gut, gut. Und trotzdem, was ist das – ein Metanthropus? Welche Ziele hat er, Daniil Alexandrowitsch? Welche Anreize? Interessen? Oder ist das ein Geheimnis?

Logowenko: Keinerlei Geheimnisse.

(Damit bricht das Fonogramm ab. Der gesamte Rest – 34 Minuten und 11 Sekunden – ist irreversibel gelöscht.)

15.05.'99
M. Kammerer

*

Ich schäme mich bei dem Gedanken daran, aber all jene letzten Tage hatte ich in einem Zustand verbracht, der der Euphorie nahekam. Es war, als hätte plötzlich eine unerträgliche physische Anspannung ein Ende gefunden. Gewiß hat Sisyphus etwas Ähnliches empfunden, als sich der Felsbrocken endlich aus seinen Händen losgerissen hatte und er, Sisyphus, die wonnevolle Gelegenheit erhielt, sich ein wenig auf dem Gipfel auszuruhen, ehe er alles von neuem begann.

Jeder Erdenmensch hat die Große Offenbarung auf seine Weise durchlebt. Aber wie man's auch dreht, mich traf es doch schlimmer als alle anderen.

Ich habe jetzt alles durchgelesen, was ich oben geschrieben habe, und mir ist die Befürchtung gekommen, daß das, was ich bei der Großen Offenbarung durchgemacht habe, falsch verstanden werden kann. Es könnte der Eindruck entstehen, als hätte ich seinerzeit Angst um das Schicksal der Menschheit empfunden. Selbstverständlich ging es nicht ohne Ängste ab – immerhin wußte ich damals absolut nichts über die Menten, außer, daß es sie gab. Angst war also da. Und auch hin und wieder ein kurzer panischer Aufschrei in Gedanken: ›Das war's, jetzt haben wir ausgespielt!‹ Und dann noch das Gefühl einer katastrophal engen Kurve, wo es scheint, als müsse es einem jeden Moment das Steuer aus der Hand reißen und man würde wer weiß wohin fliegen, hilflos wie ein Wilder während eines Erdbebens ... Doch all das wurde dennoch überwogen vom Gefühl meiner völligen beruflichen Unzulänglichkeit. Wir hatten es verpennt. Verschwitzt. Vertrieft. Verschlampt, wir armseligen Dilettanten ...

Und nun wich all das von mir. Und übrigens durchaus nicht, weil Logowenko mich von irgend etwas überzeugt oder meinen Glauben errungen hätte. Es war ganz etwas anderes.

Mit dem Gefühl der beruflichen Niederlage hatte ich in den anderthalb Monaten zu leben gelernt. (»Gewissensqualen kann man aushalten« – das ist eine der kleinen unangenehmen Entdeckungen, die man macht, wenn man älter wird.)

Das Steuer wurde mir nicht länger aus den Händen gerissen – ich hatte es anderen übergeben. Und jetzt, geradezu ein wenig auf Distanz gerückt, vermerkte ich (in Gedanken), daß Komow wohl doch alles zu kraß sah, während Leonid Andrejewitsch wie gewohnt gar zu sehr vom glücklichen Ausgang eines jeglichen Kataklysmus überzeugt war ...

Ich war wieder an meinem Platz, und wieder beherrschten mich nur die vertrauten Sorgen – zum Beispiel, einen ständigen und hinreichend dichten Informationsstrom für jene in Gang zu bringen, denen die Entscheidungen oblagen.

Am Abend des 15. erhielt ich von Komow den Befehl, nach eigenem Ermessen zu handeln.

Am Morgen des 16. rief ich Toivo Glumow zu mir. Ohne jede einführende Erklärung ließ ich ihn den Mitschnitt der Unterredung im »Leonidsheim« abspielen. Es ist bemerkenswert, daß ich mir praktisch des Erfolges sicher war.

Wieso hätte ich auch zweifeln sollen?

Dokument 20

Arbeitsfonogramm
Datum: 16. Mai '99
Gesprächsteilnehmer: M. Kammerer, Leiter der Abteilung BV; T. Glumow, Inspektor
Thema: – – –
Betr.: – – –

Glumow: Was war in diesen Lücken?

Kamrer: Bravo. Du hast vielleicht Nerven, Junge. Als ich begriff, was los ist, bin ich eine halbe Stunde lang die Wände hochgegangen.

Glumow: Was also war in den Lücken?

Kammerer: Unbekannt.

Glumow: Was heißt: Unbekannt?

Kammerer: Das heißt: Komow und Gorbowski können sich nicht erinnern, was in den Lücken war. Sie haben keinerlei Lücken bemerkt. Und das Fonogramm zu rekonstruieren ist unmöglich. Es ist nicht einmal gelöscht, es ist einfach vernichtet. In den Gebieten mit den Leerstellen ist die Molekularstruktur zerstört.

Glumow: Eine seltsame Art, Verhandlungen zu führen.

Kammerer: Wir werden uns dran gewöhnen müssen.

Pause.

Glumow: Ja, und was soll jetzt werden?

Kammerer: Vorläufig wissen wir zuwenig. Es sind überhaupt nur zwei Möglichkeiten auszumachen. Entweder lernen wir, mit ihnen zu koexistieren. Oder wir lernen es *nicht*.

Glumow: Es gibt eine dritte Möglichkeit.

Kammerer: Bleib ruhig. Es gibt keine dritte Möglichkeit.

Glumow: Es gibt eine! Sie werden nicht lange mit uns fakkeln!

Kammerer: Das ist kein Argument.

Glumow: Es ist ein Argument! Sie haben den Weltrat nicht um Erlaubnis gefragt! Seit vielen Jahren befassen sie sich insgeheim mit der Verwandlung von Menschen in Nichtmenschen! Sie führen Experimente an Menschen durch! Und sogar jetzt, da sie entlarvt sind, kommen sie zu Verhandlungen und erlauben sich ...

Kammerer *(unterbricht ihn):* Das, was du vorschlagen willst, kann man entweder offen tun – und dann wird die Menschheit Zeuge einer durchweg widerlichen Gewaltanwendung – oder insgeheim, niederträchtig, hinter dem Rücken der Öffentlichkeit ...

Glumow *(unterbricht ihn):* Nichts als Worte! Es geht darum, daß die Menschheit keine Brutstätte für Nichtmenschen sein darf und erst recht kein Versuchsobjekt für ihre verdammten Experimente! Verzeihen Sie, Big Bug, aber Sie haben einen Fehler gemacht. Sie hätten weder Komow noch Gorbowski in diese Sache einweihen sollen. Sie haben sie in eine dumme Situation gebracht. Das ist eine Angelegenheit der KomKon 2, sie fällt völlig in unsere Zuständigkeit. Ich glaube, auch jetzt ist es noch nicht zu spät. Nehmen wir es auf uns.

Kammerer: Hör mal, woher hast du diese Xenophobie? Das sind doch keine *Wanderer*, keine Progressoren, die du so haßt ...

Glumow: Ich habe das Gefühl, daß sie noch schlimmer als Progressoren sind. Sie sind Verräter. Sie sind Parasiten. Wie diese Wespen, die ihre Eier in Raupen legen ...

Pause.

Kammerer: Red nur zu. Sprich dich aus.

GLUMOW: Ich werde weiter nichts sagen. Es hat keinen Zweck. Seit fünf Jahren befasse ich mich unter Ihrer Leitung mit dieser Sache, und seit fünf Jahren irre ich umher wie eine blinde Welpe ... Sagen Sie mir doch wenigstens jetzt: Wann haben Sie die Wahrheit erkannt? Wann haben Sie begriffen, daß es nicht die *Wanderer* sind? Vor sechs Monaten? Vor acht?

KAMMERER: Vor weniger als zwei.

GLUMOW: Trotzdem ... Vor ein paar Wochen. Ich verstehe, Sie hatten Ihre Gründe, Sie wollten mich nicht in alle Einzelheiten einweihen, aber wie konnten Sie vor mir verheimlichen, daß sich der Gegenstand selbst geändert hatte? Wie konnten Sie sich das erlauben – mich dazu zu bringen, daß ich mich zum Narren machte? Daß ich mich vor Gorbowski und Komow zum Narren machte ... Mich überkommt es heiß, wenn ich nur daran denke!

KAMMERER: Kannst du dir nicht vorstellen, daß es auch dafür einen Grund gab?

GLUMOW: Kann ich. Aber das hilft mir nicht. Ich kenne diesen Grund nicht, ich kann ihn nicht einmal ahnen ... Und Sie sehen auch gar nicht danach aus, als wollten Sie ihn mir mitteilen! Nein, Big Bug, mir reicht's. Ich tauge nicht zur Arbeit mit Ihnen. Lassen Sie mich gehen, ich höre sowieso auf.

Pause.

KAMMERER: Ich konnte dir nicht die Wahrheit sagen. Zuerst konnte ich es nicht, weil ich nicht wußte, was wir mit ihr anfangen sollten. In Klammern: Ich weiß auch jetzt noch nicht, was wir mit ihr anfangen sollen, aber jetzt sind alle Entscheidungen auf andere abgewälzt ...

GLUMOW: Sie brauchen sich nicht zu rechtfertigen, Big Bug.

KAMMERER: Schweig. Du schaffst es ja doch nicht, mich in Wut zu bringen. Du liebst die Wahrheit sehr? Jetzt bekommst du sie. Die ganze.

Pause.

KAMMERER: Dann schickte ich dich ins Institut der Sonderlinge und mußte wieder abwarten ...

GLUMOW *(unterbricht ihn):* Was hat damit ...

KAMMERER *(unterbricht ihn):* Ich habe gesagt – schweig! Die Wahrheit zu sagen ist nicht leicht, Toivo. Nicht jemandem die Fakten unter die Nase zu reiben, wie man das so gern tut, wenn man jung ist, sondern sie so einem beizubringen – so einem grünen, selbstsicheren, der alles weiß und alles versteht ... Schweig und hör zu.

Pause.

KAMMERER: Dann erhielt ich die Antwort aus dem Institut. Diese Antwort warf mich um. Ich hatte ja gedacht, das wäre nur eine routinemäßige Vorsichtsmaßnahme meinerseits, aber wie sich herausstellte ... Sieh mal, du hast jetzt eben die Aufzeichnung gehört. Ist dir daran nichts seltsam vorgekommen?

GLUMOW: Daran ist alles seltsam ...

KAMMERER: Na dann los, schalt ein. Hör es dir noch mal an, aber aufmerksam, von Anfang an, mitsamt dem Titelkopf. Na?

GLUMOW: »Nur für Mitglieder des Präsidiums ...« Wie ist das zu verstehen?

KAMMERER: Na? Na?

GLUMOW: Sie haben mir ein Dokument von höchster Vertraulichkeit zu lesen gegeben ... Warum?

KAMMERER: *(langsam und beinahe einschmeichelnd):* Wie du bemerkt hast, enthält das Dokument Lücken. Also, ich hege die Hoffnung, daß du, wenn deine Zeit kommt, mir eingedenk der alten Zeiten, aus alter Freundschaft diese Lücken auffüllst.

Lange Pause.

KAMMERER: So sieht nämlich die ganze Wahrheit aus. Der Teil davon, der dich betrifft. Sobald ich erfahren hatte, daß sie sich im Institut der Sonderlinge mit dem Aussortieren befassen, habe ich sofort euch alle hingeschickt, einen nach dem anderen, unter verschiedenen idiotischen Vorwänden. Das war einfach eine elementare Vorsichtsmaßnahme, verstehst du? Um dem Gegner nicht die kleinste Chance zu lassen. Um sicher zu sein ... Nein, sicher war ich mir ohnehin ... Um absolut genau zu wissen: Unter meinen Mitarbeitern sind nur Menschen ...

Pause.

KAMMERER: Sie haben dort eine Vorrichtung ... angeblich, um »Sonderlinge« ausfindig zu machen. Sie lassen alle Besucher dort durchlaufen. In Wirklichkeit sucht diese Maschine die sogenannte Spitze T des Mentogramms, auch »Logowenko-Impuls« genannt. Wenn ein Mensch über ein zur Initiierung geeignetes drittes Impulssystem verfügt, taucht in seinem Mentogramm diese verdammte Spitze T auf. Also dann, du hast diese Spitze.

Lange Pause.

GLUMOW: Das ist doch Unsinn, Big Bug.

Pause.

GLUMOW: Die führen Sie an der Nase herum!

Pause.

GLUMOW: Das ist doch eine Provokation! Die wollen mich einfach außer Gefecht setzen! Offensichtlich habe ich etwas Wichtiges erfahren, nur selbst noch nicht erkannt, was es ist, und sie wollen mich aus dem Weg räumen ... Das ist doch elementar!

Pause.

GLUMOW: Sie kennen mich doch von Kindheit an! Ich habe Tausende Medkommissionen durchlaufen, ich bin ein ganz gewöhnlicher Mensch! Glauben Sie denen nicht, Big Bug! Wer liefert Ihnen die Informationen? – Nein, ich frage nicht nach dem Namen ... Bedenken Sie, woher kann er das alles wissen? Er ist doch mit Sicherheit selbst einer von diesen ... Wie können Sie ihm glauben? *(Er schreit:)* Es geht doch nicht um mich! Ich höre sowieso auf! Aber auf genau die Art können die ohne einen einzigen Schuß die ganze KomKon erledigen! Haben Sie daran gedacht?

Pause.

GLUMOW *(mit gedrückter Stimme):* Was soll ich denn tun? Sie haben sich doch sicherlich etwas ausgedacht, was ich jetzt tun soll ...

KAMMERER: Hör zu. Du solltest dich nicht so aufregen. Noch ist nichts Schlimmes passiert. Was mußtest du losbrüllen, als schwängen sie »schon ihre Messer wonnegrunzelnd«? Letzten Endes hast du es selbst in der Hand! Wenn du nicht willst, bleibt alles, wie es ist!

GLUMOW: Woher wissen Sie das?

KAMMERER: Ja, nichts weiß ich und nirgendwoher. Ich weiß genausoviel wie du. Du hast es doch eben gehört ... Das dritte Impulssystem ist schließlich nur potentiell angelegt, es muß doch initiiert werden ... Dann beginnt dieser ... Aufstieg von Niveau zu Niveau ... Das möchte ich sehen, wie sie das mit dir ohne deinen Willen machen!

Pause.

GLUMOW: Ja. *(Er lacht hysterisch.)* Sie haben mir vielleicht Angst eingejagt, Chef!

KAMMERER: Du hast es bloß nicht gleich begriffen.

GLUMOW: Ich mach mich einfach aus dem Staube! Sollen sie doch nach mir suchen! Und wenn sie mich finden, werden sie mich beschwatzen wollen ... Sagen Sie ihnen, daß sie das besser bleiben lassen!

KAMMERER: Sie werden sich wohl kaum mit mir unterhalten wollen.

GLUMOW: Das heißt?

KAMMERER: Siehst du, wir sind für sie nicht maßgeblich. Wir müssen uns jetzt an eine völlig neue Situation gewöhnen. Nicht wir legen den Zeitpunkt von Gesprächen fest, nicht wir bestimmen das Thema ... Wir haben überhaupt die Kontrolle über die Ereignisse verloren. Und die Situation, das mußt du zugeben, hat nicht ihresgleichen. Bei uns auf der Erde, mitten unter uns, wirkt eine Kraft ... und was für eine! Wir wissen nichts über sie. Genauer, wir wissen nur, was uns zu wissen erlaubt wird, und das, mußt du zugeben, ist fast schlimmer, als wenn wir gar nichts wüßten. Ein ungutes Gefühl, nicht wahr? Nein, ich kann nichts Schlechtes über diese Menten sagen, aber an Gutem ist doch auch nichts über sie bekannt!

Pause.

KAMMERER: Sie wissen über uns alles, wir aber über sie – nichts. Das ist erniedrigend. Jetzt empfindet jeder von uns, der mit der Situation in Berührung kommt, ein Gefühl der Erniedrigung ... Da steht uns nun bevor, zwei Mitglieder des Weltrates einer Tiefenmentoskopie zu unterziehen – nur, um zu rekonstruieren, wovon denn da während der historischen Besprechung im »Leonidsheim« die Rede war ... Und beachte, weder die Mitglieder des Weltrates noch wir wollen diese Mentoskopie, sie erniedrigt uns alle, aber uns bleibt keine Wahl, obwohl die Erfolgschancen, wie dir klar ist, mehr als fraglich sind ...

GLUMOW: Aber Sie haben doch Ihre Agenten unter ihnen!

KAMMERER: Genauer, nicht »unter«, sondern neben ihnen ... »Unter ihnen« – davon können wir nur träumen. Und dabei, fürchte ich, wird es bleiben. Wer von ihnen würde uns helfen wollen? Wozu sollte er? Was kümmern wir sie? Hm? Toivo!

Lange Pause.

GLUMOW: Nein, Maxim. Ich will nicht. Ich verstehe alles, aber *ich will nicht!*

KAMMERER: Du hast Angst?

GLUMOW: Ich weiß nicht. Ich will einfach nicht. Ich bin ein Mensch, und ich will nichts anderes sein. Ich will nicht auf euch herabsehen. Ich will nicht, daß mir die Menschen, die ich achte und liebe, wie Kinder erscheinen. Ich verstehe: Sie hoffen, daß das Menschliche in mir erhalten bleibt ... Vielleicht haben Sie sogar Gründe zu dieser Hoffnung. Aber ich will es nicht riskieren. Ich will nicht!

Pause.

KAMMERER: Nun ja ... Letzten Endes ist das sogar lobenswert.

*

Ich war mir des Erfolges sicher gewesen. Ich hatte mich getäuscht.

Ich hatte dich doch schlecht gekannt, Toivo Glumow, mein

Junge. Du warst mir fester erschienen, besser gewappnet, fanatischer, wenn man so will.

Und nun endlich ein paar Worte über das wahre Ziel dieser meiner Memoiren.

Diejenigen unter meinen Lesern, die das Buch »Die fünf Biographien des Jahrhunderts« kennen, haben schon erraten, daß dieses Ziel darin besteht, die sensationelle Hypothese von P. Soroka und E. Braun zu widerlegen, daß Toivo Glumow schon als Progressor auf der Giganda ins Blickfeld der Menten geraten und von ihnen als einer der ihren erkannt worden sei. Daß er gleich damals von ihnen umgewandelt, auf das entsprechende Niveau gehoben und zu mir in die KomKon 2 geschickt worden sei, weniger als Spion, sondern vielmehr als Desinformator und Fehlinterpretator. Daß er sich fünf Jahre lang mit nichts anderem befaßt habe, als in der KomKon eine Atmosphäre der Jagd auf die *Wanderer* anzuheizen, indem er jeden falschen Schritt, jede Fehlkalkulation, jede Unachtsamkeit der Menten als Manifestation des Wirkens einer verhaßten Superzivilisation auslegte. Fünf Jahre lang habe er die gesamte Leitung der KomKon 2 an der Nase herumgeführt, und vor allem natürlich seinen Chef und Schirmherren. Und als es schließlich doch gelungen sei, die Menten zu entlarven, habe er vor dem vertrauensseligen Big Bug die letzte herzzerreißende Komödie gespielt und sei aus dem Spiel ausgeschieden.

Ich nehme an, daß jeder unvoreingenommene Leser, der mit den Konstruktionen von Soroka und Braun nicht vertraut ist, an dieser Stelle meiner Darlegungen mit den Schultern zuckt und sagt: »Was für ein Unsinn, welch sonderbare Idee haben die beiden, die widerspricht doch allem, was ich eben gelesen habe . . .« Was indes den voreingenommenen Leser angeht, den, der Toivo Glumow vorher nur aus den »Fünf Biographien« kannte, so kann ich ihm nur eins raten: Versuchen Sie, das Ihnen vorgelegte Material unparteiisch zu betrachten; es hat keinen Sinn, Öl ins Feuer des Menten-Problems zu gießen, nachdem es heute schon etwas weniger heftig brennt.

Man kann sagen, was man will, die Geschichte der Großen Offenbarung enthält viele »weiße Flecke«, doch ich behaupte im vollen Bewußtsein meiner Verantwortung, daß diese Flecke in keinerlei Beziehung zu Toivo Glumow stehen. Und im vollen Bewußtsein meiner Verantwortung erkläre ich, daß alle scharfsinnigen Konstruktionen von P. Soroka und E. Braun einfach leichtfertiges Gefasel sind, wieder so ein Versuch, sich mit der rechten Hand unterm linken Knie hindurch ans linke Ohr zu fassen.

Was nun »die letzte herzzerreißende Komödie« angeht, so bedaure ich nur eins, mache mir nur wegen einer Sache bis heute bittere Vorwürfe. Ich habe damals nicht begriffen, ich altes dickfelliges Nashorn, habe nicht vorauszuahnen vermocht, daß ich Toivo Glumow zum letztenmal sah.

Dokument 21

An M. Kammerer
»Pappel 11«, Whng. 9716
Swerdlowsk

18. Mai '99

Big Bug!

Heute hat mich Logowenko besucht. Das Gespräch dauerte von 12.15 Uhr bis 14.05 Uhr. Logowenko war sehr beredt. Es lief darauf hinaus, daß alles nicht so einfach sei, wie wir es uns vorstellen. Zum Beispiel werde behauptet, daß die stationäre Entwicklungsphase der Menschheit zu Ende gehe und eine Epoche von Erschütterungen (biosozialen und psychosozialen) bevorstehe; die Hauptaufgabe der Menten gegenüber der Menschheit sei es, auf Wacht zu stehen (sozusagen als »Fänger im Roggen«). Gegenwärtig leben und spielen auf der Erde und im Kosmos 432 Menten. Man schlägt mir vor, der vierhundertdreiunddreißigste zu werden, wozu ich übermorgen, am 20. Mai, 10.00 Uhr, in Charkow im Institut der Sonderlinge erscheinen soll.

Der Verderber des Menschengeschlechts flüstert mir ein, nur ein kompletter Idiot vermöchte auf solch eine Chance zu verzichten. Diese Einflüsterungen kann ich ohne besondere Mühe ignorieren, denn ich bin ein Mensch ohne ausgeprägten Ehrgeiz, wie Ihnen bestens bekannt ist, und ich kann keine Elite leiden, in welchem Gewande auch immer. Ich will nicht verhehlen, daß sich der Eindruck vom letzten Gespräch mit Ihnen tiefer in mir festgesetzt hat, als mir lieb ist. Es ist äußerst unangenehm, sich als Deserteur zu fühlen. Ich würde bei der Wahl keine Sekunde zögern, aber ich bin absolut sicher: Sobald sie mich in einen Menten verwandeln, bleibt nichts *(nichts!)* Menschliches mehr in mir. Gestehen Sie, im Grunde denken Sie genauso.

Ich werde nicht nach Charkow fahren. In diesen Tagen habe ich alles gründlich überdacht, und ich werde nicht nach Charkow fahren, weil das erstens ein Verrat an Assja wäre. Zweitens, weil ich meine Mutter liebe und sie hoch ehre. Drittens, weil ich meine Kameraden und meine Vergangenheit liebe. Die Umwandlung in einen Menten ist mein Tod. Sie ist viel schlimmer als der Tod, denn für die, die mich lieben, bleibe ich am Leben, aber bis zur Unkenntlichkeit entstellt. Ein hochnäsiger, selbstzufriedener, selbstsicherer Typ. Dazu gewiß auch noch ewig.

Morgen werde ich Assja auf die Pandora folgen.

Leben Sie wohl. Ich wünsche Ihnen Erfolg.

Ihr Toivo Glumow

Dokument 22

Bericht Nr. 086/99
KomKon 2
Ural/Norden
Datum: 14. November '99
Autor: S. Mtbewari, Inspektor
Thema 081: »Die Wellen ersticken den Wind«
Betr.: Gespräch mit T. Glumow

Gemäß Ihrer Anweisung gebe ich meine Unterhaltung mit dem ehemaligen Inspektor T. Glumow von Mitte Juli dieses Jahres nach dem Gedächtnis wieder. Gegen 17.00 Uhr, als ich mich in meinem Arbeitszimmer befand, ertönte der Videofonruf, und auf dem Bildschirm erschien das Gesicht T. Glumows. Er war fröhlich, lebhaft und grüßte mich lauthals. Seit ich ihn zuletzt gesehen hatte, hatte er etwas zugenommen. Es folgte etwa dieses Gespräch:

GLUMOW: Wo steckt der Chef? Ich versuche ihn schon den ganzen Tag zu erreichen, und nichts kommt dabei heraus.

ICH: Der Chef ist auf Dienstreise, er bleibt länger weg.

GLUMOW: Sehr schade. Ich brauche ihn ernstlich. Ich würde sehr gern mit ihm reden.

ICH: Schreib einen Brief. Er wird ihm nachgeschickt.

GLUMOW *(nach kurzer Überlegung):* Es ist eine lange Geschichte. (An diesen Satz erinnere ich mich genau.)

ICH: Dann sag, was ich ihm übermitteln soll. Oder wie er sich mit dir in Verbindung setzen kann. Ich notiere es.

GLUMOW: Nein. Ich brauche ihn unbedingt persönlich.

Weiter wurde nichts Wesentliches gesagt. Das heißt, ich entsinne mich an nichts.

Ich möchte betonen, daß ich damals über T. Glumow nur wußte, daß er aus privaten Gründen gekündigt und sich zu seiner Frau auf die Pandora begeben hatte. Ebendarum fiel es mir nicht ein, die elementarsten Maßnahmen zu ergreifen, nämlich: das Gespräch aufzuzeichnen, den Kommunikationskanal festzustellen, den Präsidenten in Kenntnis zu setzen usw. Ich kann nur noch hinzufügen, daß ich den Eindruck behalten habe, T. Glumow halte sich in einem von natürlichem Sonnenlicht erhellten Raum auf. Anscheinend befand er sich zu jenem Zeitpunkt auf der Erde, auf der östlichen Hemisphäre.

Sandro Mtbewari

Dokument 23

An den Präsidenten des Sektors »Ural/Norden« der KK 2
Datum: 23. Januar "01
Autor: M. Kammerer, Leiter der Abteilung BV
Thema 050: T. Glumow, Metanthropus

Präsident!

Ich habe Ihnen nichts mitzuteilen. Das Treffen hat nicht stattgefunden. Ich habe am Roten Strand bis zum Einbruch der Dunkelheit gewartet. Er ist nicht erschienen.

Natürlich hätte es keine Mühe gemacht, zu ihm nach Hause zu fahren und ihn dort zu erwarten, doch mir scheint, das wäre ein taktischer Fehler gewesen. Er hat ja nicht vor, uns hinzuhalten. Er vergißt es einfach immer wieder. Warten wir noch ab.

M. Kammerer

Dokument 24

KomKon 1
Dem Vorsitzenden der Kommission »Metanthropus«, G. J. Komow

13.11."02

Mein Kapitän!

Anbei übersende ich dir zwei interessante Texte, die in direkter Beziehung zum Gegenstand deines derzeitigen Eifers stehen.

Text 1 (eine Notiz T. Glumows, gerichtet an M. Kammerer)
Lieber Big Bug!

Ich habe allen Grund, mich zu entschuldigen. Aber ich will mich bessern. Übermorgen, den 2., werde ich 22.00 Uhr *unbedingt* zu Hause sein. Ich erwarte Sie. Ich garantiere für Leckerbissen und verspreche, alles zu erklären. Obwohl, soweit ich verstehe, dazu vorerst keine besondere Notwendigkeit besteht.

Text 2 (ein Brief von A. Glumow, zusammen mit T. Glumows Notiz an M. Kammerer gerichtet)
Verehrter Maxim!

Er hat mich gebeten, Ihnen diese Notiz zu übersenden. Warum hat er sie Ihnen nicht selbst geschickt? Warum hat er Sie nicht einfach angerufen, um ein Treffen festzulegen? Ich verstehe das alles nicht. In letzter Zeit verstehe ich ihn überhaupt selten, selbst wenn von anscheinend ganz simplen Dingen die Rede ist. Dafür weiß ich, daß er unglücklich ist. Wie sie alle. Wenn er mit mir zusammen ist, quält ihn die Langeweile. Wenn er dort ist, bei sich, sehnt er sich nach mir, sonst würde er nicht zurückkehren. Leben kann er so freilich nicht, und er wird eins von beidem wählen müssen. Ich weiß, was es sein wird. In letzter Zeit kehrt er immer seltener zurück. Ich kenne seinesgleichen, die überhaupt nicht mehr wiederkehren. Sie haben auf der Erde nichts mehr zu schaffen.

Was seine Einladung betrifft, so werde ich natürlich froh sein, Sie zu sehen, doch rechnen Sie nicht damit, daß er da sein wird. Ich rechne nicht damit.

Ihre A. Glumowa

Selbstverständlich ist Kammerer zu dem Treffen gegangen, und selbstverständlich ist T. Glumow nicht erschienen.

Sie gehen fort, mein Kapitän. Eigentlich sind sie schon fortgegangen. Endgültig. Selbst unglücklich und Unglückliche zurücklassend. Das Menschentum. Das ist ernst.

Sie waren zu unglücklich von Anfang an. Nur meinten sie lange, das wäre nur vorläufig so. Solange sie einsam wären. Solange sie nicht selbst eine richtige Gesellschaft hätten. Ihre eigene Menschheit. Sie sind ihrer genug geworden, um zu sehen: Das hilft nichts. Eine Gesellschaft von Einzelgängern ist unmöglich. Die Abspaltung von uns ist die Menten zu teuer zu stehen gekommen ...

Der Preis hat sich als zu hoch erwiesen. Es ist nicht gut, daß der Mensch, mag er sich auch »Ment« nennen, ohne die Gesellschaft auskomme.

Wie wenig Änlichkeit hat all das mit den apokalyptischen Bildern, die wir uns vor vielen Jahren ausgemalt haben! Erinnerst du dich, wie der alte Gorbowski mit listigem Lächeln krächzte: »Die Wellen ersticken den Wind«? Wir haben alle verstehend genickt, und ich weiß noch, wie du mit einem geradezu kretinhaft vielsagenden Ausdruck dieses Zitat fortgesetzt hast. Doch haben wir ihn damals etwa begriffen? Niemand von uns hat begriffen. Und jetzt, mein Kapitän, da sie fortgegangen sind und nie mehr zurückkehren werden, haben wir jetzt alle erleichtert aufgeatmet? Oder mit Bedauern? Ich weiß nicht. Und du?

Dein Athos

Narva-Jõesuu, den 30. Juni "26

Maxim!

Ich kann nichts machen. Man zerfließt vor mir in Entschuldigungen, man versichert mich uneingeschränkter Hochachtung und vollkommenen Mitgefühls, doch nichts ändert sich. Sie haben Toivo schon zur »geschichtlichen Tatsache« gemacht.

Ich verstehe, warum Toivo schweigt – ihm ist all das gleichgültig, und wo ist er überhaupt, in welchen Welten?

Ich ahne, warum Assja schweigt – so schrecklich es klingt, aber sie haben sie anscheinend überzeugt.

Doch warum schweigen Sie? Sie haben ihn ja geliebt, ich weiß es, und er hat Sie geliebt!

M. Glumowa

*

Wie Sie sehen, schweige ich nicht länger, Maja Toivowna. Ich habe es gesagt. Alles, was ich zu sagen hatte, und alles, was ich zu sagen vermochte.

Wl. Gakow
Der Mittag der Menschheit
Die Welt der Zukunft in der Maxim-Kammerer-Trilogie der Strugazkis

Die Vorstellung von der Science-fiction als einer Literatur, die »die Zukunft beschreibt«, rührt aus jener fernen Zeit her, da es noch gar keine Science-fiction gab, aber die utopische Literatur in Blüte stand; zu deren Aufgaben gehörte es gerade, Fragen einer künftigen Weltordnung zu erörtern. Mitunter wurde die Utopie auch in der Gegenwart angesiedelt – auf einer einsamen Insel im Ozean oder auf dem phantastisch-unerreichbaren Mond, doch schon die Vorstellung von einem idealen Ort implizierte offensichtlich eine zeitliche Komponente. Denn alle literarischen Utopien dienten im Grunde nur einem Ziel: den Zeitgenossen das *Wunschbild* einer Gesellschaftsordnung vor Augen zu führen, die erstrebenswert, aber nicht sofort erreichbar wäre, dessen Verwirklichung also in einer nicht näher bestimmten Zukunft gedacht wurde.

Mit der Beschleunigung des wissenschaftlich-technischen Fortschritts in der industriellen Revolution änderte sich das einschneidend. Erstens kam die Science-fiction auf, die zwar in gewissem Sinne an die utopische Literatur anknüpfte, sich aber andere Ziele setzte. Und zweitens unterlag der Begriff »Zukunft« selbst einem grundlegenden Wandel.

Zu einem der wichtigsten, bestimmenden Züge der modernen SF (worunter wir nur die besten Beispiele dieser Literatur verstehen und von dem zahlreichen Schund absehen wollen, der unter derselben Flagge segelt) wurde das Konzept der *Veränderung*. Vom Geiste der Veränderung – wissenschaftlicher, sozialer, moralischer – ist sie ganz durchdrungen; man kann sagen, daß sich die moderne Science-fiction vor allem für eine im ständigen Wandel begriffene, dynamische, wenn auch widersprüchliche Welt interessiert.

Dieser Unterschied zwischen utopischer und SF-Literatur zeigt sich am deutlichsten im Heldenbild. Die Helden der traditionellen Utopien sind, um Wells' Worte zu gebrauchen, »Menschen wie Götter«; ihre Welt ist vollkommen, absolut, statisch. Und meistens einfach langweilig ... Die Zukunftswelten der modernen SF, mögen sie nun den Zeitgenossen beflügeln oder erschrecken, sind bewohnt von *Menschen.* Diese Menschen leiden und freuen sich, sie erleben existentielle Dramen und sind in Gedanken und Taten keineswegs unfehlbar. Selbst die schönsten unter den Welten der Science-fiction – jene, die uns in der Gegenwart noch aktiver für ihre Verwirklichung arbeiten lassen – sind durchaus nicht *ideal.* Sie alle befinden sich in Bewegung, in ihnen brodelt spürbar das Leben, und die Menschen in ihnen haben nicht weniger Mühe als wir bei der Lösung ihrer grandiosen Probleme, wie wir stehen sie vor einer moralischen Alternative – sonst wären sie keine Menschen mehr.

Die Utopie ist per definitionem statisch: die Grenze der Träume, die Vollendung des sozialen Entwicklungsweges der Menschheit. Die Welt der Zukunft in der SF hingegen bietet immer wieder eine neue Wendung, hinter der sich eine neue Ferne auftut, und noch eine ...

So begannen vor einem Vierteljahrhundert die Gebrüder Strugazki ihre Zukunftswelt zu bauen. Und wenn der Band von zu einem Zyklus verbundenen Erzählungen »Rückkehr. Mittag, 22. Jahrhundert« (1962) noch einen Anflug herkömmlich utopischen Denkens zeigte, so gewann in den daran anschließenden Büchern, die mit dem ersten durch die gemeinsame Raum-Zeit der Handlung und gemeinsame Helden verbunden sind, die Zukunftswelt à la Strugazki Züge eines wahrhaft künstlerischen *Weltentwurfs.* (Der Zyklus umfaßt – nach dem oben genannten Roman in Erzählungen – die Powesti »Fluchtversuch«, »Ein Gott zu sein ist schwer«, »Der ferne Regenbogen«, »Die dritte Zivilisation«, »Der Junge aus der Hölle« sowie die Trilogie über Maxim Kammerer mit »Die bewohnte Insel«, »Ein Käfer im Ameisenhaufen« und »Die Wellen ersticken den Wind«.) Die Welt des »Mittags« (so hieß das Buch dann auch in der erweiterten Fassung von 1967: »Mittag, 22. Jahrhundert«) entpuppte sich als Schauplatz dramatischer Ereignisse, »nicht eingeplanter« moralischer Kollisionen, es zeigten sich auch innere Widersprüche – kurzum, die Welt begann zu brodeln, füllte sich mit Leben, wich von der vorgezeichneten Bahn ab.

So wird unter der Feder der talentierten Künstler das vermeintliche *Ergebnis* der gesellschaftlichen Entwicklung, ihr Endstadium (der Kommunismus, wie sich ihn die Schriftsteller, und nicht nur sie, 1962 vorstellten) vor unseren Augen zu dem, was Marx sinngemäß den *Anfang* der eigentlichen Geschichte der menschlichen Gesellschaft genannt hat.

Die Strugazkis lassen den Leser völlig in ihrer literarischen Welt heimisch werden, indem sie ihn mit jedem neuen Buch immer tiefer in die von ihnen entworfene Zukunft einführen, ihn näher mit ihren Bewohnern bekannt machen. Dabei beschränken sie sich nicht darauf, hier und da leichtverständliche Wegweiser aufzustellen, Ereignisse und Details aus anderen Werken zu erwähnen – zur erfolgreichen Eingewöhnung braucht es auch kluge Reisebegleiter. Das sind die Helden der Welt des »Mittags«, jawohl: *der Welt* des »Mittags« und nicht irgendeines Buches im einzelnen.

Die Strugazkis verstehen es sehr geschickt, den Leser nach und nach mit diesen Helden vertraut werden zu lassen. Jedes einzelne Werk hat natürlich seine eigenen Hauptfiguren. Doch es sind gar nicht sie, die im Bewußtsein des Lesers das Gesamtbild von der »Zukunft à la Strugazki« erstehen lassen. Es sind die für das jeweilige Buch oft zweitrangigen Gestalten, die von einem Teil des Zyklus in den anderen übergehen, die immer wieder zitiert und erwähnt werden – gerade sie bestimmen für uns das geistige, moralische, intellektuelle Bild von dieser Zukunft. Wie sich die erstaunlich real wirkende, in Gestalten, *Menschen*, verkörperte und nie erschöpfend beschriebene Welt dem Leser in jeder neuen Arbeit der Strugazkis von einer neuen, oft unerwarteten Seite zeigt, so entwickeln sich auch die ehemals »zweitrangigen« Helden, gewinnen an gedanklichem Inhalt, an psychologischer Tiefe – und erweisen sich als die *Hauptpersonen* in der Welt der Strugazkis.

Wenden wir uns sogleich dem wohl eindrucksvollsten konkreten Beispiel zu – der Figur des Raumfahrers und Spezialisten für Kontakte mit außerirdischer Intelligenz Leonid Andrejewitsch Gorbowski.

Abgesehen von der frühen Erzählung »Der ferne Regenbogen«, findet sich bei den Strugazkis kein einziges Buch, in dem Gorbowski als Hauptheld auftritt. Immerzu erscheint er nur in Episoden, ist ständig im Gespräch, wird zitiert, zum Vorbild genommen – während er selbst es erstaunlich geschickt fertigbringt, sich der genaueren Betrachtung durch den Leser zu entziehen. Doch seine unsichtbare Anwesenheit in der Welt des »Mittags« ist allenthalben zu spüren, die moralische Autorität Gorbowskis gewinnt auch über den Leser Macht. Ohne Gorbowski, ohne den Charme seiner Persönlichkeit ohne seine Menschlichkeit, seine Tapferkeit, der jegliches Posieren abgeht, ohne seinen außergewöhnlichen Intellekt schließlich und sein scharfes, tiefgründiges Urteil kann man sich die Zukunftswelt der Strugazkis schwerlich vorstellen.

Wenn man aber alles zusammenträgt, was man über Gorbowski gelesen hat, dann scheint die Menge kaum für den Helden einer Kurzgeschichte »auszureichen« ... Weder ausführliche Beschreibungen noch biographische Angaben über ihn findet man, weder eine lange Reihe von mit Gorbowski verknüpften Ereignissen noch seine eigenen Sentenzen über den Sinn des Lebens – nichts von alledem. Und dennoch fühlt man die Nähe des Menschen, spricht in Gedanken mit ihm, streitet, fragt ihn um Rat ...

Warum ruft einem auch die Powest »Die Wellen ersticken den Wind« vor allem sein Bild ins Gedächtnis? Warum nicht

Maxim, nicht den verstorbenen Sikorsky, weder Maja Toivowna Glumowa noch ihren Sohn, sondern gerade Leonid Andrejewitsch Gorbowski, der ja doch nur in einer einzigen Episode gegen Ende der Handlung auftritt?

Das hat seinen Grund. Und nicht zufällig sind wir auf Gorbowski zu sprechen gekommen.

Der moralische Konflikt in der neuen Powest der Strugazkis ist brisant wie nie zuvor. Nicht mehr ein einzelner Mensch steht sinnend vor einer schweren Entscheidung, sondern die gesamte Gesellschaft. Die ganze Welt des »Mittags« verharrt gleichsam an der Schwelle – wozu? Zu ihrem Ende? Oder zu einer neuen Etappe ihrer Entwicklung?

Und da erinnern wir uns Gorbowskis. Wir, die Leser der Strugazkis, aufgewühlt und nachdenklich geworden, ja sogar ein wenig ratlos (wie offensichtlich auch die Helden der Powest), müssen dringend in Gedanken Leonid Andrejewitsch Gorbowski konsultieren. Wir möchten seine Meinung über die Ereignisse hören, seine Einschätzung und seine Prognose. Ihm also vertrauen wir, seiner Weisheit und dem makellosen moralischen Gesetz in ihm ... Etwas später werden wir *sein* Urteil erfahren.

In der Zukunftswelt »à la Strugazki« – wie gesagt, einer Welt der Menschen – gibt es mehr als genug Probleme, wie sie leidenschaftslos über den Dingen thronenen Göttern unbekannt sind. »Ein Gott zu sein ist schwer« haben die Strugazkis eins ihrer besten Bücher genannt, und seither beweisen sie unermüdlich das Gegenteil: Ein Gott zu sein ist leicht, doch immer und unter allen Umständen Mensch zu bleiben – das ist wahrlich schwer!

Zudem wird in »Die Wellen ersticken den Wind« das Problem der Wahl auch noch auf eine neue qualitative Ebene gehoben. Die Welt, die ganze Menschheit sieht sich vor der Kardinalfrage – nach der Existenz ihrer eigenen Zukunft.

Und vor einer weiteren: der Frage nach der Erhaltung des eigenen Menschseins. Sogar angesichts der Verlockung, ein *Übermensch* zu werden.

Nur für einen Leser, der die übrigen Werke der Strugazkis schlecht kennt, handelt das neue Buch von den Grenzen der biologischen und intellektuellen Natur des Menschen, von möglichen Evolutionssprüngen der Menschheit in einen anderen, »übermenschlichen« Zustand. Und erst recht untergeordnet, sogar zweitrangig, keine Bedeutung tragend, scheint für die Autoren das Sujet zu sein – die detektivistische Untersuchung, die Maxim Kammerer führt. Alles wird dominiert von einem Problem, das die Strugazkis schon in ihren ersten Powesti aufgezeigt haben: dem Problem der moralischen Entscheidung, des Innehaltens vor jener oft unsichtbaren Grenze, die das Menschliche von Nichtmenschlichem scheidet.

Es geht also nicht darum, ob die Menten »übermenschlich« sind. Viel wichtiger ist für die Autoren die Frage, wie menschlich in der Welt des »Mittags« die *Menschen* noch sind.

Der Trilogie über Maxim Kammerer haben die Strugazkis fünfzehn Jahre ihres Lebens gewidmet (»Die bewohnte Insel« erschien komplett 1971, »Die Wellen ersticken den Wind« 1985–86). Im Leben des Hauptlelden ist sogar noch mehr Zeit vergangen. Wir haben ihn als jungen, kaum erwachsenen Heißsporn auf dem Saraksch kennengelernt, wo er sich aus dem Stegreif in die Angelegenheiten jenes Planeten einmischte. Und wir verlassen ihn als bejahrten Mann, der viel durchgemacht, viel erfahren und soeben beschlossen hat, seine Memoiren zu schreiben. In den siebzig Jahren, die für ihn vergangen sind, hat er vieles überdacht, Lebenserfahrung und Weisheit erworben – und die Gesellschaft, die Welt des »Mittags«, wie sie die Strugazkis entworfen haben, ist gleichsam mit ihm gereift.

Erinnern wir uns, wie er auf den Saraksch kam – als junger Bursche, der, wie wir heute sagen würden, mit dem Rucksack auf Wanderung gegangen war – was in der Zukunft bedeutet, daß er sich mit einem individuellen Raumschiff auf »Freie Suche« in der Galaxis begeben hatte.

Kühnheit, Entschlossenheit, Ehrlichkeit und edle Absichten – das alles war ihm von der Gesellschaft eingegeben worden, die ihn aufgezogen hatte. Nur eins konnte sie ihm noch nicht vermitteln – Erfahrung; die muß erworben werden. Dabei ist Maxim nach den Maßstäben des 20. Jahrhunderts (von denen sich die Gesellschaft der Bewohnten Insel noch nicht weit entfernt hat) fürwahr ein Superman: Er kann im Dunkeln sehen, Radioaktivität ist für ihn eine Lappalie, und selbst eine Kugel kann ihm nichts anhaben ... In der dahinsiechenden, von fürchterlichem Unglück getroffenen Welt, die er auf dem Saraksch vorfand, konnte er in der Tat alles umkrempeln. Und er hätte es getan, hätte ihn nicht noch rechtzeitig Rudolf Sikorsky zu fassen bekommen, der schon jahrelang zusammen mit anderen Genossen an der Rettung des sterbenden Planeten arbeitete. Maxim war in der »Insel« rasch mit seinen Entschlüssen, und seine edlen Motive sind nur zu gut verständlich. Sein einziger »Mangel« war seine Jugend, die ihn nur schwer akzeptieren ließ, daß Geschichte nicht allein mit guten Absichten gemacht werden kann.

Auf den Seiten der »Bewohnten Insel« war noch nicht von »Progressoren« die Rede; das Wort erscheint in der folgenden Powest »Ein Käfer im Ameisenhaufen«. Doch über das Wesen des Progressorentums hat sich der Leser vielleicht zum erstenmal bei der Lektüre der »Bewohnten Insel« Gedanken gemacht. Eine lange, ermüdende, unvorteilhafte und dazu noch fast immer undankbare Arbeit – das ist die Einmischung in ein fremdes Leben, eine fremde Geschichte. Aber ist es mit der eigenen denn leichter? – Im Schlußteil der Trilogie hören wir, daß fünfzig Jahre und mehr seit Maxims Eskapaden vergangen sind, die Arbeit auf dem Saraksch aber offensichtlich noch immer weit entfernt von ihrer Vollendung ist. Und wie lange wird sie noch dauern müssen?

Ist das etwa ein Zeugnis für die Ohnmacht der Kollegen Maxims, der Progressoren? Der Beweis, daß es prinzipiell unmöglich ist, einer anderen, außerirdischen Menschheit dabei zu helfen, sich vom sozialen Unglück zu befreien, auf die Füße zu kommen, sich im vollen Sinne des Wortes als *Mensch-*

heit zu empfinden? Oder gar nur zu *überleben* ... Eher etwas anderes: Die Autoren wollen uns begreiflich machen, daß jeder Eingriff in die Geschichte, jede »Hilfe für den Fortschritt« in einer anderen, fremden, nicht vollends verstandenen Welt eine Sache von Jahrzehnten, wenn nicht Jahrhunderten ist. Die aufreibende Arbeit von Hunderten von Menschen, ein langsames, mühevolles Voranschreiten – sehr vorsichtig, jeder Schritt genau durchdacht und erprobt ...

Der jugendliche Superman, der zum erstenmal der Geschichte von Angesicht zu Angesicht gegenübersteht – und der unter ihrer Last gebeugte, schon nicht mehr junge Progressor. So haben wir sie von den letzten Seiten der »Bewohnten Insel« her in Erinnerung. Die Zeit der Wunschträume, des Sichberauschens an der eigenen Allmacht ist für den jungen Maxim ein für allemal vorbei; auf dem Saraksch ist seine Jugend zu Ende gegangen. Nur die seine – oder die Jugend der ganzen Welt des »Mittags«?

In der Powest »Ein Käfer im Ameisenhaufen« begegnen wir dem bekannten Paar erneut. Maxim ist schon ein reifer Mann von vierzig, er hat nicht nur die »stürmische Jugend« auf dem Saraksch hinter sich, sondern auch solide Erfahrungen als professioneller Mitarbeiter der KomKon; sein Chef gar, der Leiter der KomKon 2, Sikorsky, allgemein Seine Exzellenz genannt, ist schon im Greisenalter.

Das ist ein wichtiges Detail, es hilft den Autoren, die Wertung der tragischen Ereignisse in der Powest offenzulassen. Die Strugazkis haben das Sujet absichtlich so aufgebaut, daß jeder Schritt Sikorskys mit gleicher Berechtigung zu seinen Gunsten wie auch gegen ihn ausgelegt werden kann. Ebenso zweideutig sind auch die geschickt über den Text verstreuten Hinweise – Einzelheiten, scheinbar unbedeutende Sprachwendungen, auf den ersten Blick belanglose Episoden.

Wer von Sikorskys Schuld überzeugt ist, wird diese Hinweise als Beweise für den »greisenhaften Maramus« des KomKon-Chefs lesen. Oder als Beweis dafür, daß er die Last der Verantwortung nicht ertragen konnte, einer Manie verfallen und geistig wie moralisch zusammengebrochen ist. Doch dieselben Hinweise werden auch von Rudolf Sikorskys Verteidigern angeführt! So findet zum Beispiel ein aufmerksamer Leser im Text zahlreiche Indizien, daß gerade die unzureichende Kalkulation der Folgen fast immer tragisch endet, wenn man es mit der hypothetischen Superzivilisation der *Wanderer* zu tun hat.

Wichtig für die Schriftsteller war der moralische Konflikt zwischen Pflicht und Gewissen. Ein mehr als traditioneller Konflikt, doch in dieser Erzählung, in der Welt des »Mittags« wird er noch hundertfach verstärkt, denn für Sikorsky sind die beiden Begriffe identisch: Auf seinen Schultern ruht die Verantwortung für Wohlergehen und Sicherheit der Menschen auf der Erde. Und von welcher Menschlichkeit könnte ohne jene Menschen die Rede sein?

Die geheimnisvolle Superzivilisation der *Wanderer*, über die in fast allen Teilen des Zyklus vereinzelte Informationssplitter auftauchen, ist doch vielleicht, ja sogar aller Wahrscheinlichkeit nach weder freundlich noch feindlich – sondern einfach fremdartig . . . Offensichtlich sind die *Wanderer* nicht einmal Humanoiden, und es wird wohl kaum jemals herauszufinden sein, was sie eigentlich von den Erdbewohnern wollen. Die irdische Zivilisation sieht sich gegen ihren Willen in ein unbekanntes Experiment einbezogen – und wer könnte sich dafür verbürgen, daß sich dessen Folgen für die Menschen der Erde nicht als verhängnisvoll erweisen?

Darum also trägt Rudolf Sikorsky vierzig Jahre lang die Bürde einer unmenschlichen Verantwortung. Vierzig Jahre, die außerhalb der Erzählung bleiben – wir erfahren von ihnen nur aus Andeutungen, Gesprächsfetzen –, bilden im Grunde die Handlung der Powest. Die vier Tage aber, die von den Autoren ausführlich geschildert werden, ändern schon nichts mehr: Der Stein ist ins Rollen gekommen und das Ende im großen und ganzen vorbestimmt. Zumindest für Seine Exzellenz. Er ist gezwungen zu handeln und dabei auf Nummer Sicher zu gehen. Seine Handlung ist in jedem Falle tragisch (wie auch die letzte Begegnung Seiner Exzellenz mit Abalkin ausgehen mochte). Denn auf der einen Waagschale lag die Zukunft der Menschheit und auf der anderen ein zermarterter, von Unverständnis und Mißtrauen gepeinigter, zur äußersten Verzweiflung getriebener *einzelner Mensch*.

Am einfachsten ist es, Sikorsky eindeutig zu verurteilen und Dostojewskis bittere Frage ins Feld zu führen, ob man denn eine glückliche Zukunft auf dem Blute eines gemordeten unschuldigen Kindes errichten könne. Aber die Strugazkis behandeln in ihrer Powest ja nicht das abstrakt ethische Problem vom Verhältnis des Ziels und der Mittel, sondern sie zeigen ein individuelles menschliches Drama. Übrigens unterliegt in der von ihnen geschaffenen Situation nicht nur Sikorskys Menschlichkeit einer Probe, sondern die der ganzen Welt des »Mittags«. – Auf diesen wichtigen Aspekt kommen die Autoren im Schlußteil der Trilogie zurück.

Was ist das denn für eine *glückliche* Zukunft, wo die Menschen solche seelischen Qualen erleiden, wo man einen Menschen opfern muß, um die Menschheit zu retten?!

»Glücklich« heißt eben nicht utopisch in sich ruhend. Solch eine Ruhe ist ja doch das Teil der Götter; *Menschen* kommen nicht ohne Dramen und Tragödien aus. Ebensowenig können sie der harten Entscheidungssituation ausweichen – das Leben selbst fordert seinen Preis für die Wißbegier, für den Drang nach Erkenntnis, nach kühnem Vorstoß ins Unbekannte. Nicht zufällig taucht auf den letzten Seiten der Powest »Ein Käfer im Ameisenhaufen« erneut Gorbowski auf, von dem die genaue und tapfere Einschätzung der Ereignisse stammt: Da sie vom Apfel der Erkenntnis gegessen haben, haben die Menschen selbst gleichsam das Programm künftiger Proben auf Moral und Menschlichkeit eingeschaltet, haben sich die Verantwortung für alle Folgen aufgebürdet . . .

Entscheidungen treffen, wenn es die Umstände erfordern – und durchaus manchmal Fehler machen, doch sich für diese Fehler auch nach dem strengsten Maßstab verurteilen, sie nicht mit der »Notwendigkeit« rechtfertigen, sondern sie zu untersuchen und möglichst nicht zu wiederholen: das ist das moralische Credo der künftigen Menschheit, natürlich ein menschliches, kein »göttliches« . . .

Maxim Kammerer, der Untergebene Seiner Exzellenz, ist in der Powest »Ein Käfer im Ameisenhaufen« keineswegs der Hauptheld, obwohl er als Erzähler fungiert und wir die Ereignisse mit seinen Augen sehen. Doch das sind nur die Ereignisse der vier verhängnisvollen Tage. Er wird sie noch werten müssen – und ebenso die vierzig Jahre, die ihnen vorausgingen. Doch das wird er tun, wenn der Schock vorbei ist – der Schock von dem Schuß, den nicht er, sondern Seine Exzellenz abgegeben hat.

Von ihm nehmen wir auf den letzten Seiten der Powest für immer Abschied. Rudolf Sikorsky hat die Grenze des Menschenmöglichen erreicht (natürlich nicht im physischen Sinne, mag er auch außerordentlich bejahrt sein).

Maxim indes sind wir nun abermals begegnet.

Die Lektüre ist beendet, doch mir scheint, diese Powest wird den Leser noch des öfteren mit Nachdruck zurückrufen: Dergleichen Werke werden nicht geschrieben, um nur einmal gelesen zu werden. Daher wollen wir von vornherein auf den Gedanken verzichten, hier eine erschöpfende Analyse zu der neuen Erzählung der Gebrüder Strugazki zu geben. Wir wollen lediglich versuchen, die soeben gelesene Powest unter dem Blickwinkel unserer vorangegangenen Überlegungen zu betrachten.

Und vor allem wollen wir uns klarwerden, wie, in welche Richtung sich Maxim verändert hat. Und die Welt des »Mittags« mit ihm.

Jetzt ist er in der Tat ein Mann, der viel durchgemacht und vieles überdacht hat. (In ihrem Roman »Die Schnecke am Hang« haben die Strugazkis den moralischen Imperativ, dem ihre Helden folgen, prägnant formuliert: »Denken ist kein Zeitvertreib, sondern Pflicht.«) Und wenn in der »Insel« sein Entschluß doch der eines zwar gutmeinenden und aufrichtigen, aber zweifellos »grünen« jungen Burschen war und ihm im »Käfer« die Umstände überhaupt keine Wahl ließen, so daß er die vor seinen Augen abrollende Tragödie Lew Abalkins und die Tragödie Seiner Exzellenz nur beobachten konnte, so trifft in der letzten Powest er selbst die Entscheidung. Wie übrigens auch die ganze Welt des »Mittags«. Selbst sein junger Mitarbeiter Toivo Glumow entgeht ihr nicht – und er entscheidet sich so für Maxim unerwartet, daß er ihn damit mitten ins Herz trifft.

Niemand bleibt diesmal ausgespart (obwohl sich vielleicht nicht alle dessen vollends bewußt sind); die ganze Gesellschaft muß ihre Wahl treffen. Denn die ganze Gesellschaft steht am Scheideweg.

Die Gefahr kam nicht wie erwartet von den Sternen, sondern »von innen«, sie ist hier auf der Erde herangereift ... Sieht man von den Einzelheiten ab – von denen die Autoren freilich gar zu viele über die Powest verstreut haben, als daß man nicht aufmerken müßte! –, so bleibt als Hauptsache das Problem: Was soll man mit jenem Teil der Menschheit tun, bei dem ein längst verstummter Evolutionsmechanismus wieder in Gang gekommen ist und der sich vor den Augen des erschütterten Maxim und seiner Genossen verwandelt – in wen? Oder in was?

Klar ist jedoch, daß das Ergebnis etwas *Nichtmenschliches* ist. Vielleicht ist es besser als die Menschen oder auch schlechter, doch Menschen sind es nicht mehr. Menten. Die nächste Entwicklungsstufe der planetaren Intelligenz.

Verschärfend wirkt der Umstand, daß nicht alle Erdenbürger den neuen Entwicklungssprung vollzogen haben. Für die Menten sind die Menschen einfach uninteressant, sie »gehen fort« (was allerdings kaum bedeutet, daß sie den Planeten Erde verlassen: für die Menten ist der ganze Kosmos nicht mehr als ein Spielplatz!), und sie zerreißen dabei jene unsichtbare Nabelschnur, die sie mit dem Mutterschoß verbunden hatte – mit der Menschheit. »Sie gehen fort, mein Kapitän ... Selbst unglücklich und Unglückliche zurücklassend.

Das Menschentum.« Fort geht auch Maxims Lieblingsschüler Toivo, der sich selbst als Ment erweist – die Strugazkis wären nicht sie selbst, wenn sie sich mit abstrakten philosophischen Erörterungen begnügten, statt den Helden einer moralischen Probe zu unterziehen, ihn auch noch in ein *persönliches* Entscheidungsproblem zu stürzen.

Es ist stets eine Prüfung für die Eltern, zu sehen, wie die Kinder fortgehen. Wie sie der elterlichen Obhut entwachsen, in die Welt hinausziehen und sich höchstens noch mit einer Spur von Ironie ihrer Vorfahren erinnern. »Vorfahren«, »die Alten« – wie vertraut das klingt ... Aber es sind die Kinder; wenn auch ihr Geschmack, ihre Neigungen, ihre Vorstellungen vom Leben nicht denen der Eltern ähneln, so haben sie doch dieselbe *Moral*, dieselben sittlichen Werte. Sonst sind sie schlecht erzogen.

Die Welt des »Mittags« jedoch kann auf dergleichen Kindesliebe und Verständnis nicht rechnen. Denn die Menten sind eben keine Menschen, und ihre Moral ist keine menschliche – falls sie nach unseren Begriffen überhaupt eine haben. Ihre »kindlichen Gefühle« gegenüber uns kann man vielleicht bildlich mit denen des gegenwärtigen Homo sapiens gegenüber dem Menschenaffen vergleichen, aus dem er hervorgegangen ist.

Wozu nur mußten die Autoren die von ihnen selbst geschaffene Welt einer derart erniedrigenden Prüfung unterwerfen? Und was bleibt den Menschen in der entstandenen Situation überhaupt zu tun übrig?

Darüber kann man nur Vermutungen anstellen. Abermals wären die Strugazkis nicht sie selbst, wenn sie dem Leser eine eindeutige fertige Antwort liefern würden – statt dessen pflegen sie lieber Fragen zu stellen. Sie zwingen den Leser zum gründlichen Nachdenken (»Denken ist kein Zeitvertreib, sondern Pflicht«!), führen ihn entschieden weg vom ausgetretenen Pfade schablonenhafter, vereinfachter Lösungen.

Doch nicht zufällig haben wir unsere Betrachtung mit den Helden der Strugazkis begonnen, mit Vorbedacht Leonid

Gorbowski erwähnt, der eine Art »moralischer Richter« der Welt des »Mittags« ist. Aus den wenigen Episoden in der Powest, die auf die eine oder andere Weise mit Gorbowski verknüpft sind, kann man die Position der Autoren zu erschließen versuchen.

Dazu wollen wir das Gelesene noch einmal überdenken.

In der sonnigen, ungetrübten Welt des »Mittags« ist es zu einem Riß gekommen; die Menschheit hat sich gegen ihren Willen in zwei Teile gespalten – die Menschen und die Menten (wobei sich letztere überhaupt nur mit Mühe und Not zur Menschheit zählen lassen). Vorerst gibt es zum Glück keinen scharfen Antagonismus zwischen ihnen, doch Menschen und Menten entfernen sich immer weiter voneinander, und dieser Prozeß ist offensichtlich unumkehrbar. Ein schmales Band des gegenseitigen Verständnisses hält vorläufig noch – doch wer könnte mit Gewißheit sagen, wie lange dieses »vorläufig« dauern wird . . .

Die Hauptsache: Niemand unter den Menschen weiß auch nur das geringste über die Ziele der Menten. Und man kann nur Vermutungen anstellen, wie sich die Beziehungen der »Eltern« zu solch seltsamen, vom Elternhaus losgerissenen »Kindern« fortan entwickeln werden. Und gewiß bei so mancher Gestalt der Powest schleicht sich der Gedanke ein: Bedeutet das nicht das Ende der Menschheit? Werden nicht bald schon in der Welt des »Mittags« nur noch Menten leben?

Und was tun die Helden der Powest? Verzweifeln sie oder versuchen sie gar wie seinerzeit Sikorsky, alle Probleme mit der Waffe zu lösen? Man könnte ja auch solch einen Gang der Ereignisse als Variante annehmen, denn Grund zur Sorge besteht schließlich mehr als genug. Doch für die Bewohner der Strugazkischen Zukunft kommt dergleichen nicht in Frage.

Denn ungeachtet aller Tragik der Situation endet die Powest mit einem optimistischen Ton. Die Welt des »Mittags« denkt nicht daran, einen Strich unter ihre eigene Existenz zu ziehen.

Die Menschen nähern sich der kritischen Schwelle ruhig

und würdevoll. Sie geraten nicht in Panik, geben sich nicht ihren Emotionen hin, dem Gefühl des Neids gegenüber den in der Entwicklung weit vorausgeeilten Kindern. Und es ist gut, daß niemand fieberhaft nach »Rechtfertigungen« sucht, daß niemand fordert, mit dieser innerhalb der Menschheit herangereiften Bedrohung kurzen Prozeß zu machen.

Also hatte auch der tragische Fall des Lew Abalkin seinen Sinn. Und die Qualen Rudolf Sikorskys. Und sein verhängnisvoller Schuß. Alles ist eingegangen in den Fundus gesellschaftlicher Erfahrung, und es sind Lehren daraus gezogen worden.

Ob es der Menschheit paßt oder nicht, die Menten sind in gewissem Sinne ihre »Kinder«. Kinder mit Eigenheiten, um nicht zu sagen, ziemlich unsympathische, doch Kinder, Fleisch vom Fleische der Menschheit. Und nachdem diese Tatsache erst einmal begriffen worden ist, kann niemand mehr die »Menten-Frage« ad acta legen, beiseite schieben. Vor der Welt des »Mittags« tut sich eine neue Stufe der Entwicklung auf, ein neues Bündel von Rätseln und »unlösbaren« Problemen, die dennoch gelöst werden müssen. Und heißt Probleme lösen nicht, zu leben, voranzuschreiten, sich zu entwickeln?

Davon spricht deutlich, wenngleich indirekt Leonid Gorbowski. Eine Szene kann der Aufmerksamkeit des Lesers nicht entgehen, der die Welt des »Mittags« schon aus einem anderen Werk kennt: die Szene von Gorbowskis Tod – doch von einem Tod, den die Autoren *nicht geschehen* lassen!

Die Strugazkis haben schon einmal versucht, ihre wohl liebste literarische Gestalt »umzubringen« (in »Der ferne Regenbogen«). Doch sie erlitten das Schicksal ihres berühmten Vorgängers, der den unsterblichen Sherlock Holmes schuf: Schon in »Die dritte Zivilisation« ist Gorbowski gesund und munter, als wäre nichts gewesen . . . Kein Zweifel, der Tod Gorbowskis würde für die Schöpfer seiner Welt zugleich das Ende dieser Welt bedeuten. Damit würde endgültig der Vorhang vor dem Schauplatz fallen, der den Strugazkis ein Vierteljahrhundert lang gute Dienste geleistet hat. Der Künstler ist mit unsichtbaren Fäden an seinen Helden gebunden, an seine Welt und sein Publikum. Einen liebgewordenen Helden »umbringen« kann man nur, wenn man auch über dessen Welt nichts mehr mitzuteilen hat.

Und anfangs sieht es so aus, als wollten die Strugazkis gegen Ende der Powest tatsächlich den Vorhang fallenlassen. Der qualvoll im Sterben liegende, »lebensmüde« mürrische Greis – das soll Leonid Gorbowski sein? Das soll die Welt des »Mittags« sein?

Die Autoren haben wohl besonders dick aufgetragen, weil diese Szene für sie die wichtigste in der ganzen Powest ist. Und sie servieren dem schon völlig deprimierten Leser eine wahrhaft explosionsartige Lösung – man braucht nur die vorbereitete Überraschung zu betrachten, die Botschaft darin zu entschlüsseln. Denn es geschieht das Unmögliche: Vor dem ganz in Moll gehaltenen Hintergrund erfährt Gorbowski von den Menten, von Toivo, von den Ergebnissen der Untersuchungen Maxims – und *hört auf zu sterben!* So seltsam die Formulierung klingt, trifft sie doch genau den Sachverhalt: Gorbowski will wieder leben, ihn erfüllen abermals Neugier, Energie, Lebensfreude – und er hört auf zu sterben. Welche andere Wendung des Sujets könnte uns genauer und besser über die Position der Autoren Aufschluß geben!

Die Intuition der Schriftsteller hat diesmal fehlerlos funktioniert. Sie haben das richtige Bild gefunden – und nachdem das getan war, brauchte es keine langen Erörterungen mehr. Wenn Gorbowski vom Totenbett aufsteht, er, der als einer der ersten in der Powest begriffen hat, daß die Menten nur der Schlußpunkt hinter einem *Teil*, einem Abschnitt des historischen Weges sind, ein steiles Stück in der Straße, die weiterführt, so heißt das, daß auch die Welt des »Mittags« noch nicht am Ende ist. Sie macht eine kritische Phase durch – mehr nicht.

Wieder gilt es zu denken und zu handeln, zu handeln und das Getane von Anfang bis Ende zu überdenken. Es ist schwer, ein Mensch zu sein, doch da ist nichts zu machen ... Wenn sich aber die Illusion einstellt, alle Probleme seien gelöst, so werden offensichtlich noch irgendwelche anderen »Menten« auftauchen und die Menschen rechtzeitig an ihre Pflicht gemahnen – zu *denken.*

Man kann den Sinn der Wendung, die den Titel der Powest bildet, unterschiedlich auffassen. Die Wellen ersticken den Wind ... Dieser Satz fällt nebenher, im Finale aber wird er von Gorbowski kommentiert – das reicht aus, damit der aufmerksame Leser ihn ernst nimmt. Zudem hat einer der Helden das Wort »Götter« fallengelassen (»Der Götter Wohltat ist der Wind«) – und die Leser der Strugazkis müssen erst recht aufhorchen.

Wieder die Gegenüberstellung von Menschen und Göttern? Doch wenn der Wind das Teil der Götter ist, was sind das dann für Wellen, die ihm entgegenzuwirken vermögen, die das »göttliche Werk« zunichte machen können? Vielleicht die *Wellen des Menschlichen* im Menschen, die immer wieder, von Buch zu Buch, über den Helden der Strugazkis zusammenschlagen? Die die Menschen immer wieder mit ihren menschlichen Problemen konfrontieren. Es ist keine Bürde, ein Mensch zu sein, doch eine Pflicht, eine ehrenvolle Aufgabe, das Leben selbst.

Dieses Pflichtgefühl hat die Powest der Gebrüder Strugazki abermals in Erinnerung gerufen – die Pflicht, ein Mensch zu sein.

ISBN 3-360-00176-1

1. Auflage

Lizenz-Nr.: 409-160/239/88 · LSV 7204
Umschlag- und Einbandentwurf: Carl Hoffmann/Sonja Hennersdorf
Printed in the German Democratic Republic
Gesamtherstellung: Karl-Marx-Werk Pößneck V 15/30
622 836 9

00720